寻找叶丽雅

杨晓升 著

海峡出版发行集团 | 鹭江出版社

2018年·厦门

"走向世界的中国作家"文库
编辑委员会

主编：野 莽

成员：(以姓氏笔画为序)

王池英(美) 立松升一(日) 吕 华

刘浩冰 许金龙 安博兰(法) 周大新

尚振山 贾平凹

不仅是为了纪念

——"走向世界的中国作家"文库总序

野莽

在一切都趋于商业化的今天,真正的文学已经不再具有二十世纪八十年代的神话般的魅力,所有以经济利益为目标的文化团队与个体,像日光灯下的脱衣舞者表演到了最后,无须让好看的羽衣霓裳做任何的掩饰,因为再好看的东西也莫过于货币的图案。所谓的文学书籍虽然仍在零星地出版着,却多半只是在文学的旗帜下,以新奇重大的事件,冠以惊心动魄的书名,摆在书店的入口处,引诱对文学一知半解的人。

这套文库的出版者则能打破业内对于经济利益的最高追求,尝试着出版一套既是典藏也是桥梁的书,为此做好了经受些许经济风险的准备。我告诉他们,风险不止于此,还得准备接受来自作者的误会,此项计划在实施的过程中不免会遭遇意外。

受邀担任这套文库的主编对我而言,简单得就好比将多年前已备好的课复诵一遍,依照出版者的原始设计,一是把新时期以来中国作家被翻译到国外的、重要和发生影响的长篇以下的小说,以母语的形式再次集中出版,作为中国当代文学的经典收藏;二是精选这些作家尚未出境的新作,出版之后推荐给国外的翻译家和出版家。入选作家的年龄不限,年代不限,在国内文学圈中的排名不限,作品的风格和流派不限,陆续而分期分批地进入文库,每位作者的每本容量为十五万字左右。就我过去的阅读积累,我可以闭上眼睛念出一大片在国内外已被认知的作品和它们的作者的名字,以及这些作者还未被翻译的本世纪的新作。

有了这个文库,除去为国内的文学读者提供怀旧、收藏和跟踪阅读的机会,的确还能为世界文学的交流起到一定的媒介作用,尤其是国外的翻译出版者,可以省去很多在汪洋大海中盲目打捞的精力和时间。为此我向这个大型文库的编委会提议,在编辑出版家外增加国内的著名作家、著名翻译家,以及国外的汉学家、翻译家和出版家,希望大家共同关心和参与文库的遴选工作,荟萃各方专家的智慧,尽可能少地遗漏一些重要的作家和作品。这方法自然比所谓的慧眼独具要科学和公正得多。

遗漏总会有的,但或许是因为其他障碍所致,譬如出版社的版权专有、作家的版税标准,等等。为了实现文库的预期目的,那些障碍在全书的编辑出版过程中,出版者会力所能及地逐步解决,在此我对他们的倾情付出表示敬意。

目录

寻找叶丽雅	001
丢人	076
溅血的城市	088
赌村	126
生生息息	143

男人·女人　　　　　　　207

冬日　　　　　　　　　230

偶然事件　　　　　　　251

枯树　　　　　　　　　278

宝贝女儿　　　　　　　297

寻找叶丽雅

她像一阵风一样掠过我人生的旅程,虽曾经相依相恋,最终却还是在我的视野消失……

叶丽雅是我的初恋情人，可她早已经离开这个世界。她是怎么死的？这个曾经让我平生首次春心萌动的美丽女孩，怎么没有留下一句话便风一样从这个世界飘逝、了无踪影了呢？

我要寻找叶丽雅，准确地说是要寻找叶丽雅的魂灵，我要问一问：叶丽雅，你是怎么离开这个世界的？你怎么可以不辞而别、说走就走？你身上到底发生了什么？你到底受了什么委屈？无论何种原因，你也得告诉我呀，可是，你不仅不告诉我，连你多年相依为命的母亲也不告诉，就这样你竟然同你母亲也不辞而别？这让一生爱你疼你、一直视你为掌上明珠的母亲情以何堪？要知道，你可是母亲唯一的命根呀，在你离开这个世界之后，为了寻找你，她不顾一切地申诉，三番五次地上访，最终竟然也步你后尘，风一样从这个世界上飘逝，同样了无踪影。我不知道，你母亲是否与你在另一个世界相会了？她到底找到你没有？她知道你离开尘世的原因了吗？她为什么也不告诉我？难道你离开尘世，有着不可告人的秘密？为了保密你母亲竟然同你一样不辞而别逃离人间？这让我百思不得其解。不管怎么说，我是你的初恋情人，我们之间曾经有过花一样芬芳四溢、无比美好的日子，虽然最终我们并未走到一起，但我们并未反目成仇，我们是被逼无奈友好分手、互道珍重，从此天各一方的。然而，你后来却与人世、与我不辞而别，走得那么决绝，自此杳无音讯，也让我疑惑不解、魂牵梦绕。作为初恋情人，无论如何，我不能不闻不问，我必须知道原因，否则我此生难安……

＊　＊　＊

我与叶丽雅的结识，缘于天意，因为我们是老乡。古人说过：美不美，家乡水；亲不亲，故乡人。古人还说：老乡见老乡，两眼泪汪汪。老乡是什么？是缘。你想想，大千世界，芸芸众生，前世并无交集，今世却降生在同一个地方，彼此结识的概率大增，这不是缘是什么？因为是老乡，我与叶丽雅此生早早结识。我们出生在南方某省的同一个县城（后来的县级市），我与她虽然不是邻居，也非街坊，上学之前并不相识。但上小学时，我们上的不仅是同一所小学，而且是同一个班。巧合的是，从上一年级开始，老师就将我们安排在同一张书桌上。那时候，我们学校的书桌是长方形的，双人座，每张书桌能容纳两个学生。我和叶丽雅就这样被安排在同一张书桌上，我坐左，她坐右，应了我长大后才听说的男左女右的搭配，仿佛老师一开始就有意按照这种搭配安排座位似的。我与叶丽雅就这样认识了。那时候，我们还都是懵懵懂懂、少不更事的小屁孩，只知道上课时学习，课间玩耍或写作业，放学了就背着沉甸甸的书包屁颠屁颠各自回家，我压根没觉得我与叶丽雅之间会发生什么。唯一可以肯定的是，我们俩都是好学生，我们阳光、乖巧、听话、积极上进、学习认真，无论是学习成绩还是在学校的其他表现，都时常得到老师的表扬。巧的是，我们都时常被老师双双提及，好像老师是有意为之，也好像我们受表扬是事先约定了似的。这样的情况经历多了，同学中慢慢地就有人拿我们俩开玩笑，说我们是并蒂花开、比翼双飞。也有同学对我们挤眉弄眼，背后对我们指指点点，说不好是善意的还是恶意的，也说不好背后他们到底说了我们什么。但无论如何，这种情况经历多了，朦朦胧胧之中，我和叶丽雅之间慢慢就有了一种特殊的关系，内心之间仿佛连起一根无形的丝线，这根丝线让我们都感觉到了彼此间的好感和依恋。每天上学，我迫切希望见到的不是老师和其他同学，而是我的同桌叶丽雅。并且我很快发现，叶丽雅每天上学，迫切希望见到的也是我。那是因为有一天我因故迟到了，我满脸歉意地向老师报告后被允许进入教室，诚惶诚恐地坐到自己座位上时，叶丽雅趁老师在黑板上板书时悄悄递给我一张纸条："你怎么才来呀,都快急死我了!"开始我有些疑惑,心想我迟到关你什么事,转而一想,悄悄递回她一张纸条:"怎么那么急,你有事找我?"不料叶丽雅看了纸条,狠狠地剜了我一眼,又塞回一张纸条:"木头!"我愣头愣脑,疑惑地看着她,她却瞪我一眼,稚嫩的脸倏地红了,却不再理我,只顾专心地听老师讲课。我的心咯噔一下,瞬间仿佛春风沐浴大地,润润的,暖暖的,舒服极了,心灵深处仿佛有什么东西在悄悄萌动,我不得不承认,那是对叶丽雅的进一步好感,这好感像乡村里早晨的炊烟,晨光中被啁啾的鸟儿彻底唤醒,氤氲着袅袅升起。

那时候,我们已经上小学四年级,像我们那样的年龄,无论是男生还是女生,朦朦胧胧之中已经对异性有特殊的情感,那是一种既新鲜又神秘,既喜欢又羞怯,既向往又抵触,反正是五味杂陈,让人说不清道不明的情感。这情感时常让你兴奋、激动,时常又让你情不自禁地陷入冥想。总之,它是生活中看不见摸不着的兴奋剂,一如阴郁的雨天里投射进来的阳光,让人豁然开朗、心生激动。我对叶丽雅的感情就是这样,自从那次纸条事件之后,我已经视她为异性知己。每天上学,我不仅渴望尽快见到她,同她更多地待在一起,还自觉或不自觉地主动接近她,帮助她。比如轮到她值日,我会悄悄地帮助她扫地或擦黑板,甚至在雨天放学时主动将雨伞让给她。而我做这一切的时候,她也并未反对，好像很乐于接受，因为每次接受我帮助时，她对我总是嫣然一笑，甜甜地望着我，很享受的样子。当然，她也时常暗中帮助我，比方每逢交作业时，她会主动接过我的作业本交给老师，有时候我数学题算错了或字写错了，她会不失时机给我递上橡皮擦。就这样，我们俩彼此间互相爱慕，互相依恋，互相帮助，惺惺相惜，一步步送走如花似锦的小学和中学时光。幸运的是，我与叶丽雅之间这种暗中的早恋（如果这称得上早恋的话）并未被老师发现，因为我们俩谁都没影响学习。相反，我们彼此的爱恋仿佛是黑暗中的两盏蜡烛，交相辉映，彼此增光，互相促进，各自的成绩在班里一直都名列前茅。每逢考试，我和她时常占据班里的前两名，而且第一名和第二名时常是我们俩相互交替，轮流坐庄。"并蒂花开"和"比翼双飞"这两个词，也因此在我们班甚至全校传得更响、更广了。而我们俩这种状况，也一直持续到双双进入初中和高中，直至双双考上了北京的同一所大学。

那一年是一九九〇年。大学招生规模压缩，可我和叶丽雅还是双双被北京的一所名校录取了，你想想这是多么不容易。我们不仅考上了，而且开始恋爱。确切地说，我们之间正式的恋爱是从离开家乡的那一刻开始的。你想啊，怀春的一对男女，原本就是同校同班同桌，这回又考上远在两千多公里之外的北京的同一所名校，而且别无他人，两人又约好一同前往北京的大学报到，毫无疑问，天赐良机，无形中更是拉近了我俩之间的距离。那时候，从南方的家乡到北京，我们需要先乘坐六七个小时的长途客车到省城，再转乘省城至北京的火车，在火车上还须经历漫长的三十多个小时，如此遥远的旅途和漫长的时光，却成为我们俩谈情说爱的绝好机会。自打坐上开往省城的长途客车，我与叶丽雅就自然而然地依偎在一起。因为是邻座，结伴而坐，我们俩彼此间内心的欲望像出洞的蛇一样，吐着芯子，跃跃欲试，四处穿梭，彼此的肌肤也缠绵悱恻，时不时相互攀爬、爱抚缠绕。刚开始的时候，我们俩只是试探性地双手相碰，彼此间还有些羞羞答答、诚惶诚恐，但经过你进我退、我退你进的一番太极式练习，我俩的手紧紧地相牵了，身体很快依偎在一起、搂到了一块。随着各自的手在对方身体敏感部位激动而又小心翼翼地摩挲和游弋，我俩彼此都能听到对方急促的心跳。那种感觉，时而如山涧清流，时而如海潮奔涌，时而像春风拂面，时而又若春雷滚地……总之是刺激极了，美妙极了，舒爽极了！长那么大，我还从未有过那么激动和美妙的感觉。旅途虽然遥远，时间虽然漫长，但能与自己心爱的女孩结伴而行，我乐此不疲，丝毫没有困顿和疲倦的感觉。叶丽雅也一样，有我的陪伴与呵护，一路上她就如出笼的鸟儿，欢呼雀跃，两眼放光，兴奋异常，话语滔滔不绝。

当然，我俩之间一路的亲热，绝非肆无忌惮，因为毕竟是在公共场合，要顾忌前后左右的人。我们只能利用邻座不在或不注意的间隙，搞游击战、运动战，就像共产党八路军当年打日本鬼子一样，敌进我退，敌退我扰，声东击西，神出鬼没，打时间差。从家乡到省城，再从省城到北京，我俩就是这样在爱欲和欢乐中度过的。

大学四年，我与叶丽雅相亲相爱，互相鼓励。我们俩学的不是同一个专业，我学中文，她学历史，我们的宿舍和教学楼都不在一起，上课的时间也不完全一致，但只要有共同的课余时间，我们都铁定会见面的。比方说，吃饭和晚自习的时候，我们俩总是成双成对，形影不离。每天只要一见面，我们俩就像鸟儿相聚，兴高采烈，叽叽喳喳，无话不说，无比亲昵。我们谈学业，谈人生，谈理想，谈彼此在学校里最新一天的见闻，谈老师和同学中的趣事。我们也时常会打情骂俏，相拥相亲，当然那是在旁边没其他同学的时候。周末或节假日，我们俩也时常会结伴而行，外出郊游。长城、北海、景山、天坛、故宫、天安门、颐和园、王府井、西单，等等，北京几乎所有的名胜古迹都留下了我俩的身影和足迹。有时候，我们也会到学校附近的电影院看电影，偶尔还会到中央戏剧学院和北京人民艺术剧院的小剧场或北京音乐厅看演出或听音乐。说起来我的家庭并不富有，而叶丽雅不仅不富有，家庭经济还比较拮据，因为她是单亲家庭，五岁的时候她那做生意的父亲就抛弃妻女另觅新欢，留下可怜的母女俩，孤儿寡母的。叶丽雅的妈妈强忍屈辱，咬碎牙齿往肚里咽，硬是在艰难的日子里挺起胸膛往前走。因为担心女儿受委屈，她没有再婚，一个人含辛茹苦将女儿带大，并且将女儿培养成了大学生。叶丽雅的母亲只是一位小学教师，收入微薄。这样一个弱女子硬是独自一人遮风挡雨，将女儿培养成大学生，其中艰辛不难想象！因为知道叶丽雅的经济状况，每次与她外出，我都抢着付钱，并非我真的富有，而是我觉得男人与女人相处就理该这样，应该慷慨、大方、包容。你想啊，你堂堂一个男子汉与人家女孩子谈情说爱的，还要AA制甚至是让人家女孩掏钱请你，那多丢人啊！当然，我之所以有如此底气，还因为那时候除了家里每月给我的资助，我已经能够利用课余时间挣外快。那是在大二的第一学期，我找了份家教，为北京一位女官员上初中的儿子辅导语文和作文，每周一次，每次两个小时，每小时一百元。那时候每个小时能挣一百元，对我来说绝对是不菲的收入了。关键是我运气还不错，这位找我辅导她儿子的女官员，好像在某部委负责宣传，经常要编写些政治辅导资料，她看我辅导她儿子时语文和作文讲得不错，就让我帮助她编写政治学习资料，每千字给我二十元。虽然这样的活计时间不很固定，但平均下来也是三两个月就要编写一次，每次至少是十万字，十万字对我来说意味着有两千元的收入,那时候两千元对我这样的穷学生来说可算得上天文数字了。何况所谓编写政治学习资料,其实都是东拼西凑,对我来说是小菜一碟,易如反掌,只是我要多花些时间而已。

有了这份家教和编书的收入,我几乎可以不要家里的资助了。但为了我心爱的叶丽雅,我并未向家里透露我勤工俭学所获得的收入。我父亲是医生,母亲是护士,他们都在我们市里(那时候还叫县城)的一家医院工作,工资收入虽不算高,但他们有时候也收患者主动送的红包,这样的机会虽然不像知名医生或主治医生那样多,可也足以聊补家用了。总的来说,我们家经济相比于叶丽雅来说肯定是好得多了。所以,自从与叶丽雅恋爱,我就尽可能关心她、接济她,外出游玩、看电影、吃饭什么的,我绝不让她花钱,县全在学校食堂一同吃饭时也常抢着为她刷卡付账。叶丽雅很羡慕我有挣钱的机会和手段,她好几次也想找份家教做,但都被我制止了。倒不是我怀疑她的能力,而是我担心她一个女孩子到陌生的人家里做家教不安全,说不准哪天在独自去做家教的路上会出意外,也说不准会碰上一个不好的人家被心怀叵测的男主人欺负。所以,为了阻止她做家教,我故意竭力渲染危险,还时常将一些女孩子出事的社会新闻讲给她听,类似的事听多了,叶丽雅也渐渐有了顾虑,慢慢地打消了做家教的念头。为了稳住她的心，我也时不时将编写政治学习资料的活儿分给她一些，美其名曰是那位女领导让我再找些同学帮助编写的，叶丽雅信以为真，兴高采烈地接受了任务，每千字二十元的酬劳也拿得心安理得。就这样，四年的大学时光，我们俩相亲相爱，相濡以沫，互相勉励，互相促进，终于都顺利地以优异的成绩毕业了。

毕业的时候，我俩约好都留京工作，因为四年的大学生活，让我们都喜欢上了北京。我们喜欢北京的大气、包容，春夏秋冬四季分明，文化生活丰富多彩，三教九流群贤荟萃，五湖四海宾朋毕至，各行各业生机勃勃。这么说吧，像我们这种从小地方来到北京的年轻人，一如井底之蛙忽然升空俯瞰大地，或如蜗居小池塘的鱼儿一下子跃入江河大海，眼前瞬间豁然开朗，世界忽然变得无比广阔。多彩的生活，形形色色的追梦者，众多成功者的传奇，让人仿佛来到了自由的天堂。北京虽然生活成本高昂，充满了竞争、压力与风险，但机会却数不胜数，只要你有本事，你尽可以"海阔凭鱼跃，天高任鸟飞"。重要的是，生活的路宽阔多样，条条大道通罗马，人与人之间互不相干，互不妒忌，少有钩心斗角，鲜见流言蜚语。猪朝前拱，鸡往后刨，你有你的活法，我有我的招数，互相之间或并驾齐驱，或快慢有别，错落有致，各自追梦。只要有良好的心态和素质，谁都可以活得从容自在、淡定自尊，谁也都可能活出精彩甚至奇迹，这也许就是那么多的年轻人愿意承受巨大的生活压力活在北京、寻梦北京，再苦再累都要奔北京的原因。

基于这种原因，我和叶丽雅大二的时候就立志发奋学习，争取毕业后留在北京。幸运的是，我俩都做到了。凭成绩，临近毕业，我俩便双双被一家老牌综合性出版社录取。签约的时候，出版社一位年长的女工作人员透露说，我将被安排到文学编辑室，叶丽雅则会被分配到文史编辑室。如此美好的喜讯不啻一剂兴奋剂，让我俩大喜过望欢呼雀跃，可当我俩在第一时间双双告诉各自的家长时，却是一半海水一半火焰。我们家大喜过望，父亲和母亲举双手支持，觉得我能够留在京城是父母的光荣、祖宗的荣耀。可叶丽雅的母亲得知消息却如丧考妣，竭力反对。她母亲的理由是：叶丽雅是她唯一的宝贝女儿，毕业后必须回家乡工作，留在她的身边。

我对叶丽雅说："你留在北京工作，将来把你妈妈接到北京来，不是更好吗？"

叶丽雅说："我妈不愿意离开家乡，她说她怕冷，怕到遥远的北方来。重要的是，我妈一个人含辛茹苦将我拉扯大，而且考上了北京的大学，她一直视我为骄傲，视我为扬眉吐气的资本，她想让我回市里当公务员，让周围那些曾笑话她被丈夫抛弃的人看看，更想让我父亲家族那边的人瞧瞧。用她的话说，在哪儿跌倒，就要在哪儿站起来。"

听了这番话，我暗暗佩服叶丽雅的妈妈，感觉她妈妈虽然是一个身单力薄的弱女子，可还真有骨气，真是了不起。但我还是说："你要是能留在北京，将来咱们把你妈妈接到北京来，不是更值得骄傲、更扬眉吐气吗？"

叶丽雅说："我妈妈可不这么想，她可固执了。她说到北京来，那些曾经嘲笑她、瞧不起她的人看不着，她说我要是能回家乡的市委市政府谋个一官半职的，那多神气啊。她就是要让那些曾经瞧不起她的人天天看日日看，气死他们！"

听叶丽雅这番话，我哭笑不得。想不到她妈妈这把年龄，怎么跟个孩子似的尽说赌气的话，人活着难道是为了与别人赌气吗？我内心虽然这么想，却奈何不了叶丽雅的妈妈，毕竟我还不是叶丽雅的丈夫，即使是叶丽雅的丈夫也无济于事，连叶丽雅都拗不过她的妈妈，我又能奈何？

尽管叶丽雅与她妈妈据理力争，甚至苦口婆心、三番五次向她妈妈陈述留在北京工作的好处，也袒露她与我多年的恋情，可她妈妈无论如何就是听不进去，一如一块无比坚固的奇石滴水不进、刀枪不入。不仅如此，叶丽雅的妈妈还充分调动她作为老师的如簧之舌，反过来做女儿的工作，阐述在南方小城生活的种种好处，她说南方小城四季花红柳绿鸟语花香，气候温润宜人，生活方便物价稳定，家家户户安居乐业，衣食无忧；相反，北京虽是首都，但地大人多、车堵路塞、物价高涨、办事麻烦、生活成本高，人们终日忙忙碌碌行色匆匆……蚂蚁一样的卑微生活有什么值得羡慕的？她妈妈又说，北京人才济济，你一个本科生在首都还想扑腾出浪花来，没那么容易吧？相反，如果到咱们家乡县城来，你毕竟是北京名牌大学毕业生，好歹还是个人才吧，没准人家还将你当成香饽饽呢！她妈妈还说，反正我是打死都不想去北京的，我不稀罕，我辛辛苦苦将你拉扯大，你翅膀一硬就想远走高飞，扔下你妈妈一个人是不是？她妈妈还说，你说你爱林向阳，舍不得林向阳，可我想知道林向阳到底爱不爱你，他对你是真爱还是假爱？他要是真爱你，你回家乡工作他不就得跟着你屁颠屁颠地回来吗？……诸如此类的理由，像炮弹一样一发发打来，让原本并不善辩的叶丽雅彻底哑火，失去反击之力。

　　那天晚上，叶丽雅闷闷不乐地与我一起在学校的食堂吃晚饭，之后，我俩走到校园的林荫小道上。她边走边将她妈妈陈述的理由一股脑儿地转述给我。她无比懊丧地说："我已经没什么办法可以说服我妈了，你不知道我妈是一个多么固执的人，如果我再违抗她的意志，肯定会把她气疯，说不准还会将她气出病来，她要是有个三长两短的，那我可受不了！"叶丽雅说着狠劲踢飞路边的一颗石子。沉默了一会儿，她接着说："可话说回来，我妈说的那些理由也不是没有一点儿道理。确实，大城市有大城市的难处，小城市有小城市的好处,向阳,你说是吗?"叶丽雅忽然收住脚步,注视着我,我怦然心动,仿佛一颗石子忽然扔进我的心湖,瞬间激起阵阵涟漪。我知道,叶丽雅是反过来要做我的工作了。我注视着叶丽雅美丽的双眸,仿佛注视着两泓秋水,明亮美丽,波光粼粼,深不可测。秋水之上,是白皙秀美的容颜,那是一张俏丽可人的女孩的脸,数年来,这张脸时常荡漾着迷人的笑容,让我喜欢无比,甚至神魂颠倒。说实话,我是深爱叶丽雅的,我舍不得她,但同时我也深爱着北京。没错,人往高处走,自打小学一年级我读了《我爱北京天安门》这篇课文,我就喜欢首都,向往北京,我向往北京的恢宏大气、雄浑厚重,这里是文人墨客的聚集地、风流人物的竞技场,能在这样集全国政治中心、经济中心、文化中心、科技教育中心于一体的地方生活、工作,对任何一位追求理想的人来说无疑都是得天独厚、占据了事业的制高点和更加广阔的用武之地,这是多少年轻人都梦寐以求的,多少年来我自己也一直在为之奋斗。如今,眼看梦想就要成真,难道我忍心放弃吗?在心爱的叶丽雅和我向往的北京之间,非让我做出选择,无异于将我投入心灵的炼狱,这是多么残酷的折磨啊!

我对叶丽雅说:"丽雅,我们好不容易奋斗到今天,眼看就将梦想成真,在北京开始咱俩的生活和事业。难道,你就这么忍心放弃吗?"

叶丽雅一跺脚，抢白道："谁说我忍心了？我是没办法！我妈非坚持让我回去不可，你让我怎么办？"她急得满脸通红，边说边抹起了眼泪，梨花带雨的样子，看着都让人心疼。我的心咯噔一下，像被谁扯痛了，一下心乱如麻。我一把搂过叶丽雅，紧紧地拥抱她，像怕她飞走了似的，双手搭着她垂落在肩上的长长的秀发，怜爱地摩挲着，眼睛漫无目的地凝视着夜幕降临的校园。此刻，远处的灯光忽明忽暗、一派迷离。我内心翻江倒海，脑子里风起云涌，设身处地、快速地帮叶丽雅寻找着合适的办法——可我能有什么办法呢？这比解高等数学还难，假如眼下这事仅仅是一道数学题，那该多好，再难我也一定能解开，可它偏偏不是数学题啊！我想方设法，却徒劳无功，经历了一番难耐的沉默，我抬起叶丽雅满是泪痕的脸，喃喃说："丽雅，你先别急，你容我想想，咱俩都想想，看能否找到更合适的办法说服你妈妈。"

事实证明，我的缓兵之计和犹豫不决，在叶丽雅妈妈急切的催逼面前，一如狂风扫过的落叶，根本不堪一击。那些日子，叶丽雅的妈妈每天都打电话催促她，要她当机立断做出决策，回家乡工作，甚至在电话里对叶丽雅死缠烂打，以死相逼，说"丽雅我就你这么一个女儿，你要是不听妈妈的话回家乡工作，咱们就断绝母女关系，我也不想活了，你以后可别后悔"。母亲每天的电话和近乎决绝的语言暴力，如同威力无比巨大的原子弹，一下子就让叶丽雅失魂丧胆，宣告投降。

三天之后的晚上，叶丽雅破天荒地拒绝与我一起到食堂吃晚饭，她紧绷着脸，用冷冰冰的口气对我说："向阳，咱俩分手吧。我妈非要我回去工作，我没法改变她，我也不想连累你，让你为了我回家乡工作。从今天起，咱俩分道扬镳、各奔南北，你走你的阳关道，我走我的独木桥，祝你好运！"话音刚落，她不由分说，头一扬，长发一甩，转身便走。我一急，冲上前去拦住了她的去路，急切地说："丽雅丽雅你别这样你听我说……"几乎语无伦次。叶丽雅却去意已决，她不知哪儿来的力气，将我一把推开，旋风一般将我狠狠地甩在后面，离弦的箭一样急急离去，眨眼间跑进了她所居住的那栋女生宿舍楼，那种从未见过的决绝，如电闪雷击，瞬间让我木在那儿，我一时不知所措。而且打那以后，我虽然每天都在叶丽雅的宿舍楼、教学楼和食堂守候她，不断往女生宿舍打电话找她，她都像躲避瘟神一样刻意回避我，直到毕业离校，我再也没见过她的身影。她像一阵风一样掠过我人生的旅程，虽曾经相依相恋，最终却还是在我的视野消失……

* * *

叶丽雅回到我们南方家乡那个县级市，先是到市人事局报到,然后由市人事局分配到市公安局宣教科当文员。能在家乡的市公安局工作,而且是在核心部门和领导身边工作,那绝对是个美差,在众多乡亲眼里也算得上是最好的岗位了,对许多人来说绝对是梦寐以求的。

刚开始的时候,叶丽雅仿佛塞翁失马,那种失而复得的心情很快溢于言表。

我是在到北京的那家出版社工作之后的第一个春节,回家探亲时才从一次中学同学的聚会中获悉叶丽雅的工作去向的。自从我们毕业后分道扬镳,我俩就失去了联系。虽然我一直想方设法联系她,但都徒劳无功,因为她毕业后与我不辞而别,我不知道她的联系方式,我所打听过的中学同学也不知道她的联系方式。所以,春节期间那天中学同学聚会,是我与叶丽雅毕业后的一次意外重逢。或许是在家乡的工作岗位相对满意的缘故,那天我见不到我们在北京校园里分手时她失魂落魄的那种情绪,恰恰相反,她与同学见面时如沐春风,吃饭时自始至终神采奕奕,笑语飞扬,只是席间我几次有意走到她身边向她敬酒,她并未像先前那样与我心有灵犀、亲密无间,虽然也笑脸相迎,礼貌地起身与我碰杯,但她的神态和举手投足,早已经没了昔日恋人的那种亲热,相反是彬彬有礼,不亢不卑,这让我忽然间感觉到怪怪的,内心不由自主地掠过一丝不易察觉的苦涩,我感觉人与人之间的关系真是太怪了,原本亲密无间的两个人，怎么说变就变，一晃便几乎成为陌路人呢？不过，当我得知她在市公安局工作的时候，我的内心也释然了，甚至感觉到了一丝宽慰，毕竟她找到了自己满意，也让众人羡慕的一份工作，我在内心深处为她默默祈祷，祝愿她工作顺心如意。聚会结束，我主动与她告别，随手递给她一张名片，并索要她的电话号码，当着其他同学的面，她礼貌地一笑，略显犹豫，说"我回头再告诉你吧"，可是此后，我却一直未见她告诉我电话号码，更未见她主动联系我。她的这份冷漠和拒绝，很令我意外，也让我感到深深的失落！毕竟，我俩曾经相爱一场，我以为即便分手，也完全可以以同学或普通朋友相待，没必要一下子变得形若陌路呀。然而说到底，这只是我的一厢情愿。既然岁月已逝，情缘已断，我又何必强求呢？

自打这次聚会之后，我再也没有与叶丽雅见过面，彼此间也没有联系过。既然她在刻意回避我，我也不想打搅她，毕竟世事难测，人各有志，生活不易，我想就让时间慢慢流逝，让岁月保存内心深处彼此间那份曾经的爱和美好记忆吧。既然相爱不能永远，彼此只能分离，那就在内心互道一份珍重，彼此为对方默默祝福吧，谁让我们彼此曾经深深相爱却擦肩而过呢？

我在北京那家部属出版社只工作了两年，虽然所学专业对口，干得也算顺手，领导对我也还算赏识，但每天早九晚五地坐班，整天与书稿打交道，接触的作者也有限，慢慢地我就感觉到枯燥、压抑，甚至厌烦，没多久便萌生了离开那家出版社的想法。很快，我参加了一家行业报的招聘考试，没费多大力气便被录取了，我顺利当上了这家报社的记者。

与那家出版社相比，我仿佛是一条从井里忽然游进大河的鱼儿，天地忽然宽广起来。在出版社工作，我几乎每天都是两点一线，奔走于宿舍与单位之间，上班时间基本上是呆坐在办公室里看书稿，与作者打交道也多是在出版社的办公室里，偶尔外出约见作者或参加活动，也都得严格遵守请假制度，丁是丁卯是卯的，除了下班时间，很少有自己回旋的余地。到了报社，当上了记者，忽然间像从笼中飞出的鸟，终于自由了。我不用天天坐班，可以外出采访，触角所至，上至高官下至平民，三教九流各色人等，只要与我的选题和报道有关的人和事，我都可以凭记者证自由选择，与他们结识。有了自由，便有了自主，我工作的热情、积极性、主动性和创造性一下子被激发起来，我经常外出采访或到外地出差，写稿、发稿，写稿量和发稿量很快在报社的年度考核中名列前茅，当年我便被评为报社优秀记者。第二年，我采写的一篇报道还获得了中国新闻奖。获得荣誉的同时，我的工资待遇也迅速提升，加上年终奖，收入很快比在出版社工作时高出两倍。

没过多久，我又开始恋爱。女友范晓雪是我在人民大会堂领中国新闻奖时认识的，她是一家中央大报的记者，她采写的报道与我同样获得了那一年中国新闻奖的一等奖。上台领奖的时候，我与她正好并排站着，彼此不说一见钟情，至少也算一见如故。回到台下的时候，我俩又坐到了一起，几乎无话不说，聊得很投机。领奖之后，我们保持着密切的联系，只要一有空，我俩就会相约一起喝茶、聊天、逛街、看电影、谈生活、谈工作，很快便亲密无间，进而又肌肤相亲。晓雪是北京人，她出生在京城一个普通的知识分子家庭，父母都在北京的文化单位工作。相比我这个小地方出生的外省人，作为北京人的晓雪见多识广，我俩相爱没多久，她就帮我分析说："向阳，你人很聪明，干得也很出色，但我觉得你们报社只是一家行业报，有局限性，再干也很难干出更大的业绩来，不如调到中央级的综合性大报。"

一句话，让我茅塞顿开，心思也活泛起来，我仔细回顾自己在报社的工作，评估着自己目前所在报社的性质和前景，琢磨着晓雪的善意提醒，感觉她的话还真是不无道理。虽然我现在也能到处采访，但毕竟局限在本行业以内，你辛辛苦苦地写出一篇报道，可除了本行业的职工读者，还有多少人会关注你，读你的报道并知道你的名字？我当即说："晓雪你说得对，人往高处走嘛，我倒是想调到中央级的综合性大报啊，可是有那么容易吗？"

晓雪瞟我一眼，嗔怪道："哼，当初你不是也跳槽到了现在的报社吗？人活在世上，想做的事，不在于易还是难，关键看你是不是真下决心做。"

论年龄，晓雪比我还小两岁，可此刻她却像个人生导师一样一本正经地开导着我，说得不仅入情入理，还颇有几分哲理，一时让我无言以对，内心也不得不佩服她的视野和远见。我带着求教的目光望着她，问："晓雪，你有何指教？"

晓雪见我一本正经的样子，调皮地刮了一下我的鼻梁，"扑哧"一下笑出声来，说："你呀，怎么愣头愣脑的，真是傻得可爱。告诉你吧，我们报社近期又要招聘了，而且是招聘驻外记者，你准备报名参加考试吧。"

我心里一乐，说："这倒是个好消息，可是我能行吗？何况是驻外记者？"

晓雪剜我一眼，戳了一下我的脑门，撇着嘴说："瞧你，啥记性啊，我刚刚说什么来着，这么快你怎么就忘了？"

一句话，又点中了我的软肋，我装模作样地拍着自己脑门，"噢"的一声，赶紧赔笑说："我没忘我没忘，你说过，人活在世上，想做的事，不在于易还是难，关键看你是不是真下决心做。"我像小学生当着老师的面跟着老师念课文一样，一字一句地背出晓雪刚才说过的话，一副知错就改的样子。

晓雪见状,忍俊不禁,"咯咯咯"地笑,笑毕,端起架子做教师状,用训导学生的口吻说:"知道错了吧,打算怎么改?"

我立即借坡下驴,装乖巧样,一本正经地说:"知道,立即报名参加贵报招聘考试!"言毕,我俩心有灵犀,相视而笑。紧接着欢快地搂在了一起……

晓雪的这次提醒,让我又一次改变了人生轨迹,我顺利通过晓雪所在的那家中央综合性大报的招聘考试,并且被派往法国当驻外记者,与此同时,晓雪也通过报社的内部考试,成为报社派往德国的驻外记者。工作的改变,也带来了生活的改变,因为同是报社的驻外记者,我俩虽在不同国度,却同在欧洲,同属于欧盟国家,两国之间相距不远,且来去自由。没多久,我俩便结了婚,并且在五年之后有了一个女儿。

自从到了欧洲,我事业的舞台更大了,生活的天地也更加宽阔。回顾我毕业后的工作经历,我庆幸自己当初选择留在了北京,北京多好啊,博大、包容、机会多多,虽然竞争激烈,却充满了生机与活力。你有多大本事,你就有多大发展,天空广阔无垠,不会有任何人为设置障碍阻拦你。你在一个单位干腻了,很容易就能换个单位。你在本单位干得不顺心,或老板看你不顺眼,你尽可以抢先一步炒老板鱿鱼。你单位的老板要跟你过不去，不想用你，只要你有真本事，你尽可以拍拍屁股一走了之，潇洒地扔下一句"此处不留爷，自有留爷处"。反正能在北京工作和生活，真的是"海阔凭鱼跃，天高任鸟飞"，不愁没工作，更不愁没饭吃，只愁你自己到底有没有真本事。

作为报社的驻外记者，我在法国一待就是十年。

这十年，我不仅每年都出色地完成报社驻法国报道任务，而且成为中法关系和法国问题专家，时不时接受中法媒体的采访，时不时应邀在中国或法国做中法关系问题讲座。

这十年，我只回过两次南方的老家。

第一次是我被派驻法国五年之后，那次是春节，因公务在身，我只在家陪父母吃了午夜饭，并过了正月初一和初二，初三便匆匆离家。在家的时候，我的时间都用于迎来送往，根本顾不上联系叶丽雅。实际上，我也没有叶丽雅的电话号码。我只是从中学同学李春梅那里，隐约得知叶丽雅迄今仍孑然一身，甚至连男朋友都没有。而那时候，我与范晓雪早已结成连理，并且已经有了一个活泼可爱的女儿，因为晓雪和女儿留在北京陪我的岳父岳母，我是孤身一人回老家陪父母过的春节。

第二次回家探亲，又是时隔五年之后的春节，这次我带着妻子和女儿，一家三口第一次齐刷刷欢天喜地地回到老家，老爸老妈心花怒放，高兴得合不拢嘴。每逢春节，亲朋好友及同学之间免不了发短信互致问候，其中也有我和高中同学李春梅相互的问候短信，李春梅在回复我的问候短信之后，又给我发了一条短信："你知道叶丽雅不在了吗？"我立即回复："怎么？她上哪儿了？调哪儿工作去了？"李春梅立刻回复道："哪儿跟哪儿呀，我说的是她不在人世了！"这短信简直如一颗子弹，"嗖"地冷不丁在我耳边飞过，令我毛骨悚然，难以置信！我回复："春梅，大过年的可别乱开玩笑，多不吉利！"对方的短信迅即又掷了过来："谁跟你开玩笑了？这事都发生半年多了，叶丽雅上班时间在市公安局坠楼，当时就没命了。"这短信如一颗威力巨大的炸弹，瞬间在我跟前"轰"的一声炸开了，惊心动魄，震耳欲聋，令我瞠目结舌。待我回过神来，立即拨通李春梅手机，迫不及待地追问："春梅你说的可是真的？叶丽雅到底出了什么事？"此刻我的声音也如引爆的炸弹，歇斯底里，令我的妻女和父母疑惑不解，此刻他们齐刷刷地将惊诧的目光射向了我。李春梅在电话那头说："这事一句半句说不清，这样吧，你如果有时间，今晚在市文化宫西侧的雅舍茶馆见面，咱们细聊。"我当即答应。

那天是正月初三，晚饭时，我顾不上细饮慢嚼，胡乱吃了几口，便迫不及待地同晓雪和父母告别，起身赴约。

李春梅是我高中时除叶丽雅外和我关系比较密切的异

性同学，她也是叶丽雅曾经最要好的同学，由于她学习成绩稍差，又因为我与叶丽雅曾经的恋人关系，上高三之后她便慢慢地和我们疏远了，直到我大学毕业参加工作之后那一次的同学聚会，我与她才重新有了联系。

我骑车来到雅舍茶馆的时候，已经在茶馆门口等候的李春梅将我迎了进去。时值晚上八点，茶馆里已经来了不少客人，茶座已经陆陆续续被客人所占。茶馆的中央，一位年轻美貌的女子正在为客人弹奏古筝，是一曲美丽动听的名曲《春光美》，这也是我很喜欢的一首古筝名曲，如果在平时，我肯定会驻足或找个地方坐下来，静静地欣赏。但此时的我惦记着叶丽雅的死讯，根本无心顾及，而是忧心忡忡地跟着李春梅来到茶馆里最安静的一个小雅间，雅间的窗外，是夜色下小城的江景和波光潋滟、滔滔东去的水流。

李春梅高中毕业后没有考上大学，她在家里的支持下开了这个茶馆。雅舍茶馆面积不大，但坐落在穿城而过的江边，地点极佳，茶馆的门前，是车水马龙、繁华热闹的临江大街。茶馆的背面，则朝向宽阔平坦的江面，从茶馆敞开的窗口向外眺望，城市的夜色中，江水滔滔，船帆影影绰绰来往穿梭，两岸五彩缤纷的灯光倒映在江中，在水流的涂抹下变幻莫测，如诗如画。然而，此刻的我却无心恋景，两人刚落座，我的心依旧怦怦直跳，迫不及待地问：

"春梅，你说的是真的吗？叶丽雅到底是怎么回事？"

李春梅瞥我一眼，她先招呼服务员为我俩沏茶，接着慢慢讲述了她所知道的叶丽雅身上发生的一切。

叶丽雅从北京的名校毕业，被她妈妈所逼，不得已回到南方家乡的县级市，还算幸运地应聘到市公安局宣教科工作。也许是工作岗位不错，叶丽雅渐渐从离开北京时的阴影中走了出来，她开始主动联系高中时的一些同学，其中自然包括曾经最要好的高中同学李春梅。

刚开始的时候，叶丽雅的情绪还不错，每次与李春梅见面，她都很高兴地说起她在市公安局的工作，比方说公安局最近又破了什么大案，抓了什么人，树了什么典型，为老百姓办了什么实事，等等，叶丽雅都津津乐道，因为她的工作就是写新闻通稿，也为新闻单位提供宣传线索和新闻素材，她很乐意干这项工作。因为工作出色，也因为她长得俏丽，性格又还算开朗随和，工作不到一年，她在市公安局就成了红人，第二年年终考核，她被评为市公安局先进个人。周围的同事开始是欣赏她、羡慕她，慢慢地变成了嫉妒她，故意疏远她，进而又孤立她。好在领导很赏识她，无论是科长还是副局长、局长，都对她赞赏有加。面对这种局面，叶丽雅又忧又喜，她提醒自己戒骄戒躁，做事依然努力认真，待人尽可能热情低调，并且坚信自己身正不怕影子斜，只要努力工作，干出业绩，被领导赏识，其他的都不重要。她告诫自己，要像把握舵桨一样紧紧地把握住自己的人生航向。这样的状态也确实持续了一段时间，但树欲静而风不止，风浪时不时拍打着她，推搡着她，甚至撞击着她，慢慢地让她力不从心，难以抵挡。

李春梅说：

有一天下了班，叶丽雅来到雅舍茶馆找我，她疲惫不堪、情绪低落地对我说：唉，真没意思，我不想干了。我疑惑，说你不是说过身正不怕影子斜，只要努力工作，干出业绩，被领导赏识，其他的都不重要吗？难道你在领导面前也失宠了？叶丽雅瞥我一眼，又耷下眼帘，摇了摇头，说：不，恰恰相反，领导太宠我了，可我……我怕，我……不愿意。那时候我已经结婚生子，我是过来人，一听便明白了几分，心想叶丽雅被领导性骚扰了，这很麻烦，比被周围的人嫉妒、孤立更可怕。我说，我是结了婚的人，到底怎么回事，你要相信我，就实话告诉我，我帮你拿主意。叶丽雅望了望我，欲言又止，看得出，她有些犹豫，但可能实在是被迫无奈，最终才如实告诉了我。叶丽雅说，自从她评上了年度全局的先进工作者，市公安局的张局长便将她调到局长办公室，安排她当自己的秘书，外出开会要带着她，迎来送往带着她，写材料或讲话稿交给她，外出参加应酬也都要求她跟着，反正无论是公是私，张局长都要求她像影子一样跟着他。有时她进局长办公室，张局长还对她动手动脚……听到这些，我内心直骂这个王八蛋的脏（张）局长，开口却对叶丽雅说，你不该单身，你该嫁人了，嫁了人你就有理由在一些场合回避、搪塞那位脏局长。叶丽雅说：我连男朋友的影子都没有，你让我嫁给谁呀？她这么一说，倒是提醒了我。我说，你们市公安局上百号人，穿警服的男人一个个英俊潇洒、高大帅气，我不信你就挑不出一个，是你自己高高在上放不下架子吧？叶丽雅叹着气说：唉，你说的都只是表象，是，局里的不少人外表看着都不错，但优秀正派的早已成家立业，剩下的乍看一个个都人模狗样的很光鲜，可接触多了你就会发现，他们当中不少人不是粗俗不堪就是趾高气扬，反正是浅薄轻狂，鼠目寸光，缺少理想和修养，虽然想跟我好的人不少，但说实话，我……我真是一个都没看上。叶丽雅这么说，我也有几分信，以前就感觉当警察的一个个都神气得不得了，但他们当中有些人对待平民百姓就跟对待罪犯似的，压根就没把人放在眼里，更谈不上尊重。这么一想，我也就不想再劝她，转而说，要不我帮你留意留意，看看有没有合适的人可帮你引荐。叶丽雅听罢，看着我，不置可否。我寻思，她这是默认了。此后不久，我先后给她介绍了几个对象，都是平时在我的茶馆认识的，一个是官员，一个是教师，还有一个是生意人。这三个人叶丽雅先后都见过面了，而且都接触了几次，可最终都是蜡烛遇上风——

吹了。那个官员，在市政府某机关当科长，大学本科毕业，年龄与叶丽雅相仿，可接触了几次，叶丽雅就感觉到此人夸夸其谈，言必谈提干、升迁，要么就是谈如何阿谀逢迎、投机钻营、拍领导马屁，总之野心很大，叶丽雅不喜欢这种男人，说要是跟这种男人一起生活肯定整天得提心吊胆，没有安全感。叶丽雅见的那个教师，在市区的一所中学教高中数学，戴一副深度近视眼镜，话语不多，清清瘦瘦、文质彬彬、踏踏实实的样子，但接触多了，叶丽雅感觉这人像数学中的阿拉伯数字一样枯燥、单调，毫无生活情趣，才见过几次就兴致索然，心想要是跟这人生活一辈子，自己岂不像是守活寡？这么一想，她就快刀斩乱麻，断了来往。那位商人呢，其实条件不错，自己开着一家贸易公司，虽然公司规模不大，但起码有几千万资产，光房产就有好几处，自己开着辆崭新的黑色保时捷，相貌堂堂，年龄比叶丽雅大十来岁，虽说有过短暂婚史，但没有孩子，这种条件配叶丽雅，我觉得挺合适的。可叶丽雅只见了一次，就像躲瘟神一样不愿再见面了。我问叶丽雅什么原因，开始她不愿意说，后来经不住我追问，才很厌恶地说对方刚刚见面就动手动脚，猴急猴急的。我一听觉得又气又好笑，我说那算什么事啊，男人哪个不这样，谁让你长得像公主，要长相有长相，要学历有学历，美丽又高贵呢？依我说，你们俩只要觉得外部条件相当，早晚都得睡到一块儿，何必计较早还是晚呢？再说了，他这么好的条件，你要先睡了他，他不就是你的了吗？不是有句话叫什么来着……哦，想起来了，叫先下手为强——啊不，叫捷足先登……

李春梅滔滔不绝，兴致勃发，嘴角已经欢乐地冒出不少唾沫。她还想继续说，可我听到这里已有几分反感，毕竟叶丽雅曾经是我的恋人，我太了解她的性格和内心了，那位所谓的商人刚见面就如此粗俗鲁莽，叶丽雅是万万不可能接受的。李春梅却这么说，简直跟那个商人一样粗俗，我当然不高兴，心想真是环境造就人，同是高中同学，就因为高考的胜负造成人生的分野和文化修养的差异，价值观之间的鸿沟竟然是如此巨大！虽然心生厌恶，可我还得听李春梅说下去，毕竟我不是来听她闲扯的，我打断她的话，直截了当地说："春梅，行了，你别说那么多了，我只想知道叶丽雅到底是怎么死的。"

李春梅喝了口茶，看着我，却依然自顾自继续说：

找对象这事，叶丽雅挑三拣四的，先后给她引荐的几个男人她都没看上，我有些生气，也懒得理她了，再没主动联系过她。可能她也意识到有负我的一片苦心，不好意思主动联系我，就这样我们失联了一段时间。但我们毕竟都用QQ，相互间都加了好友，虽然没有联系，可我也能时不时从她的个人空间中知道她的一点近况。其实，叶丽雅也很少在个人空间上发照片，只是断断续续偶尔为之，所以我知道她的信息也只是一鳞半爪，无非是外出时发几张风景照，开会时发几张会场照片，买了什么新书也晒一晒。有一次，我看到她发的是没头没脑、莫名其妙的两则，一则是"姐妹们都爱美，都在追求美，殊不知美也会带来麻烦和烦恼……"另一则是"昨晚做了一个噩梦，我被关在一个铁笼里，周围都是老虎，老虎凶神恶煞、张牙舞爪地抓着铁笼，不断冲我咆哮，我被惊醒了。可醒了还是觉得自己仍在梦里，现实和人生又何曾不是梦？"看了这两则信息，我越琢磨越觉得不对劲，就禁不住打她手机，约她下班后到我这儿来。她倒是来了，但似乎心神不宁的，人也显得疲倦憔悴，容颜虽依然美丽，却也像被毒日晒蔫了一样，没精打采的。我问她近况怎么样，她回答说还不是那样，整天瞎忙。我问她发那两则信息是啥意思，她愣了一下，苦笑着说：春梅，实话告诉你吧，最近我一直在联系调动工作，想换换环境，但在本市联系了几个单位，不是人家编制已满，就是被我们局的张局长搅黄了，因为张局长死活不让我走，他说过局里的工作需要我，他也离不开我，还说只要他还在局里当一把手，我就甭想走。真是岂有此理！叶丽雅说这番话的时候，一脸的委屈，既沮丧又绝望，眼睛里噙着泪珠，滴溜溜地打转，那样子像极了被拴着绳子等待宰割的羔羊，看着都让人心疼。我一听气得牙痒痒，心想怎么又是那个无赖脏局长，流氓土匪似的，真是欺人太甚！真恨不得拿刀将那个脏局长给活生生宰了。虽然恨，可也就在内心骂骂而已，你想想咱算老几呀，草芥而已，平民百姓一个，那脏局长有权有势，还把着市公安局大权。公安是什么部门呀？三岁小孩恐怕都知道，谁敢惹？我要敢惹那脏局长，他想收拾我岂不是像踩死一只蚂蚁一样容易？这么一想，我一时也没了主意，只好说，唉，丽雅呀丽雅，当初你要不听你妈的话，留在北京多好，工作单位、男朋友都是现成的，什么都有了。可你非得听你妈的，回到咱们这小地方，这简直就像大江大河里的鱼掉到井里，再想游出去就难了。小地方虽说生活方便，但文化封闭，法制落后，人际关系复杂，山高皇帝远的，一些官员为所欲为的，你有啥办法？只是事到如今，你恐怕也没什么更好的选择，只好忍了。俗话说，人在屋檐下，不得不低头，好在你眼下是你们局长的红人，他那么信任你，喜欢你，再怎么说也是好事吧，依我说，你还是随遇而安、随机应变吧，祝你好运！我无话找话，尽可能安慰她，几乎语无伦次。叶丽雅依然一脸沮丧、一脸无助，末了一咬唇，抬起头说"谢谢你，我走了"，边说边起身同我握手。不料她这一握，却是她此生与我的永别。

听到这句话，我内心咯噔一声，一阵绞痛，像被谁用针扎了一样，却强忍着疼痛问李春梅："后来叶丽雅发生了什么事？"

李春梅耷拉下眼睛，沉默了一会儿，内心似乎也痛着，不大情愿回忆往事。过了一会儿才叹着气，说：

我也不知道她究竟发生了什么事。那天上午刚开门营业，有客人就在我的茶馆大声议论着前一天发生的事，说市公安局大楼下午有人坠楼，是个年轻漂亮的女孩。我很震惊，上前追问那坠楼的女孩到底是谁，那位客人摇了摇头，说不知道，只知道是位年轻漂亮的女孩，太可惜了。我问那女孩是怎么坠楼的，市公安局到底发生了什么事，那客人也只是摇头，说不清楚。我心生疑团，内心也不住叹息、惋惜，却忙于招待客人，再无暇顾及这事。到了中午，客人越来越多，大家议论的却都是公安局女孩坠楼的新闻，甚至有人在争论那女孩到底是坠楼还是跳楼，争得面红耳赤。我一边干活，一边听着他们的争论，心想如果是跳楼，那是自杀，如果是坠楼，那又是什么？要么是自己不慎坠楼，要么是被人故意推下楼杀害。再一细想，我排除了前者，条件那么好的市公安局办公大楼，那女孩既不可能爬到窗外，也不可能爬上屋顶，不存在不慎坠楼的可能。如果不是跳楼自杀，也只有他杀了。如果是他杀，那问题可就严重了。这么想着，我忽然意识到应该主动给叶丽雅打个电话，遂拨打她的手机号，不料却一直占线，到了下午再打，却显示关机，这让我心生不祥之感。直到晚上，我才从吴君茹那里得到不幸的消息，那个坠楼的女孩正是叶丽雅。吴君茹你还记得吧，她是咱们高中同一届但不同班级的同学，叶丽雅的邻居，她与叶丽雅住同一栋楼的同一个单元。因为我以前就听说过她俩是邻居，所以给吴君茹打了电话询问情况，吴君茹正好刚从她母亲那里得知叶丽雅坠楼的消息，还说出事之后，叶丽雅的母亲被公安局接走了，哭得死去活来的，至今仍未回家。直到三天之后，叶丽雅的母亲才被两位穿制服的女警察送回家中，但整个人已经像大病一场一样没了人样。与警察一同来的，还有叶丽雅母亲所在学校的校长和两位女教师，显然是学校安排前来照看叶丽雅的母亲的。吴君茹说，当天晚上她和母亲一起去看望叶丽雅的母亲，还带去了水果、牛奶和鸡蛋，极力想安慰她，不料叶丽雅的母亲却痴痴呆呆，面无表情，好久都不说一句话。吴君茹母女与在场陪护的两位女老师交流，才知道市公安局不顾叶丽雅母亲的反对，已经强行将叶丽雅火化，且定性为因患抑郁症跳楼自杀，公安局还说出于人道主义，给叶丽雅母亲二十万元抚恤金。公安局这些做法，叶丽雅的母亲自然不接受，但无论叶丽雅的母亲如何哭闹、反对，公安局就这么定了，根本没有商量余地。那两位老师向吴君茹母女说这些时，叶丽雅的母亲呼天抢地，捶胸顿足，歇斯底里，大声哭诉女儿冤枉，女儿不可能得抑郁症，更不可能自杀，女儿肯定是被人害死的，还哭诉说：凭什么事情还没查清楚呢，你们就强行把我女儿给火化了,还假惺惺地拿二十万元抚恤金打发我,想堵住我的嘴啊,没门,我不服,你们到底是公安还是强盗?我要控告你们!吴君茹说,叶丽雅母亲哭诉这些时,虽然情绪激动,但思路清晰,理直气壮,听着入情入理,却让人寒心。因为谁都知道,胳膊拧不过人腿,公安局是干吗的?不就是查案、办案的吗!出了这么大的事,人家都快刀斩乱麻,早早就给叶丽雅的死定性了,说她患了抑郁症,跳楼自杀,何况这案子发生在市公安局,人也是在市公安局死的,权力就在公安局手里,你还能把案子翻过来吗?可叶丽雅的母亲就是不服,口口声声说女儿肯定是冤枉的,是被人害死的,女儿是死不瞑目,她无论如何要上告,要上诉……

李春梅说到这里,停下来连着喝了几小杯茶,大口地喘着气,仿佛刚进行完一次长跑。

我的内心此刻却电闪雷鸣,惊涛拍岸,心房被撞得阵阵颤痛。我紧紧盯住对方,迫不及待地问:"后来呢?"

李春梅这才接着说:

"听吴君茹说,后来叶丽雅的母亲病倒了,病了大约一周,叶丽雅母亲所在学校安排老师轮流守候,吴君茹母女也时常到她家去照看她。再后来,叶丽雅的母亲总算好了,便开始上告。她先是到市公安局哭闹,却很快被赶了出来。后来她到市委市政府,同样被扫地出门。没办法,她又跑到上一级的市委市政府，每次负责接待的人都劝她先回家去，他们会责成下级相关部门解决，只是每一次都如泥牛入海，最终都没有音讯。那么多次碰壁，那么多次被踢了皮球，叶丽雅的母亲怒不可遏，她买了一条白布，用红墨水在白布条上写：'千古奇冤，公安局害死我女儿，还我女儿！'她每天举着这条白布在市公安局大门口抗议，在市委市政府大门外申冤，甚至在省长下来调研考察的时候挡住省长车队，号啕痛哭，大声喊冤，闹得满城风雨，也惹怒了市里的领导。没几天，市公安、市委市政府大门口乃至全市的每一个角落，人们再也见不到叶丽雅母亲的身影。就连她们家的大门也长时间紧锁着，吴君茹等平时熟悉的邻居，甚至叶丽雅母亲学校的校长和同事，都不知道叶丽雅母亲的下落。从那以后，再也没有人见过叶丽雅的母亲，她家的大门也一直紧闭着。活生生的一个人，就这样莫名其妙地从这个世界蒸发了……叶丽雅她们母女俩，本来就孤儿寡母的，现在连人都没有了，真是可怜。"

李春梅讲到这儿，声音哽咽起来，她顺手从茶桌上抓了一张抽纸，擦起泪来。我听得怒火焚胸，牙齿咬得咯咯响，内心阵阵刺痛，我们家乡这小小的县级市，真的是天高皇帝远，和尚戴帽——无法（发）无天啊！

李春梅擦完泪，对我说："向阳，你在北京，听说又是中央大报记者，这事不能不了了之，你得想办法管一管，不然叶丽雅死得不明不白，她母亲也失踪得不明不白，她们母女俩孤立无援，死了都无人过问，真的是太可怜了。"说这话时，李春梅直视着我，目光像喷火的枪口，烧灼着我的内心，让我无路可退。是的，我身居北京，又是中央某大报记者，何况叶丽雅不是别人，她是我的昔日恋人，她死得那么突然，那么悲惨，我能无动于衷，置之不管吗？可是，我该怎么管呢？

　　与李春梅的这次见面，使我忽然间像中了邪一样魂不守舍，满脑子都是叶丽雅曾经的音容笑貌，我甚至仿佛闻到了叶丽雅与我恋爱时的气息，芬芳扑面，香气迷人，我无法抵挡。回想起恋爱时叶丽雅对我的柔情蜜意，对我的种种好以及我们俩曾经的情投意合、相依相恋，我终于第一次意识到现实的残酷，也第一次理解了"人生如梦"这四个字的深刻含义。为了我与叶丽雅那份曾经的爱和美好情感，我内心被一种念头攫住了，而且越攫越紧，越攫，这种念头就越发强烈，我想无论如何，我要千方百计、用洪荒之力解开心头之谜，寻找叶丽雅的死和她母亲失踪的真相。

　　那天与李春梅长谈后回到家中，我将叶丽雅的死讯向家人说了，因是春节，在场的包括我年迈的父母及哥哥、姐姐、妹妹，还有随我回老家过春节的妻子、女儿。虽然父母和哥哥、姐姐、妹妹早就在半年多以前听说过市公安局有一个女孩坠楼的事，但当时并不知道那个女孩就是叶丽雅，更不知道叶丽雅在公安局过得并不开心。叶丽雅是我中学的同学，曾经与我一同考上北京的大学，并且曾经是我的初恋情人，这事我的父母和哥哥、姐姐、妹妹都知道，我的妻子和女儿当然不知道。但无论知道与不知道，当我将叶丽雅的死讯告诉全家人时，所有的人都震惊不已、唏嘘感慨，继而愤愤不平，都说叶丽雅年纪轻轻，却死得不明不白，太冤枉、太可怜了。

妻子范晓雪却义愤填膺，瞪大眼睛惊呼："这么大的事出在公安局内部，公安局怎么能独断专横、擅自处理？起码应有市纪委、市检察院等第三方机构介入吧？你们这儿真的是山高皇帝远，太无法无天了！"晓雪说这番话时，一改到我家以来一直文文静静、大家闺秀的形象，她打抱不平的表情，忽然让我们全家记起她北京姑娘和大报记者的身份。我的哥哥、姐姐、妹妹这时也随声应和，纷纷表示赞同。

父亲却吐着烟，慢条斯理地说："晓雪说得在理，但市纪委、市检察院介入也没用，应该是上一级的纪委和检察院介入。可这事谁会管啊，叶丽雅人都死了，她母亲又杳无踪影，除非是她父亲。可她父亲不是一直断了联系，与她们母女没有来往吗？"父亲说完望着我。

我说："是。据叶丽雅说，她父亲与母亲离婚后跟她们一直没有来往，准确地说应该是叶丽雅的母亲拒绝与前夫来往，甚至拒绝法律规定的在叶丽雅十八岁前理应支付的抚养费，而她也不让前夫见叶丽雅。所以，叶丽雅与她母亲一直相依为命。"

我母亲听罢，连声说："母女俩孤苦无助的，真是可怜！"

晓雪说："孤苦无助，也不能不了了之吧？毕竟人命关天，光天化日的，女儿死得不明不白，母亲想申冤却屡屡碰壁，最终还失踪了，这事就不了了之了？你们这地方还有没有王法了？"晓雪直视着我，目光咄咄逼人，仿佛我成了罪人似的。我很欣赏她同情弱者的品德，毕竟是在首都北京长大的，也不愧是大报记者，铁肩担道义、妙手著文章的情怀如影随形，时刻陪伴着她。我与她谈恋爱时，每次逛街见到乞讨者或上访者，她都要慷慨解囊，甚至停下来询问、安慰几句，为此她还做了来京上访者系列报道，认为上访者络绎不绝，根子在地方，是当地干部不作为或乱作为，解决不好矛盾让上访者源源不断来到北京，为此她在系列报道中下了结语，说中国当下的严重问题在于教育干部而非百姓，她语出惊人的这个系列报道受到了报社领导的表扬，还获得了当年的中国新闻一等奖。我虽然欣赏晓雪，但此刻内心仍像一团乱麻，搜肠刮肚，却找不到应对之策。

面对晓雪的质问,我说:"晓雪你说得对,叶丽雅死得不明不白,她母亲也失踪得不明不白,这事肯定不能了了之。但得慢慢想办法。"

晓雪说:"不用想,办法明摆着呢。咱俩都是记者,咱们凭记者证直接到市公安局做调查好了。"

我说:"人家公安局不接待怎么办?"

晓雪说:"还没上门呢,怎么就知道人家不接待了?"

我说:"这可不是写表扬稿,人家会敞开大门欢迎。咱们这是要上门揭人家的短,抓人家把柄,人家能接待咱们?"

晓雪说:"大不了咱们让报社开采访介绍信。"她说这话时,态度非常坚决,看来是不闯龙潭不死心。

我暗暗佩服她的勇气,遂附和说:"行啊,可大过年的,报社能给咱们开采访介绍信吗?"

晓雪说:"这样吧,开介绍信的事你甭管了,我来搞定!"说完,她就拨通了报社副总编的电话,三言两语就把事情搞定了。晓雪没具体说,更没说采访的真实意图,只是说到南方某市过春节来了,刚好这个市公安局有一个不错的线索,但需要报社出具介绍信人家才能接受采访。副总编问什么好线索呀,晓雪眼珠一转,随口说:"是采访公安人员节日期间安抚上访者,维护治安稳定的。"她这么一说,副总编便信了,随即说没问题,说马上安排办公室将采访介绍信开出后快递给我们。

父亲此时却低头朝烟灰缸弹着烟灰，不动声色地说："向阳、晓雪，你们的正义感和同情心我很支持，不过公安局那帮人可不是好惹的，没那么容易对付。人家要能接受采访嘛，当然好。可如果不愿意接受你们采访，我看就算了，别给自己惹麻烦。"

听了这话，晓雪皱了皱眉，将目光投向了我。我当即说："爸，这我们知道，您放心。"

一直没搭腔的母亲，这时也不无担心地说："向阳，你爸提醒得对，公安局那帮人可不是一般人，平时谁见了都得怯三分，躲着走，最好还是别惹他们。"

晓雪听罢，憋不住替我回答："妈，您别担心，公安局虽然不好惹，可我们是从北京来的，又是大报记者，也不是一般人，大不了他们不接受我们采访，我们不会有事的。"

我也帮腔说："爸、妈，晓雪说得对，大不了公安局不接受采访。不行就拉倒，我们也不会强求，更不会给自己惹麻烦，你们尽可以放心。"

在场的哥哥、姐姐、妹妹听罢，也纷纷提醒我们，与公安局打交道，还是小心点好。对此，我和晓雪都表示会把握分寸的。

* * *

我们一家三口原计划正月初五飞回北京，但为了到市公安局采访，我们决定暂缓回京，计划等到国务院统一规定的上班时间——正月初七去采访。去采访前，我们收到了报社快递来的采访介绍信。

正月初七上午九点，我和晓雪打车径直来到市公安局，大门口站岗的警察挡住了我们，让我们到传达室做来访登记。

进了传达室，窗户里一位穿便装的中年男人问我们找谁，我当即说我们是北京某报来的记者，想采访市公安局的张局长。中年男人瞪大眼睛审视着我们，未等他开口我就递上记者证和介绍信，晓雪也及时将记者证递给了他。中年男人低下头，翻着我俩的记者证，像看自家的存折一样反复打量，从里到外，由上到下，又从左到右瞧了又瞧，紧接着又看了看我们的采访介绍信，说了一句"你们先等等"，然后往楼里的局长办公室打电话。大约过了十分钟，一位穿警服的年轻男子来到传达室，他首先看了看我俩的记者证和介绍信，热情地将我和晓雪带进办公楼八层的一间会客室，又热情地为我们各沏了一杯茶，说了声"你们稍等"，然后转身离去。大约过了一分钟，年轻男子带来了一位膀大腰粗、肥头大耳的中年汉子，那汉子粗眉细眼，但目光如炬，鹰隼般锐利，可惜黝黑的脸堆满赘肉，笑起来整张脸像老头儿褶皱拥挤的屁股。他迎面向我走来的时候，刚才的那位年轻男子紧赶几步上前向我们介绍："二位记者,这就是我们的张局长!"张局长"哦"了一声,不动声色。锐利的目光审视着我们俩,我和晓雪忙递上记者证和采访介绍信,说我们是某某报记者。张局长接过介绍信和记者证,瞅了又瞅,反复打量,威严的脸终于绽出了笑容,那笑容像朵老气横秋的寿菊,放射褶皱的同时,透出威严与沧桑,老牛般的嗓子也发出沙哑的笑声:"噢,原来是北京来的大报记者!欢迎欢迎!贵报可是声名显赫的中央大报,我们公安局还从来没上过贵报呢,你们来得正是时候,我们最近可宣传的新闻点不少呢。比方为了维稳,我局正大规模增加协警,地毯式严查外来工身份和租住地,还组织警力加强对上访人员的日常监控,安排警员一对一追踪……"

张局长迫不及待连珠炮般说出这一大串话,立即让我心生反感,可我极力控制着自己的情绪,客气地打断他的话说:"对不起张局长,我们这次前来贵局采访,主要是想了解贵局警员叶丽雅的死因,我们想知道叶丽雅到底是怎么死的。"我的话音刚落,张局长的笑容霎时僵在脸上,继而严肃地睁大眼睛,锐利的目光直直地审视着我俩,看了看,又瞅了瞅晓雪,来回逡巡。不大的眼睛睁了又眯,眯了又睁,警觉地问:"你们,是为这事来的?你们,怎么知道叶丽雅?"

我刚想回答,晓雪却抢先一步:"张局长,我们是记者,你要知道，这社会很多事都瞒不住记者的。"晓雪不亢不卑，正气凛然，我发现她此时的表情真是帅呆了，内心暗暗叫好。

张局长审视着她，粗重的眉毛拱了又拱，像蚯蚓一样蠕动着，说："你们报社领导，派你们来采访这事？"

我说："是的，我们报社的采访介绍信不是还在你手里吗？"

张局长皱着眉，又低头看了看手里的介绍信，忽然眉峰一抖，眼睛放亮，说："嘿嘿，你们不是冲叶丽雅的死来的吗？可你们报社这封介绍信上面也没写明确呀！再说了，叶丽雅是患抑郁症跳楼死的，这事我们局从上到下都很痛心，同事们都很为她惋惜，事情已经发生，我们都不想再提这伤心事了。如果你们不想采访我刚说过的那些新闻线索，那就请回吧。"说完他双手一摊，明显是在下逐客令。

我一听急了。晓雪却抢着说："请问张局长，叶丽雅的死有司法鉴定吗？贵市纪委和检察院有无介入？是第三方定案还是你们局自己定案？还有，叶丽雅的母亲上访后莫名其妙失踪，到底是怎么回事？你们知不知道？有没有立案？……"晓雪本来就伶牙俐齿，这番话像机关枪，哒哒哒从她的口中射出来，令张局长猝不及防。

张局长听罢勃然大怒，他鼓着眼睛咆哮："嚯，你们俩到底想干什么？竟然敢冲老子这么说话？反了你们！滚，再不滚信不信老子拘了你们！"他手一挥驱赶着我俩。他话音刚落，几位穿警服的人闻讯出现在我俩跟前。见此情形，晓雪血往上涌，怒不可遏，她还想反击，我却强压住心中怒火，赶紧按住她的肩膀，推着她往外走……

采访碰壁，我和晓雪心有不甘，却又毫无办法，只好既愤怒又扫兴地离开公安局办公大楼。走出门口正想打车回家，晓雪却看着我，说："不能就这么不了了之吧？"这话也正说到我的心里。我想了想，建议道："要不咱俩去市纪委或检察院，或市委市政府？"晓雪说："还是先去市纪委吧。"我表示赞同。我正想举手打车，忽然发现市公安局那位刚才接待我们的年轻男子带着两名警察，正站在我俩身后横眉冷对，枪口一样的目光逼视着我俩。我见势不妙，拉着晓雪快速走到马路边，拦了一辆出租车。上了车，我跟司机说去市纪委，司机爽快地说了声"好嘞"，然后高兴地吹起了口哨，驾车带着我们欢快地在马路上跑，曲子竟然是多年前游本昌出演的电视连续剧《济公》的主题曲《哪里不平哪里有我》。我和晓雪目光对视，哭笑不得，彼此都绷着脸，陷入沉默，但谁都知道此时彼此都正生着闷气，这闷气正像一个被不断吹大的气球，期待着到市纪委爆发。

车在市纪委门口停下，我和晓雪同时发现身后的一辆警车尾随而至，也在我们身边停下，里面的人却没有出来。我内心咯噔一下，看了看晓雪，晓雪也看着我，然后又都看了看身边的那辆警车。警车里的人没下来,但我看到驾驶员和车上两个穿警服的人都咄咄逼人地注视着我们。我的心怦怦直跳,却故作镇定,若无其事地拉起晓雪的手走向市纪委大楼。市纪委大楼与市公安局大楼如出一辙,气宇轩昂,威风霸气,让人望而生畏。走到市纪委门口,身着制服的哨兵拦住了我们,让我们到传达室办理来访登记。我们走进传达室,递上记者证,说明来意。中年男子看了看记者证,随手将记者证扔回给我们,摇着头说:"对不起,我们领导刚刚打过招呼,不接受你们采访,你们回吧。"

我和晓雪听罢,面面相觑,满脸狐疑。我不死心,问那个中年男子:"同志,您有没有搞错,你们领导知道我们是从哪里来的吗?怎么就不让采访了?"

中年男人从鼓胀的腮帮里挤出一句话:"咻——你们不是从北京来的吗?"

我感到惊讶,点头称是。对方说:"那不就得了?我们领导说的就是不接受北京来的记者采访!"

对方的话像冷不丁放出的烟幕弹,让我们俩满腹狐疑。如此短的时间,我们采访的信息便传递到市纪委,让我们吃了闭门羹?我和晓雪你看看我,我看看你,惊讶、疑惑、愤懑。晓雪白皙的脸更是被愤怒憋得通红,却不便发作。我预感到事情不妙,又怕她憋出病来,安慰她说:"看来今天不走运，要不咱俩先回吧。"晓雪却仍不甘心，一跺脚从嘴里蹦出一句："不行，咱们去市委市政府，我就不信你们这里不是共产党统领的地盘！"晓雪一犟起来，就是用十头牛的劲头都拉不回，这我早已领教过。从与她恋爱到结婚后的这么多年，每逢她发犟的时候我总是让着她，这也是没办法的事，谁让我那么爱她呢，俗话说得好——好男不跟女斗嘛，更何况我俩又是夫妻，男子汉大丈夫的，只要不是原则性的问题，对自己的妻子凡事都让着点，不仅无伤大雅，还会催化出婚姻的润滑剂，让夫妻之间的关系更加和谐、幸福美满。于是，我对晓雪说："行，听你的，咱们去市委市政府！"

我俩走出市纪委大门，那辆跟随的警车仍停在那里，车里那两个警员依然没有下车，却仍虎视眈眈地注视着我们。我与晓雪极力镇定自己，装作若无其事，目不斜视地离开市纪委大门径直走向马路旁边，招手打车。上了车，我发现那辆警车一路尾随，一直跟在出租车后面来到市委市政府大门口。我有些担心，晓雪却开起了玩笑："有警车护卫，领导待遇，挺好。怕什么？我就不信堂堂社会主义中国，光天化日之下，他们能把咱们给吃了！"一句话让我忍俊不禁，我俩相视而笑，笑声瞬间消除了我们的紧张感。

下了车，我俩毫不理会紧挨着我们停下的警车，大大方方地走向市委市政府大楼的传达室。与到市纪委时一样，我俩向传达室值班的人递上记者证，这回接过记者证的是一位中年妇女。她听完我说明来意，又看了看记者证，审视着我们，问："听说你们是专程来我市挑毛病、写负面报道的？"

我有些吃惊，却耐着性子、故作镇定地说："谁说的？我还没进你们办公大楼呢，你怎么知道我们就是专挑毛病、写负面报道的？告诉你吧，我们既要写正面报道，但也不回避采访中发现的问题。"

中年妇女翻着白眼，呛了我一句："得了吧，你别辩解了，领导刚才已经跟我们打了招呼，说你们就是到我市专挑毛病、写负面报道来的。我们不欢迎，更不会接待，你们回吧！"说完她将两本记者证扔给我们。我心一沉，心想糟了，采访叶丽雅八字还没一撇，我们"专挑毛病、写负面报道"的声名已经在本市传播，自己生于斯、长于斯的故乡，可真的是早早筑起了一道防火墙——"防火防盗防记者"了。这种情况我的许多同事下基层采访时都遇到过，可对我来说还是第一次。我扫兴地看了看妻子晓雪，此时的她已经气得脸色发青，冲传达室里的中年女人喊："岂有此理！你们这里还是共产党的天下吗？出了人命案都不让采访？你们等着吧，我们回北京到中央告你们！"晓雪声音尖锐、洪亮，义正词严，掷地有声，仿佛春雷滚地，惊得那中年女人目瞪口呆，直翻白眼，却也将传达室外警车里的两名警察引了进来，其中一个指着我俩大声呵斥："你们到底想干吗？想捣乱吗？"他一边说着，一边摇晃着手中的一副银晃晃的手铐，后面的另一位警察手里的手铐也一下接一下晃着，闪着寒光。晓雪还想申辩，却被我及时制止了。我赶忙说："不让采访就算了，咱们走吧！"说完拉起晓雪的手，逃也似的快速离开了这块是非之地。

上了出租车，我对出租车司机说出了我家的地址。晓雪却依然心有不甘，愤愤然说："怎么，咱们这就回去了？"我反问说："那你还想怎样？"晓雪说："咱们是堂堂的中央大报记者，难道就像逃兵一样败下阵来？"我爱抚地按着她的肩，息事宁人地苦笑："你不看看刚才那场面，咱们还能怎样？肯定是采访不成了。俗话说，官大不如管大，地头蛇不是那么好斗的，何况咱们俩还不是什么官。识时务者为俊杰，咱们先别硬碰硬了。我现在关心的倒不是叶丽雅事件能不能采访成的问题，而是眼下咱们的安全有没有保证。你瞧，刚才那辆警车又跟上来了。咱们赶紧回家吧！"晓雪厌恶地看了看后面紧跟着的那辆警车，陷入了沉默。我忽然意识到事态的严重，如果让警车一直跟着，无疑会暴露我家的住址。如果被警察知道我家的住址，那麻烦可就大了。我当即跟出租车的司机说："师傅，麻烦你尽可能开快些，多绕几条街道，将后面那辆警车甩掉。"

司机睁大眼睛问:"怎么,你们是罪犯吗?警察为啥盯上你们?"

我苦笑着说:"师傅你真会开玩笑,你看我们俩像罪犯吗?实话跟你说吧,我们是北京来的记者,想采访去年市公安局办公楼一位漂亮女警坠楼的事,这事你肯定听说过吧?"

司机边开车边连连点头:"听说过,听说过。听说那个女的死得很惨,连她那上访的母亲也莫名其妙地搭进去了。"

我不失时机地问:"师傅,你说公安局那个女的到底是怎么死的?你说她母亲也莫名其妙搭进去是什么意思?"

司机笑着自嘲:"那我可说不清,我就一平民百姓,开出租车干苦力讨饭吃的,哪里能知道公安局到底发生了什么事?公安局太神秘,水太深,我们平民百姓谁都怕,平时见到警察躲都唯恐不及,怎么能够看透他们楼里的事?"

我趁机说:"师傅你说得也是,我们是北京来的记者,不知深浅,本想采访公安局里发生的这个命案,没想到却捅了马蜂窝,还没真正采访呢,这里的警察就盯上我们了。"

司机说:"你们也真是胆大,采访什么不行,非要采访公安局的丑事,可不就是捅了马蜂窝吗?警察是干什么的?谁都知道他们手里有枪,掌握着生杀大权。虽说也抓捕罪犯,可他们有些人对待百姓也像土匪似的,遇事独断专行,不分青红皂白，更容不得你说理申辩，所以我们老百姓既怕罪犯，也怕警察。你们可知道我们这里流行一句什么话？叫作防火防匪防警察！哈哈，平时我见了警察都绕道走，你们怎么能去惹他们呢？"

司机一番话说得我和晓雪瞠目结舌，心惊胆战。我讪笑着说："嘿嘿，师傅，我们这不是不知情吗？麻烦你开快些，设法将后面的警车甩掉。"

司机说："看在你们是北京来的记者的份儿上，我只能试试，但不能保证甩得掉。"话音刚落，司机便加大了油门向前疾驰。无奈马路上此时车来人往，车无法真正跑起来，司机只能让车左右穿梭，走走停停，后面的警车仍紧追不舍，我越来越意识到问题的严重，心一下提到了嗓子眼。晓雪见我像罪犯一样神色紧张，"扑哧"一下笑出声来，说："向阳你没必要这么紧张，真搞得跟罪犯似的。俗语说，没做亏心事，不怕鬼敲门，何况咱们还是中央大报的记者，怕什么？我就不信他们真的能把咱俩给吃了！我说师傅——喂，您甭听他的，按刚才给您说过的地址，正常开就行了，千万注意安全！"

司机像舒了一口气，欢快地说："好嘞，这我就放心了。我真担心老抢着赶路会出问题，我家可是有老有小，一共五口人，就全靠我一个人养活，万一我撞人了，那我家就算玩完了。您这位大姐说得对，干什么都得安全第一，再说你们没做亏心事，警察真不能把你们怎么样。"

听完晓雪和司机师傅的一番宏论，我觉得在理，心也渐渐释然，不由得表态："你们说得是，师傅你慢慢开，注意安全，谢谢了！"

大约二十分钟之后，司机师傅将我们送到预定的胡同口，我们家就在这个胡同口附近。下车的时候，我发现警车仍然跟在我们的后面，于是我故意改变原本径直回家的计划，与晓雪稍一耳语，两个人索性掉转方向匆匆走进与我家位置相反的一条胡同，绕进车水马龙、人声鼎沸的农贸市场买菜去了。我们俩故意在比肩接踵的农贸市场中穿梭，在琳琅满目、活色生香的农贸产品和肉菜摊位中左挑右选，讨价还价，磨蹭了大约半个小时，最终每人都拎了满满的两袋各色蔬菜、水果、鲜肉活鱼才鸣金收兵，心满意足地回到了家中。回家的路上，我警惕地注视着前后左右，还好，并未发现警察。

* * *

回到家已过了中午十二点。父母和哥哥姐妹正围在桌边吃饭，见我和晓雪回家，纷纷放下碗筷起身围了过来，七嘴八舌地问我们采访得怎么样。女儿更是灵猫一样扑到晓雪身上，一个劲抱怨说："妈妈你们怎么才回来呀？我都快想死你们啦！"

我放下手中采购的东西,看着满脸委屈的女儿,又看看期待答案的众亲,有气无力地说:"唉,不成,市公安局、市纪委和市委市政府都不接受采访。"

父亲说:"瞧瞧,真让我说着了吧,这样的事,人家怎么会愿意接受采访?"

晓雪却噘着嘴,一脸的不服气:"爸,您放心,这事没完。他们不愿意接受采访,我们就找他们上一级主管机关,上一级市公安局、纪委、市委市政府,让他们给下一级施压,看他们接不接受采访!"话音刚落,我的哥哥和姐姐、妹妹都纷纷响应,都说就是就是,晓雪说得对,俗话说官大一级压死人,下级不行找上级。

父亲沉吟片刻,并不像之前那样信心十足,其实找上一级采访的主意还是他老人家早上说的。但此刻他却摇了摇头,说:"按理,是应该找上一级,但现在想来,事情恐怕没那么简单。"

众人听罢,却不以为然。

我姐说:"爸,怎么没那么简单了?你听没听说过,上级压下级,一级压一级,官大一级压死人?"

我妹眼睛一亮,说:"就是就是,不过我姐只说了上一句,还有下句呢:下级骗上级,一级骗一级,官小一级骗活人。"说完,她冲大伙挤眉弄眼。

我哥一听乐了,感慨道:"可不嘛,在咱们中国,世道历来如此。就说我们商店吧，怎么说也是个国营的食品店，可婆婆多，谁还都不敢得罪，工商税务城管卫生安全……三天两头前来检查，明里暗里前来揩油，你见谁都得装孙子，要不然哪有你什么好果子吃？"

父亲听罢，看看这个，瞅瞅那个，径自嚼着饭，不置可否。

看着大伙都停下吃饭，七嘴八舌议论起天下大事，母亲急得满脸愁云："咳，依我看，大家还是接着吃饭吧，不然饭菜都凉了！"

晓雪边督促女儿吃饭，边说："反正呀，这事没完，回北京后我们会想办法的。这个市那位姓张的公安局长也未免太嚣张、太猖狂了，我就不信咱们这里会成为法外之地！"

"晓雪说得是。光天化日的，叶丽雅却死得不明不白。这事不调查清楚，我们做记者的也太没面子了。"我一边附和晓雪，一边坐到饭桌前准备吃饭。父亲却放下饭碗，用餐巾纸抹着嘴说："依我看，你们都把事情想简单了。我也打心眼里希望你们当记者的能伸张正义，为民请命，为叶丽雅讨回公道。可有时候，恐怕想起来容易，做起来就不那么简单了。"

我边坐下来吃饭，边说："爸，您说得有一定道理，但这要看我们找对人没有。这社会确实是官大一级压死人，可只要找对人，比如说找到北京的某位大领导，事情也许就好办了。"

晓雪附和说:"就是。"虽只是简短的两个字,但铿锵有力。她依然是气哼哼的,满脸的不服气。

我哥、我姐、我妹也都愤愤不平,对我和晓雪表示支持和赞赏。

父亲见状,环视了一圈他的子孙,最终将目光停留在我和晓雪的身上,若有所思地说:"要是你们真能在北京找对人,那是再好不过。要不然,叶丽雅这孩子死得不明不白,她母亲为女儿上访莫名其妙失踪,走得也不明不白,真是太可怜了。你们当记者的,要真能为她们母女查明真相,讨回说法,那不仅是对得起你们当记者的称号,对得起向阳你那位中学曾经要好的同学,也算是为咱们林家祖上积德了。"

父亲这番话,不仅赢得了全家人的赞赏,也让我吃了一颗定心丸,坚定了我回北京想办法的信心。毕竟父亲一生,除了偶尔收受病愈患者主动送来的感谢红包,从来都是一身正气、正直善良的,我们兄弟姐妹几人,打小也一直被他言教身传。叶丽雅和她母亲的遭遇,虽扑朔迷离,却黑白分明,父亲内心不会无动于衷的。

* * *

春节之后,我和晓雪带着女儿回到了北京。工作和家庭生活虽忙碌，但我们不忘初心。经过几天的休整，我们的生活和工作又步入正轨。下班回家，只要有时间，我和晓雪都不忘商讨叶丽雅命案的事，寻找可能帮助查明真相的对策。

说起来，这事我比晓雪要急切，毕竟我与叶丽雅曾经情同手足，同窗十余年，更曾经在大学时朝夕相处，花前月下，相亲相爱，如今她含冤离世，怎么说都是我内心深处挥之不去的痛。时至今日，她的言谈举止，她的音容笑貌，在我的内心和脑海里，如影随形，挥，挥不去；赶，赶不走。白天的时候，只要是停下工作，或上下班的路上，叶丽雅的形象便会不失时机地闯进我的脑海，或对我笑，或对我哭。夜晚，我更是时常做梦，一次，我梦见她在办公室被那位脏（张）局长非礼，她竭力反抗，拼命挣扎，却被脏局长盛怒之下逼至墙根、推出窗外，坠向楼下。叶丽雅坠楼时惊恐万状，大呼救命，那声凄厉的哭喊，惊天地，泣鬼神，震耳欲聋，将我从睡梦中惊醒。我猛一睁眼，发现眼前一片漆黑，自己正躺在温暖的被窝里，身边是体香迷人的妻子晓雪。我眨了眨惺忪蒙眬的眼睛，意识到自己刚才是在做梦。可我又想，虽然是梦，但梦境是现实的依据，谁能说刚才梦中的一切不会是真的呢？可话又说回来，梦毕竟是梦，叶丽雅的死虽然已成既定事实，可要追查凶手，让司法部门一查到底，对凶手绳之以法，依据何在？总不能告诉司法机关我做梦了，梦中的一切都是真的，你们就将我梦中的一切作为追查罪犯的依据吧？真要那样，司法机关不把我当成疯子才怪。所以，梦境毕竟是梦境，但现实终归是现实。眼下我所要做的事，就是要千方百计、想方设法找到有关部门，对叶丽雅的死及其母亲失踪的事立案侦查，或者让上级机关向我家乡的所在市施压，接受并配合我们以记者的身份进行调查采访。妻子晓雪也一直在帮助我出谋划策。

我们做的第一件事，是向报社领导汇报春节期间我们了解到的有关叶丽雅及其母亲的遭遇，以及我们春节期间就此事采访受挫的经历。当时正逢报社领导开编委会研究其他事宜，经晓雪事先沟通请求，报社领导网开一面增加议题，允许我们汇报关于叶丽雅命案及目前了解到的相关情况，我们俩汇报时慷慨激昂，悲愤交加，在场的编委无不动容，多数人都说岂有此理，这也太不像话了，一个青春靓丽的生命就这么不明不白地离世，一个为含冤离世的女儿讨说法上访的母亲就这么莫名其妙地失踪，而且发生在当今朗朗乾坤、蒸蒸日上的中国，无论如何都称得上是一个值得重视和调查的疑案。大伙七嘴八舌，议论纷纷，大都主张应当追踪报道、一查到底。就连总编都坐不住了，袖子一撸说，这是一个典型疑案，也是一个好选题，在依法治国呼声日渐强烈，政府也正下大力气不断推进的今天，这个选题做好了会很有意义，也必定会引起读者热烈反响。总编建议成立叶丽雅命案的专题采访组，在场的报社社长兼党组书记却摆了摆手，示意大家安静，说："大伙先别急，大伙说的虽然不无道理，我也认为这是个不错的线索和选题，但是，叶丽雅命案比较特殊。首先，叶丽雅本人是警察，案件发生在警察内部，而且叶丽雅是死在市级公安局办公大楼楼下，这样的地点、这样的死法很特殊，很诡异，也很敏感。叶丽雅到底是怎么死的？是真的受他们局长欺侮推下楼，还是她自己生活过得不如意、患抑郁症跳楼？很难说。这事恐怕没那么简单，林向阳你不能意气用事，更不能主观臆断，不能因为叶丽雅是你的同学你就认定她肯定是被性侵、被祸害的。再说了，公安部门向来比较特殊，它是惩治罪犯、维护社会稳定、保百姓平安的重要力量，是国家机器重要的组成部分。即使是这个部门出了问题，我们也不能等同于其他普通部门或普通的社会事件，反正咱们要慎而又慎，不能冲动行事，做简单报道，要知道我们是党报，是中央大报，不同于社会那些热衷于小道消息和报道社会新闻的小报，要多想想意气用事、简单报道之后会产生什么后果。总之，我们必须以正面报道为主，即使是批评性报道，也是要为政府帮忙而不是添乱，更不要给政府和社会添堵。"

社长兼党组书记的这番话，像一盆温水，而在座的人就像被泡在温水里慢慢煮的青蛙，之前的激愤和热情慢慢地消融了。你不能否认社长说的这番话有道理，甚至是很有道理，毕竟我们都长期工作在这家报社，被社长这样的观念和文化长期浸染，所以他这番话听起来并不陌生，也很容易听进去。政治意识和大局观已经成为我们每个人心中的罗盘，因而，社长刚才的这番话似乎无懈可击，让在场的人都陷入了沉默。就连刚才还慷慨激昂的总编辑也陷入了沉思。大家都直直地望着社长。

一向伶牙俐齿的晓雪似乎被施了魔法，竟也愣愣地望着社长，说不出话。我用手轻轻捅了捅晓雪，将她的目光拉回到我脸上，与我的目光对接，但晓雪仍是无语。我心有不甘，遂鼓起勇气问社长："社长，那……那叶丽雅命案，咱们是不是就不查了，更不要做追踪采访了？"我刚一开口，众人的目光就被我吸引了过来，但很快又被社长抢回去。

此刻社长正吸着烟，不急于回答。而是将烟吸进胸腔，静静地享受着烟雾穿过胸腔的舒畅，然后才从嘴巴、鼻腔轻轻呼出，边呼边慢条斯理、若有所思地说："也不是。"停顿了一下，他将吸完的烟蒂从嘴唇拔出，在他跟前的烟灰缸里狠狠摁灭，这才接着对我说："这样吧，你尽快将叶丽雅命案有关信息写成情况汇报，我先跟有关部门咨询、沟通一下，看到底能否派记者追踪采访，抑或责成你家乡所在省、市有关部门查明情况，然后反馈给我们。"社长说这番话时，语气坚决，一锤定音，一副说一不二的样子。社长毕竟是报社的一把手，他级别高，人脉广，中央许多部门的领导他都认识，这给了我很大信心，让我吃下一颗定心丸。我当即说："谢谢社长，我一定尽快将情况汇报写出来，呈送给您。"

信心是最好的动力。因为有社长的支持，当晚我就将自己迄今了解到的叶丽雅无端坠楼、其母因再三上访讨说法未果继而莫名其妙失踪的情况汇报写了出来，还让妻子晓雪审阅修改了一遍，第二天一上班便迫不及待直奔社长办公室，交给了社长。社长将情况汇报看了又看，点头说："可以，留下吧，我会尽快将这份情况汇报转交有关部门。"眼看社长这么利索，口气这么坚定，我总算松了口气，再三感谢社长。此刻我对社长的期待，也像刚放飞的气球，越飞越高。我希望我们的社长在短时间内，能给出一个满意的答案，解开我内心深处的疑惑，以告慰叶丽雅的在天之灵。

因为在期待处理结果，我和晓雪的生活暂时回归正轨。我们俩每天早出晚归，上班下班，浏览新闻，策划选题，寻找线索，查阅资料，采访，写稿，编稿。此外，每天接送女儿上学、放学，买菜做饭，与柴米油盐、锅碗瓢盆打交道，日子在紧张忙碌却也井然有序的节奏中度过。而我的内心深处，却焦灼不安地等待着社长那边的结果。

一周过去了，两周过去了，甚至一个月、两个月过去了，叶丽雅命案到底该怎么查、是否安排记者做追踪采访，社长那边始终没有消息。甚至我和晓雪上班见到社长，社长都只字未提。刚开始，我也不便问，不敢问，不好问，毕竟社长日理万机，叶丽雅命案恐怕在他大脑中所占比重至多也就百分之几，再说叶丽雅命案那么棘手，即使与中央的有关部委联系也需要时间。更何况待办的事，上级催促下级，理所当然、天经地义；可下级催促上级，虽说不上大逆不道，却也犯了官场和职场大忌。所以，尽管叶丽雅命案在我心中灼热如铁，每天烫得我焦灼不安，可我还是极力告诫自己：别急，沉住气，静下心来好好工作，好好生活。妻子晓雪也时常劝我，别急，等等，再等等。她还说，社长官至副部级，见多识广，人脉众多，只要他肯出面，事情应该是有希望落实的。于是，我又强迫自己耐心等待，这一等，又过去了一个月。自打那天在我们报社编委会，当着社长和众多编委的面汇报叶丽雅命案的事，满打满算已经过去了三个月，我的内心也在焦灼不安的等待中煎熬了三个月，此时的我内心已经像捅开的蚂蚁窝，百爪抓心，疼痛难耐，再也等不下去了。

五月中旬的一天，因为内心牵挂着叶丽雅命案，我一夜未眠。早晨起床，我匆匆洗漱，与晓雪一起陪女儿胡乱吃了前一天准备好的牛奶和面包，便开着车先将女儿送到学校，然后与晓雪一起上班。

来到报社，我和晓雪迫不及待地直奔社长办公室，我俩敲门而进时，他刚沏好茶端坐在自己的办公桌前。见我们双双进来，社长端起杯，低着头，一边慢条斯理地吹着茶杯上飘出的热气，一边问："你们俩，有什么事吗？"我一听，脑子当即短路，憋在肚子里的话瞬间被噎住了，急也不是恼也不是，此刻只感觉自己的脸火辣辣的，热得烫人。

晓雪却快人快语："哟——社长是贵人多忘事，还是真的是日理万机啊，春节后我和林向阳向您汇报过的，关于女警官叶丽雅不明不白坠楼的事，林向阳还按照您的要求给您写了一份情况汇报，难道您忘了？"晓雪这番话一出口，把我吓了一跳，心想她真是胆大包天，怎么敢用这样的口气与社长说话？我忐忑不安，内心暗暗为晓雪捏了一把汗。

没想到社长听罢，并不恼火。他"噢"了一声，一只手歉意地拍着自己的脑袋，"呵呵，呵呵"笑着，笑得有些尴尬，随即在桌上不停地翻着杂乱的文件、资料，边翻边说："你瞧我这一忙，怎么把你们这事给忘了！"他既像是自嘲，又像是自责，无论是自嘲还是自责，反正他没有生气，这让我原本悬着的心放了下来。

晓雪却并不罢休,穷追猛打:"哟——我的社长大人,这可是您的不对了。叶丽雅这事可是人命关天啊!您也不想想,叶丽雅那么年轻漂亮的女警官,还没结婚生子享受人生呢,莫名其妙就坠楼了,死得不明不白;还有她的母亲,因为三番五次上访,为死去的女儿讨说法,也莫名其妙地失踪了,失踪得也不明不白。您不觉得这件事情很严重吗?!"晓雪这番话,又一次让我担惊受怕,刚刚放下的心瞬间又悬了起来。此刻的晓雪却似怒非怒,似笑非笑,可嬉笑怒骂分明又集于脸上,让社长恼也不是,笑也不是,只好"呵呵"地打着哈哈,一个劲说:"嘻,我实在是太忙了,整天这个会那个会,没完没了的,何况社里还有那么多处理不完的事,一忙就晕头,你们说的这件事也……也就给忘了。"社长边说边摇头晃脑,看得出他确实有几分歉意。他摩挲着胡子已刮得精光的下巴,安慰我们说:"这样吧,你们送的那份材料我一时找不到了,林向阳你一会儿给我重新打印一份送来吧。我今天就给公安部的朋友打电话说说这事,对啦——那位跳楼的女警察叫什么来着?"社长收住话望着我。

"叶丽雅——"晓雪抢着回答,又纠正说,"不是跳楼而是坠楼!"

社长"嘿嘿"笑着,更正说:"好,叫叶丽雅,坠楼。"他边说边拿笔在纸上记着。完了放下笔说:"我记下了。你们走吧，今天我会抽空跟公安部那边的朋友联系此事。"说罢，社长一摆右手，明显是送客的意思，毕竟他是大忙人，桌子上还堆了一大堆文件等待他处理呢。社长是一家中央级大报的一社之长，管着千余人的员工，尽管他忘记叶丽雅命案这么重要的事我有些不悦，可刚才他能够在百忙之中腾出时间接待我俩，还不计较晓雪对他似怒非怒似笑非笑的责怪，这已经令我意外和感激了。

回到办公室，我立刻重新打印好那份关于叶丽雅坠楼的情况汇报，送到社长办公室。

吃午饭时，我在报社食堂碰到社长。没想到社长主动与我打招呼，说："你刚走我就与公安部的朋友通电话了，你写的关于叶丽雅坠楼的情况汇报，我也已经安排司机送交对方。他们说会重视这件事情，答应让相关部门调查你们家乡发生的这件事。"听罢社长的话，我内心重燃希望，一丝暖流瞬间从胸间涌出，很快弥漫全身，之前对社长的埋怨也烟消云散。我赶忙说："社长，真太谢谢您啦，有您亲自出面，这事就有希望了！"

社长听罢，连连摆手说："不用谢，早就该办的事啊，都怪我实在太忙一时疏忽了。反正我这回是及时找公安部门的朋友了，有没有结果还不大好说，希望能有好结果吧。我还……"他忽然收住话，欲言又止。我正疑惑，却又听他说："我还在考虑，是否将叶丽雅坠楼和她母亲上访失踪的事，由咱们报社出一份内参和公函，发送到你们家乡省一级的纪检和信访部门，促使他们重视调查这个案件，这样是不是更有把握？"

我抑制不住内心的兴奋，差点要握住社长的手："那再好不过了！社长，如果咱们报社也给我家乡省一级相关部门发送内参和公函，加上公安部那边的督促，双管齐下，力度肯定大不一样，事情也肯定更有希望得到查清。"此刻我望着社长，目光充满感激，心想社长不愧为社长，心系黎民百姓，大事面前并不糊涂。

社长说："行，就这么定了。我马上安排办公室将你写的情况汇报改成内参，同时出四份公函，分别发送给你家乡所在的省公安厅、省纪委、省检察院、省信访办，请他们协助调查这个案件。"

我说："太好了，谢谢您，社长！"我感激地望着社长，此刻社长在我心目中的形象忽然高大起来。

按照社长指示，报社办公室很快将内参和公函分别发往我南方家乡所在的省公安厅、省纪委、省检察院、省信访办。加上有社长事先联系的公安部相关部门答应协查，我满怀希望地等待着叶丽雅命案调查的相关结果。

一周过去了，两周过去了，三周过去了，直到一个月之后，我还是没有等到期待中的结果，等到的却是我父亲心急火燎的来电。

那天，我和晓雪下班后刚开车到学校接女儿回到家中，还未来得及喘口气，手机铃声便响了起来，响得那么急促，那么突然，那么刺耳，声声凄厉，阵阵催心。我赶紧放下手中的公文包，掏出手机，是父亲的声音："儿啊——你现在在哪里？"

我赶忙回答："在家呢爸，怎么啦？"

父亲在电话那头说："儿啊，我跟你说，叶丽雅坠楼的事，还有她母亲上访失踪的事，你千万别再掺和了！"父亲几乎是在电话那头大声嚷嚷。

我一听，忙问："爸，怎么啦？你干吗说这个？到底发生了什么事？"

父亲没直接回答，而是将刚才的话重复了一遍，末了又大声说："儿啊，你千万要听我的话，好好干你该干的工作，家乡的事你就千万别掺和了！"说这话时，父亲几乎是在歇斯底里地喊，未等我回话他就把电话挂了。

我只感觉脑子"嗡"地一下，一时蒙了，心怦怦直跳，不知道父亲说这话到底什么意思，他怎么又不容分说将电话挂了？

因为心生疑窦，我无心像往常一样下厨房帮晓雪准备晚上的饭菜，而是郑重其事径直走进卧室关上门，给我哥打电话。电话很快就拨通了，我迫不及待地问："哥，爸怎么啦？家里到底发生了什么事？"我把父亲刚才说的话告诉了哥。

哥在电话那头叹了口气，这才说："向阳，实话告诉你吧，爸对你说的话，也是我和你姐、你妹想对你说的话，是我们几个和爸一起商量好了的。因为爸是一家之长，所以让他代表我们兄妹几个先跟你说。反正叶丽雅坠楼的事你千万别再掺和了，好好干你的工作，别蹚咱们家乡的浑水，你听明白了吧？"

我听罢火冒三丈，没好气地说："我不明白，我根本就不明白！我春节回家时你们都在场，不是都说得好好的吗？叶丽雅这事没完，我得想方设法调查清楚，要不然叶丽雅死得太冤，她母亲也失踪得太可怜了！"我几乎是吼叫着冲哥哥说的，以致惊着了正要做晚饭的妻子和正准备写作业的女儿，她们俩此刻双双推开卧室的房门，探着一大一小两个脑袋，两双眼睛像探照灯一样将目光照向了我。

不料我刚才这番话也惹怒了我哥，只听他此刻在电话那头没好气地嚷："你是觉得叶丽雅的事重要还是咱们家的事重要？你知道最近我、你姐和你妹，还有咱爸咱妈承受着多大压力吗？你一个人在外自由自在没人管得着你，倒是痛快自在啊。你也不想想我们兄妹几个都得在家乡工作、生活，还得受家乡这帮王八蛋官员管制？有本事你也回家乡当个一官半职，让咱一家人都沾沾光啊？！"我哥的这番话像连珠炮，"哒哒哒"地从电话那头打过来，打得我晕头转向，脑子"嗡嗡"作响，我像被谁当头擂了一拳。

我一边朝门外探进来的那两个脑袋摆手，嘘着声示意她俩先别打扰，一边紧走几步重新掩上门，降低声调对电话那头说："哥，刚才是我口气不好，我向你道歉。最近家里到底发生了什么事？你先别急，慢慢说。"我的口气已经变得柔和，像风暴忽然变成和风。

哥哥这才把声音也调低下来，一五一十地向我讲述了最近发生的情况。原来，我哥、我姐和我妹最近都被所在单位领导找去谈话，软硬兼施，要求他们做我的工作，让我别再掺和叶丽雅命案的事，别给家乡添乱，否则就别再想在本单位干了。相反，如果能做通我的工作，让我在叶丽雅命案上就此罢休，所在单位都会分别给我哥、我姐和我妹加薪一级。还说，如果能让我以后多为家乡做正面报道，歌颂家乡的好人好事和家乡各行各业的变化和业绩，每发表一篇报道市政府可奖励我家人民币一万元。

听完哥哥这一席话，我仿佛错吞了一只苍蝇，又像被谁强行往嘴里塞进了一团臭袜子，既恶心又憋闷。我使劲眨了眨眼睛，大口喘着粗气，拼命想弄明白眼前这世界到底发生了什么。时空凝滞，天地静止，卧室挂钟的秒针清晰均匀地踱着步，眼前的世界一切如故，什么都没有发生，可什么却又都发生了。一桩正义的事，却被权力的巨手残暴扼杀，我拒绝吗？我反抗吗？我义无反顾为可能含冤而死的昔日恋人伸张正义吗？这想法乍看是那么神圣，可细想又多么幼稚！我乃一介书生，即使也算被誉为无冕之王、操控舆论的记者，那又怎样？我只是普通百姓中的一员、世俗社会中的一分子。想想我远在故乡公职在身的哥哥、姐姐、妹妹，还有领着退休金的年迈的父母，我能无所顾忌、义无反顾吗？朗朗乾坤，浩浩苍穹，这世界有谁能抓着自己的头发脱离大地，向天空飞翔？

这天晚上，我仿佛中了邪，一下子傻呆呆的。从与我哥通完电话到吃晚饭，我一直沉默寡言，表情僵硬，一脸阴沉，表情一如被寒冬冻僵的大地。妻女满脸诧异，四只眼睛亮光闪闪地逼视着我，非让我回答到底怎么了，发生了什么。一开始我懒得回答，也没勇气回答，可她俩一再催促、逼问，一副不达目的不罢休的劲头。僵持到最后，我还是败下阵来，像被严霜打蔫的瓜叶耷下脑袋，叹着气说："唉，叶丽雅命案，恐怕不能再追踪了！"我将与父亲和哥哥通电话的情况向晓雪和女儿复述了一遍。

晓雪一听，清秀的脸瞬间像着了火，破口大骂："岂有此理，你们家乡哪里还是共产党的天下？简直是黑社会、土匪窝！我就不信没人治得了他们，不行我找中央……"

我连忙制止："算了吧，俗话说胳膊拧不过大腿，官大不如管大。再说，我哥、我姐、我妹都好不容易端上了公家饭碗，弄砸了咱们也担当不起，何况我爸、我妈都领着公家的退休金呢，命运都掌握在他们手里，实在是惹不起呀。"

晓雪听罢，白我一眼，气哼哼的，显然很不满意，也很不服气。可她也只是噘着嘴，干瞪眼，干生气，却什么话也说不出来。我想也是的，世道如此蛮横，现实如此残酷，她能说出什么来呢？

倒是女儿听罢，一脸的不以为然，一脸的不屑："爸爸妈妈，这有什么难的，咱们将爷爷、奶奶，还有伯伯、姑姑们通通接到北京来住不就行了？"说完，看看这个，又看看那个，等待着我和晓雪的回话。眼看着女儿这般天真无邪、萌得撩人的表情，我和晓雪忍俊不禁，转恼为笑。刚才的愤怒和不悦，一时间似乎也让这笑赶走了。

即便如此，我仍然心有不甘。吃晚饭的时候心事重重，不能自已，内心的不甘和愤怒，以及对叶丽雅及其母亲遭遇的深深同情，对现实和世道的残酷、不公与无奈，一股脑儿在我的内心深处交织成一根无形的丝线，隐隐约约、一下接一下地扯疼着我，让我辗转反侧，欲罢不能。

这天深夜，我躺在床上，满脑子仍纠结着当天发生的事情，久久不能入眠。好不容易睡着了，却迷迷糊糊做了个梦，我梦见自己走在熙熙攘攘的大街上，忽然变成了侏儒，身子莫名其妙矮下来，还不停萎缩，原本穿着合身得体的衣裤和鞋子，突然间变得无比宽松，以至于走起路来晃晃荡荡。原本我与身高相当的人一前一后走着，眼睛平视着前面的人的后脑勺，可不一会儿我的鼻子却只能闻着他屁股；而原先与我并肩走着的人，我的脑袋此时却已经沦落到只与他们齐胯高的高度。我的身材忽然间如此奇怪地变形，惹得大街上前后左右数不清的陌生人围观，无数双惊诧的目光争先恐后地注视着我，让我毛骨悚然。

没多久，我又做了另一个梦，朦朦胧胧中，我梦见叶丽雅和她的母亲不知被谁抛到汪洋大海之中，正不断遭受狂风暴雨和滔天浊浪的无情摧打，她们俩在狂风暴雨和滔天浊浪中时隐时现，不断挣扎，声嘶力竭地呼喊救命，而且不断地呼喊着我的名字。循着她们的呼叫声，我像一只勇敢的巨鸟奋不顾身地飞了过去，在风雨和海浪中不断躲闪、穿梭，但只闻其声，却怎么也看不见她们母女的身影。我竭尽全力，不停与海浪和风雨搏击、挣扎，试图营救叶丽雅母女俩，却总是徒劳无功。可我不甘心，不气馁，依然一次又一次循着声音奋力飞扑过去，却始终一次次失败。我一边与风雨和海浪搏击，一边拼命发出压抑在内心深处已久的呼喊——叶丽雅，你到底在哪里？！

然而，天地玄黄，宇宙洪荒。我歇斯底里的呼喊声，却一次次被山呼海啸、震耳欲聋的风雨和海浪无情地淹没。突然，一阵狂风和巨浪劈头盖脸朝我击来，只听耳边"嗡"

的一声巨响，我的脑袋瞬间像炸裂一般，疼痛难忍，晕眩难抑。我"扑通"一声一头栽入大海深处，眼前一片漆黑，我的身子彻底丧失了抵抗的能力，快速地坠向大海的深渊……

* * *

【附记】

叶丽雅命案调查受挫，是我有生以来，尤其是当记者以来受到的最大挫折，甚至曾经一度让我心灰意冷，原来每天四射的活力、高涨的工作热情，像被当头泼了冷水。当初当上记者的时候，我是多么心气高昂、劲头十足啊，简直像上足了发条的钟表，每天与时间赛跑，跑到了时代大潮的前头。那张每天揣在怀里的记者证，一如能量巨大的核反应堆，促使我马不停蹄地外出采访，一篇接一篇地写报道，而且时常上头版头条。那时候，我觉得当记者真是神气，真的像无冕之王，无所不能。经历了本次挫折，我热情大减，心气泄漏，虽然每天也上班，也依然一篇一篇地写着报道，但我自知地位卑微、能力有限，愧对记者这个称号，更愧对曾经深爱、如今长眠于九泉之下的叶丽雅。相比于以前，我觉得自己更像一部受人控制的机器，因为连着电源，生命跟随电能和惯性运转，每天上班、下班，日复一日被动地工作，完成着报社领导交给我的工作。

过去的主动伴随着泄掉的热情和心气，竟不知不觉流失了。可悲的是，这种状况一直持续了许多年。

直到一个月前，我从央视的新闻中看到我家乡所在省的省纪委书记马占山落马、被中央纪委立案调查，还牵出窝案，其中包括我家乡所在市公安局的局长张莽汉，即我和晓雪采访时那位不可一世的张局长，我才像忽然间服了兴奋剂，喜出望外，立即将消息告诉了妻子范晓雪，还第一时间打电话告诉了我远方家乡的父母和亲人。接电话的父亲听后连声说："向阳啊，张莽汉落马的事我正要告诉你呢，没想到你也知道了。听说今早有人还在市公安局门口放鞭炮庆祝呢，可见张莽汉这些年是多么不得人心。这下好啦，张莽汉一倒台，叶丽雅和她母亲冤案调查的事，没准就有着落了。向阳你说是不是？你说是不是？……"

父亲在电话那端连声问我。我握着话筒，却无法回答。父亲所说的，当然也是我所希望的，甚至是多年来梦寐以求的。如今，那位混账局长倒了，照理说叶丽雅和她母亲的冤案是有望立案调查或者随张莽汉的犯罪事实被逐渐牵出来的，叶丽雅的死和她母亲失踪的真相，或许不久之后就会大白于天下——但这可能吗？此刻我无法对父亲回答，至少目前还无法回答。

但为了解开多少年来一直折磨我的心头之结，为了告慰我曾经深爱的恋人叶丽雅，我已下决心对叶丽雅命案和她母亲莫名失踪的疑案继续跟踪采访，一旦此案的采访和调查有了进展，甚至有朝一日水落石出，读者诸君又有兴趣继续关注，那我再写续篇吧，不过这是后话。

丢人

妮似乎决意要在自己四十岁的当口上换一种活法,主意一定便掉转方向信马由缰地朝另一条路狂奔,这给林的人生之路带来了致命一击。

这是发生在二十世纪九十年代京城里的故事。

林的妻被别的男人拐跑了，那男人不是别人，偏偏是叫雄的那个邻居。

"那男人是个无赖、色狼、恶棍、禽兽！他仗着在巴塞罗那待过三年，有了些臭钱，回来后便乱搞女人，已结了三次婚又离了三次婚……"提起雄，林的牙咬得嗒嗒响，那样子像是恨不得将雄撕碎、嚼烂然后咽进肚里才解恨。他逢人便说，他要是见到雄，非将雄撕烂不可。

妻被人拐，无异于当众受辱，林愤怒之余，又伤心至极。尤其是夜深人静，儿子入睡之时，他时常捧着他与妮的那张结婚照，独自落泪。

林是北京城里的一个处长，从一个农村娃到京城里的一个处长，容易吗？与妮相爱那阵，林常常以自己的奋斗史来教育妮。林希望妮好好爱他，爱他辛辛苦苦建立起来的这个家。妮也曾经很爱林。妮出身于京城里一个普通得不能再普通的工人家庭，可妮长得漂亮。想当初，妮经人介绍与林认识时，就一遍又一遍地听林讲他那奋斗史，大而有神的眼睛里还常常流露出钦羡，进而是爱慕。后来，妮与林结婚了。一年之后，他们有了一个儿子，眼下他们的儿子已整整十岁。

林万万没有想到的是，儿子长到十岁时，妮却让雄那杂种给拐跑了。妮竟然那样狠心，扔下他和自己的亲生儿子不说，还将家里仅有的八千元存款、贵重一点的衣服和首饰全卷跑了。

回想起来，妮开始发生变化大约是在一年以前。

一年以前，隔壁的旧邻居搬走了，来了个新邻居。新邻居就是那个叫雄的男人，雄还带来了一个女人，那女人不老也不算年轻，平日里总打扮得花枝招展、妖妖艳艳。林真的没有料到日后新邻居这一男一女会给他的生活带来祸水。

起初，是林的妻妮常将新邻居的这一男一女作为茶余饭后的话题带到家里来。比如，那个女人今天下午又换了一套时装，那个男人天天西装革履上下班老"打的"什么的。又比如，那男人又去香港出差了，而那个女人几十元一斤的杧果和美国"提子"（实际上是美国葡萄）买起来一点都不心疼钱包。妮对这一切津津乐道时，林对此并没有太多的理会，他只是不经意地听着，至多是以"嗯"或"噢"去呼应，表示听到了或知道了，内心里实际上却在琢磨着机关里的人际关系，惦记着局长最近对他的态度怎么有些不冷不热，自己这两年究竟还能不能升职之类。

后来，林又注意到妻子妮的变化。林先是发现妮不知什么时候也弄来个小化妆盒，每天上班之前或下班之后总要凑到镜子跟前，抹些粉饼涂点儿唇膏什么的，眉也描得细长细长的，眼眶也上了眼影。妮的这番打扮，虽使自己靓丽了许多，但林内心觉得她天天如此也怪麻烦的。不过，林只将这后一种感觉留在自己心里，妮起初化妆的时候，林还当着妮的面着实赞叹了一番。

没过多久，林就发现妮变了，变得敢花钱了。他们的家并不富裕，林虽说是京城里的一个处长，听着还挺体面的，实际上只不过是某大机关里的政策研究室主任。林没什么特权可使，除了正常的工资收入，没什么油水可捞，每月他所有的收入，满打满算也就是五六百块。妮的收入更糟，她是一家不景气的国营纺织厂里的一名普通纺织女工，每月所有的收入还不足三百块钱，而且有时候工资还发不出来。这三口一家的家庭，在京城里每月仅靠这些钱来支撑，要想存钱还是很难的。但妮原先很俭朴，她既不讲究吃，也不讲究穿，除了必要的生活开支，每月只要她厂里能如数发出工资，妮总要抠出一两百块去存入银行。但林发现妮近几个月来却不存钱了。妮不仅不存钱，还不经商量擅自取出家里的存款买了两套漂亮的高档服装。为此，林颇不高兴，当场就责怪她："你买这么好的衣服我不反对，可也得跟我说一声呀！"妮穿着漂亮的衣服不经意地扫他一眼，一副爱理不理的表情。林对此如鲠在喉，耿耿于怀。但他没将这骨吐出来，他想，女人爱美，天经地义，妮想美就让她去美吧，何必扫她的兴呢？

可没想到，这天晚上妮却毫不客气地扫了林的兴。林兴致勃勃，欲行房事，妮却拒绝了，冷冷地说了声"没兴趣"，还丢给他一个脊背。林却说："可我有兴趣！"他兴趣勃发，从内心上讲，是妮漂亮的新衣激发了林的欲望，林觉得妮的确很漂亮，很有女人味，林这时候特别想占有妮。林于是不由分说地扳过妮的肩，任凭妮怎么反抗怎么挣扎，他都不理会，他只顾直奔主题。最后，他成功了，他俩结婚十几年来，林第一次强行占有了妮。事后，妮恶狠狠地骂了林一句："流氓！"林却一点儿也不介意，他贪婪地揉搓着妮的胸"嘿嘿"笑着："没错，我当了回流氓。流氓怎么样，味道不错吧？"妮却没好气地推开他，连珠炮似的骂了他好几句："流氓流氓流氓！"

林没想到的是，妮后来果真喜欢上流氓了。只可惜，妮喜欢的流氓不是林，而是邻居那个叫雄的男人。

那是初夏的一天下午，林外出办事提前回家。临近自己住的那栋家属楼时，林意外地发现自己的妻子妮跟着雄从楼下的一辆轿车里钻了出来，然后勾肩搭背地双双走进家属楼。开始，林将信将疑，疑心自己是否是花了眼看错人了。待他定了定神，快速支起自己那辆破旧的自行车紧追上前时，顿时傻了：千真万确，那女人真的是自己的妻子妮。只是妮此刻并没有注意到她身后的丈夫，她旁若无人地与雄一路说说笑笑，双双往楼上走。此种情景，反倒让林不知所措，喊都没敢喊她。当林后脚接前脚地跟着妮踏进家门时，妮睁大眼睛，微微感到有些意外，但很快她便镇定下来，低头摆弄着脖子上的一条金项链。

"妮——你上哪儿去啦？"林绷着脸，蹦出一句。

妮睥睨地斜他一眼，若无其事地答："出去玩了，怎么啦？"

林被呛了一句，竟一时找不到话回答。他涨红着脸，呆呆地望着妮雪白的脖颈上那条陌生而金光刺目的项链，半晌才责问道："你怎么有这东西？哪儿来的？"

不想妮却说："怎么，你买不起，还不兴我戴啊？"

林被连呛两句，脸涨得猪血一般。"你——你这是什么态度？你怎么变成这个样了？"他号了起来。

妮冷笑道："哼，算你说对啦！我是在变，我凭什么不变？人就这么一辈子，我凭什么就得跟着你成年累月喝同一碗粥嚼同一根咸菜？没劲透了！"妮这种理论，最先是雄灌输给她的。妮有些惊异于自己这种现学现卖的才能。她没有想到，这番理论一时竟把自己这位处长丈夫噎住了，噎得他目瞪口呆、面色发紫。

"你……你这人怎么这样啊!你想怎么样?"林哭丧着脸,又气又急。

看他这个样,妮更是一脸的鄙夷:"哼,我还能怎样,你说我还能怎样?我都快四十的人了我还能怎样啊?呜呜……"妮一激动,捂着脸跑进卧室,卧室的房门"咣"的一声被重重关上了。林被挡在了外面。

这是他们结婚以来第一次吵架。说是吵架,林却觉得委屈,因为他一直忍着性子,任凭热血与恼怒窝在心头,这使得他的脸和脖子青筋暴胀四处充血,那样子如一座行将爆发的火山。只不过,林竭力控制住了这座火山。从内心里讲,他是爱自己这位漂亮妻子的,他不想将事情闹大。

林万万没料到的是,妮丝毫不去理会他的这种忍让。妮似乎决意要在自己四十岁的当口上换一种活法,主意一定便掉转方向信马由缰地朝另一条路狂奔,这给林的人生之路带来了致命一击。

自打那天发现妮与雄的关系之后,林一直耿耿于怀并暗暗地关注着妮的一举一动。林做梦都不会想到妮会着了魔似的,一下子走得那么快、那么远。

那一天是星期一。按惯例,林机关里要开例会,一开就是一天。一早出门,林推起自行车时,忽然间就有一种不祥的预感。好多天以来,林一直放心不下妮。由于工厂不景气,妮有一半的时间可以不上班而只待在家里,这无异于给林添了一块心病。林深知人在没事干的时候最容易异想天开地做出些意想不到的事情。妮与雄眼下关系暧昧，雄就住在自己家的隔壁，而且妮今天不上班！一路上，林一直被这些忽然冒出来的念头和猜疑死死纠缠着，缠得他心跳加快呼吸急促几乎快要喘不过气来。忽然间，他生出一个主意，决定要回家去，杀他个回马枪。当他心急如焚，像参加自行车比赛一样拼命蹬着自己那辆破旧的永久牌自行车赶回家，蹑手蹑脚地开门而进时，他的脑门"轰"的一声，像被谁狠狠地敲了一闷棍：妮和雄此时赤身裸体，慌慌张张地双双从席梦思上爬了起来。林一下血涌脑门，怒不可遏。他顺手抄起身边的一把椅子，狠狠地朝雄砸去，不想雄一躲，林砸空了，林的腹部反而狠狠地挨了对方一脚。林惨叫一声，捂着肚子一下瘫倒在地，待他清醒过来时，妮与雄已跑得无影无踪……

事情发生之后，林整整一周没上班，他准备了一根碗口粗的棍子，一直在家里守株待兔，时刻聆听着隔壁雄家铁门的动静。然而，整整一周，雄的家门一点响声都没有。林等不及了，他先是找到了妮所在的那家纺织厂，问妮有没有来上班，车间主任说："影儿都没有！"车间主任还说："妮不来好，不来算是有本事，上个月厂里工资都发不出来了，眼看着就要倒闭了，还上什么班呀！"一席话，说得林像挨了一盆冷水。可林不甘心，他又四处打听，几经周折总算找到了雄工作的那家外贸公司，问其下落。人事部那位接待的小姐说："他半个月前就已辞职，早不在我们这儿上班了！"林问她是否知道雄的下落，小姐说："谁知道啊？他是有名的游击队员，鬼知道他又游击到哪儿去了！"林问这"游击队员"该怎么理解，那小姐惊异得瞪大眼睛："这你都不知道呀！他不停地跳槽，不停地离婚、结婚，光离婚都离了三次，人家不就管他叫'游击队员'吗！"林忽然问："那……他现在的妻子在哪？他妻子怎么也不回家住呀？"小姐问："你说他的哪个妻子？哪个家？"林说："就是那个叫丽的，他俩住团结湖北一条，跟我是邻居！"小姐一听，咯咯咯笑得前仰后合，笑毕，才说："丽怎么是他妻子了？他俩都没领结婚证。再说团结湖那处房子他也是临时租的，一个月前房主就已将那房收回，那儿怎么可能是他的家呢？！"

林颇像听天书一样听着那位小姐的讲述，一时间瞠目结舌！

忽然间，林的日子便沉重起来。每天，他除了要准时上下班，忙机关里那些说大不大、说小不小却总没完没了的杂务，还要早出晚归接送儿子放学、上学。更要命的是，他还要买菜、做饭、刷锅、洗碗、打扫卫生，忙完了这一切，还得辅导儿子做作业……日复一日。林忽然间想起自己农村老家的那头毛驴，他觉得自己简直就是家里的那头毛驴，日复一日地推碾子拉磨。林受不了这种琐碎的、毫无新鲜感的劳累。他也知道最好能请个小保姆，这样他自己就能从繁重的家务中解脱出来。可想到自己的收入，他便死了心。眼下在北京，一个保姆的工资至少也得二百来块，还不算吃、住，林每月不满六百块的工资，如何能支撑起一个三口之家？

林于是便恨起妮来。俗话说，一日夫妻百日恩。可林怎么也琢磨不透跟自己生活了十几年，儿子都已十岁的妮会忽然间变得这么狠心，扔下丈夫和儿子不说，竟还将家里的那点儿存款都带走了。即使是离婚，她也有义务给孩子抚养费呀！想到抚养费，林便想到该去找法院，让法院出面强制妮每月给儿子付抚养费。于是，林真的找了法院，可法院民事庭接待他的法官说："你婚都没离，谈什么给抚养费？离了婚再说！"一提离婚，林退缩了。林从没想过要与妮离婚，说心里话，他是爱妮的，而且还爱得很深。自从决定与妮结婚，林从来就没想到要离开她，更没想到妮会离开他。时至今日，林仍认定妮是一时被雄的花言巧语蒙蔽了，说不准还是吃了雄从哪儿弄来的迷魂药，雄那杂种才是十足的罪魁祸首！这么一想，林更不愿离婚了。林想雄把妮给拐跑了，要是离了婚，不更便宜了雄，也便宜了妮？拖着吧，反正最终要是真与妮离婚了，也不能让他们舒舒服服地过日子。

于是林又找到了北京市妇联信访处。他想，妇联理应出面干预，帮助他将妮找回来。可信访处的女同志说："你这种情况，我们无能为力，你妻子影儿都找不到，单位都没有，我们无从下手。"

* * *

那一天，我去北京市妇联信访处采访，同行的还有我的一位法国朋友、国际妇女问题专家艾蒂丝。在正义路市妇联信访处那间昏暗而多少有些狭小的接待室里，我们正好见到前来上访的林。这时候，林正满脸沮丧。林知道了我的身份，忽然"呼"地从座位上站起来："你是记者？太好啦！太好啦！你该采访采访我，帮我呼吁呼吁，也谴责谴责当今社会婚姻中这种见异思迁的不负责任、不道德行为！"我对他产生了兴趣。我说："你坐下讲吧。"于是，他便坐下来，讲他的遭遇，讲他家里最近发生的这场变故。他讲得捶胸顿足、悲愤交加。末了，他气恼难抑，连连摇头："你看他们这两人，女的快四十了，男的都已五十出头，可他俩竟然还干出这等见不得人的丑事，真是丢人啊，丢人！"

艾蒂丝粗懂中文，她皱着眉，一直听着眼前这位相貌堂堂的中国男人的诉说，一会儿点头，一会儿摇头，但都没有表示听不懂。可当我俩离开信访处时，刚走出门口，艾蒂丝就迫不及待地缠着我问："Mister Yang，我搞不懂，什么叫'丢人'？刚才那位林先生一直摇头说'真是丢人啊，丢人！'我搞不懂这是什么意思。"

我苦笑着，耐心地解释道："丢人，就是丧脸面、失尊严、可耻的意思。"

"你是说林先生骂他的夫人和那位'第三者'可耻？"

我说："是。"

不料艾蒂丝抢前一步拦住我的去路，皱着眉争辩："不对不对，林先生骂得不对。是林先生他自己'丢人'，而不是他夫人和抢走他夫人的那个男人'丢人'！"

我蹙了蹙眉，问："为什么？"

艾蒂丝一摊手，耸了耸肩："这很明显，林先生没本事。他是男子汉，可他挣的钱那么少，连夫人和孩子都养不起，夫人都跟了别的男人，他这不是'丢人'是什么？！"

我猛一惊，睁大眼睛看着她那一本正经的样子，一时竟无话可说。一想到林眼下的处境，我只觉得内心像忽然间打翻了五味瓶，酸甜苦辣一时说不出到底是哪一种滋味……

溅血的城市

看着眼前泪流满面痛苦不堪的这位农村姑娘,老王那颗早已麻木的心霎时间像融化的冰山,汩汩地流淌着温热的情感之水。

一

早晨，K研究所的职工像往日一样三三两两走进单位小院的时候，看见办公室主任老王正在朝阳照射下的布告墙上张贴一张硕大的血红色布告。

通　知

今年的义务献血已经开始。众所周知，献血是救死扶伤、实行革命人道主义的高尚行为，是每个适龄健康公民的光荣职责和崇高义务，也是社会主义精神文明的体现。

为了完成今年上级下达给我们单位的义务献血任务，现将有关事项通知如下：

一、献血人员待遇：

1. 每人发放补助费1200元；

2. 献血后可休息一个星期；

3. 当年或次年享受 15 天疗养假；

4. 休假不影响奖金、饭补；

……

希望大家（尤其是 35 岁以下的青年职工）踊跃报名。

老王张贴布告的时候，招来了职工们的围观。单位的临时清洁工农村姑娘水莲此刻也抓着扫帚前来观望，遭到老王一顿训斥："关你啥事呀？你来凑什么热闹？你的活干完啦？！"吓得水莲浑身一震，脑袋一缩，知趣地赶紧往后退，继续扫院子去了。

时间一天天流逝，转眼间便到了献血通知贴出后的第三天。这三天，办公室主任老王那屁股一如长了疖子，坐都坐不住。他每隔三五分钟就要起身走出室外，到办公室附近的布告墙上去看那张献血通知，看通知底下的那大块空白处是否已有人在上面签名。然而，每每走到跟前，每每都令他沮丧，甚至连最初将通知贴出时那份围观的热闹都没有了。那份血红的通知似乎是一份过期的日历，除了老王外就再没有人愿意去理会它。老王倒是有几次看到了农村姑娘水莲一边干活一边在通知前面踯躅，似乎那通知是冲她水莲贴的。每次见到水莲的身影，老王心中就冒起一股无名之火，有几次他想冲水莲发作，可水莲一见老王就像老鼠见到猫似的，赶紧装出在那儿扫地的样子，令老王有火难发。

有人将计划生育称为"天下第一难",在老王看来,一年一度的义务献血,才是"天下第一难"呐!按照往年经验,献血这种事情,本单位是没有人主动报名的,即便有,也是领导出面动员之后出于某种考虑——或是要涨工资或是要提干或是要分房子的那些职工,还有几次则是新分配来的大学生在不知底细的情况下被动员去献血的。可今年的情况不同了,单位里既没有人赶上政策要调薪,也没有提干和分房子的机会,更没有新分配来的大学生,老王打心眼里觉得单位今年的献血任务着实是难以完成了。

老王坐不住了。他忐忑不安地敲开了本单位一把手办公室的房门,毕恭毕敬地说:"所长,您……您看看,这献血通知都贴出三天了,可就是巴掌打棉花——没个声响呀!"老王摊开双手,一脸的苦相。

所长姓肖,秃顶,长着一张油炸豆腐脸,肥胖而松弛。那双原本就不大的眼睛窝在这样一张脸中自然就显得更小了。此刻,肖所长用他那双多少还透着几分威严的三角眼久久地审视着老王,末了,他才将手中将燃尽的烟头狠狠地摁灭于烟灰缸中,说:"那……咱们还是开个全单位职工动员大会吧。你赶快去按电铃,再分头到各部室去通知一下,让大家停下手中的活,甭管是男是女,也甭管是年纪大还是年纪小,通通到会议室来开会!"

单位会议室平时像古坟般死寂且落满灰尘,此刻,噪声笑声此起彼落,死寂的古坟瞬间变成了热闹非凡的集市,前来赶集的这上百号人,脸上的表情也千奇百怪。

单位一把手肖所长的到来很快让眼前的集市安静下来。肖所长一手端着斟满了茶的天磁牌热水杯,另一只手拿着他那个人们熟悉的蓝色笔记本,大步流星地走上了会议室的主席台,并在主席台的正中位置坐了下来。他的左右位置分别坐着林副所长和方副所长,右侧再靠边一点还端坐着办公室主任老王。

按照惯例,会议由办公室主任老王主持。老王清了清他那喑哑的烟嗓子,正要开口说几句开场白的时候,农村姑娘水莲冷不丁地推开会议室大门使劲嚷:

"王主任快接电话,您屋里的电话响啦!"

老王一愣,偷眼斜了一下肖所长,不耐烦地摆了摆手:"不接不接,我们正开会呢,你别添乱!"

热脸贴了个冷屁股。水莲没料到自己好心得不到好报,她显然有些委屈,脚一顿,嘴一撇,当众咕哝了一句:"哼,平时您离开房间时不是老让俺有电话铃响叫您的嘛!"她一扭身,气呼呼地走开了。

众目睽睽之下,老王无言以对,他确实这样吩咐过水莲。他没想到水莲这姑娘还挺倔,竟当着这么多的人呛了他这么一句,这让他心里有些不舒服。只不过,他已无暇去计较这些了。他再次清了清他那喑哑的烟嗓子，大声嚷："现在开会！先清点各部室人数——"他一一喊着各部室负责人的名字，要他们报告自己所负责部室职工到会情况。末了他将总的到会情况通报出来："很好，除了一个出差，另一个生病没上班，其他人都来了。今天开会的内容大家可能都知道了，就是献血报名的事。今年我们单位得完成三个献血指标，最后落实期限是本月20号。今天已经10号了，报名后，还需要体检。三天前我就贴出报名通知了，可到现在为止报名的人连影子都没有。因此，我们不得不将全所职工召集起来，开个动员大会。下面由肖所长讲话。"

老王的话音刚落，人们的目光便唰唰地落到肖所长那张油炸豆腐脸上。肖所长呷了一口茶水，然后抬起他那双三角眼扫视了一圈黑压压的会场，喊："现在开会！"他点燃了一支烟，话题随烟雾一起被长长地吐了出来。"众所周知，献血，是救死扶伤，实行革命人道主义的高尚行为，是每个适龄健康公民的光荣职责和崇高义务，也是我们社会主义精神文明的行动体现。我们是文化单位，是搞文化研究工作的。大家想想，文化人意味着什么？嗯，依我看呐，文化人除了具有较丰富的科学文化知识，还应有较高的修养和较高的社会觉悟。难道我们这样一个拥有上百号文化人的文化研究单位连国家法定的公民献血任务都不能完成吗，嘎？"肖所长喊出"嘎"时，声音陡然高了八度，三角眼睁大了,脖颈伸长了,完全是一副理直气壮、正气高扬的样子。

然而,台下的人似乎都不以为然,不少人甚至还低头窃笑。

行政科那位闭不上嘴的老吴就捂着嘴笑得前仰后合,末了压低声音冲身边的人说:"嘿嘿,瞧他那德行,又装起正人君子来了不是?咱单位就这么百十号人,他肚子里有几个蛔虫谁还不知道呀?"老吴是那种干了几十年仍在办事员的位置上原地踏步的主儿,所以说起话来毫无顾虑且异常刻薄。

"就是就是!"旁边的人纷纷点头。

坐在不远处的夏德元这时也探过头来,低声说:"他是不是文化人咱先不说,他当'肖剥皮'的事,究竟算不算有修养啊?"

一句话如水落油锅,立马引来四周一阵叽叽喳喳的议论,什么他肖所长买高档轿车啦,多占公房啦,每年抢占出国名额啦……全部老皇历一样被翻了出来。而夏德元所说的"肖剥皮",则是人们新近给他起的外号,指的是从去年开始,所里所有的课题他都要挂名,所有的创收项目他都要跟当事人分一杯羹,实际上除了挂名,他什么都不需要付出。

"请安静,请安静!"此时的肖所长边嚷边用指头"笃笃"地敲着桌面,三角眼不满地扫视了一下会场。待会场安静下来之后,他继续说:"为了按期完成今年的献血任务,我想有必要来个总动员,有必要让我们的全体职工高度重视并提高觉悟,踊跃报名。我要着重强调的是,献血虽然是我们每一个健康公民的义务,但更是青年公民,尤其是35岁以下青年的义务!为什么呢?道理很简单,一般来说,35岁以下的公民年富力强,身体比中老年人好,理所应当身先士卒,带头报名,就像当兵需要年轻人那样,郑均——"肖所长忽然探着头寻找着郑均,边找边喊:"郑均来了没有?郑均在哪儿?"当他确认自己的目光圈住了郑均的脑袋时,才又笑着说:"郑均,你是所里的团支部书记,你说说我的话有没有道理?"

"没有道理!"郑均此时在众多的人头中"嚯"地站了起来,尽管他一肚子话早已憋得难受,可毕竟还是憋着。眼下所长指名道姓要他说,他不想憋下去了,"为什么职称、住房、出国等都要论资排辈,都是级别高的、年龄大的优先,怎么轮到献血就该我们年轻人当替罪羊了?大伙都凭良心说说,世上有没有这种道理?再说国家明确规定的是每一个健康公民都有献血义务,怎么到了咱们单位就要强调是青年公民的义务啊?这样做公平吗?"

真可谓石破天惊!郑均这不经意的一句话,立即使会场里所有人为之一振,有欢欣鼓舞的,有刮目相看的,有横眉冷对的。肖所长被呛在那里,他铁青着脸,怒目圆睁,却什么话也没说出来。但他毕竟是一所之长,是见过大场面的。不一会儿,他便镇静下来,呷了口茶,抹了抹嘴,"嘿嘿"笑着:"年轻人,你也太沉不住气了吧?"他扭过脸来看了看林副所长、方副所长和老王,又用目光扫了扫台下那些年龄大一些的职工,笑道,"你以为我们这些领导、这些年纪大的职工就那么没觉悟吗?哼,你错啦!我们是想考验考验你们年轻人,为你们提供更多成长的机会。"他左右晃着那张油炸豆腐脸,"老林、老方,还有老王,你们说是吧?"

两位副所长及老王此时都像鸡啄食:"是、是、是……"

不少年纪大的职工也纷纷将不满的目光投射到郑均脸上,让郑均顿时感觉到浑身如遭麦芒。

肖所长这下乐了。他挺起腰板,掠掠衣领,气宇轩昂地高声喊:"这样吧,我现在带头报名!"他扭头对老王说:"老王,你先把我的名字记下!"又将头扭回来,说:"我希望我们的每一位领导、每一个党员同志都带头报名!"

星期四,是体检的日子。

办公室主任老王早早地在血站的体检室等候着。他反复看着手中的报名表,内心多多少少有些感动,因为在肖所长的带领下,全单位有近三分之二的职工报了名,而且大多数是青年职工,这不仅在本单位,恐怕在本市所有的单位中也可以说是绝无仅有的。他真的没有料到这原本令他伤心费神的"天下第一难"竟转瞬间成了"天下第一易"。看来,解铃还须系铃人呐,只要领导带头,什么事都以身作则,再难的事都能办好。

八点半,单位里报名献血的职工陆续到齐了。可就是见不到肖所长、林副所长和方副所长,他们三人都有专车,应该比谁都更准时的呀!老王内心正不断嘀咕的时候,一位穿白大褂、戴白帽子的白衣天使前来催他:"你们单位的人都到齐了吧?"

"还、还没呢!"老王忙不迭道。

白衣天使问:"还差几位?"

老王说:"差三位。"

白衣天使又问:"你们来多少人啦?"

老王说:"已经来了六十人。"

"哇——来了这么多人呀?"白衣天使惊叫起来,"这么多人早够了!不仅够,你们单位该当先进、当典型了,还等个什么呀?快体检吧!"她边说边挥手势,既兴奋又有些迫不及待。

老王犹豫了一下,颇有些像鸭子被赶上架:"那、那行吧。"说着,他摊开双手,示意大家往里走。

郑均此时却站出来拦住老王:"慢!几位所长不是都带头报名了吗?现在怎么不见踪影呀?"话音刚落,他的身

边如热锅炒豆,各种声音噼里啪啦地响了起来:

"就是就是,所长他们怎么没来呀?"

"可别装装样子,把咱大伙儿给耍啦!"

老王说:"不会的,不会的,他们肯定能来,可能是路上堵车了。咱们……还是先体检吧?"

"不行,不行!"众人异口同声。

有的人还说:"所长不来我们可就走喽!"

老王这下急了,他拦住大家,使劲嚷:"可别走,可别走!"又转身对白衣天使说:"这样吧,我们的领导还没到,还是等等吧。"也不管对方什么反应,他又扭头对大家喊:"既然大家都倾向于等所长他们来了再说,那就再等一等吧。我这就去打电话,问问他们究竟是怎么回事,你们——可都别走啊!"

老王说完,便径自走了,他像一只无头苍蝇一样在血站的楼道里急匆匆地四处乱窜,最终总算在传达室借到了电话。老王先给肖所长家打了电话,接电话的大概是他老娘,那声音沙哑得像是从古坟里出来的——

"谁……谁呵?"

"嘿嘿,大娘,是我,老肖单位的。老肖在家吗?"老王干渴地咽着唾液。

"他……一大早就走了啊!"

"他上哪儿去啦?"

"咏——还……还能上哪去，不……不是去上班了吗？"

"噢——他几点走的？"

"咳……咳！我也不知道几点，反……反正一大早就走啦。"

"那……"老王放下电话，又咽下一口唾液。他伸手看了看表，已经八点五十了，肖所长的专车从家里到血站，至多是半个小时的光景，即便是堵车，也不会超过四十分钟吧？肖所长的老娘说肖所长一大早就走了，怎么到现在都不见踪影呢？他会不会是去了单位？这么想着，老王又往单位肖所长的办公室打电话，没有人接。电话中那"嘟——嘟——"的声响虽节奏缓慢，却如同寺庙里那古老沉重的钟锤，重重地撞击着老王的胸口。没办法，老王又往林副所长和方副所长的办公室打电话，还是没有人接。再分别往林副所长和方副所长的家里打电话，还是没人接——他们会上哪儿去呢？该上哪儿去找他们？老王拧着眉，忽然眉又一扬——对啦，再找司机小彭、小刘吧！小彭是肖所长的专职司机，小刘是林副所长和方副所长的专职司机，他们总该知道头儿的去向吧！他又赶紧打电话。然而，小彭、小刘的家中没有人接电话，打他们办公室电话，也没人接。

老王没辙了。此刻，他的心头已急得如火上浇油，这燃着的油使他如开足马达的快车"嘟嘟"地一路小跑，跑到本单位职工的集中地点。

"喂——所长他们来了吗?"老王上气不接下气地问。

"嘿——你不是去找他们了吗?"众人异口同声。

老王的心这下如泼了冰水,一脸的懊丧:"我怎么打电话都找不到他们。"他伸出左手腕,再次看了看表,叹着气说:"唉,都九点啦!我看呐,所长他们可能临时有事,恐怕来不了啦。咱们……是不是也别等啦?既然都来了,就体检吧,总不能来了又走呀!所长他们没来,我——还有姜春熙、张昭卓、丁惠芬,我们几个好歹也算个中层领导,我们带个头如何?"老王抬眼寻找着他们。

"我才不跟你带这个头呢!"丁惠芬突然站出来,一脸的愤愤不平,"所长他们说得好好的,怎么忽然间就变卦啦?得让他们先说清楚!再说了,谁不知道你患有甲亢,还假模假式地想装孙子,得便宜卖乖?哼,我才不上你这贼船呢!"说完,她一扭身,气哼哼地走了。

她这么一走,姜春熙、张昭卓也动摇了。论职位,他们三人都是正处,可丁惠芬是老资格。论年龄,她已五十出头,少说也长姜春熙、张昭卓十岁;论任职时间,也快赶上他俩的工龄了,这么多年她的职位一直原地踏步,无形中也让她有了说话的勇气和资格。眼看都快熬到退休年龄了,她丁惠芬怕什么呀?她才不怕呢!在单位里,她与老王属同一茬人,所以在老王面前,她更是不怕了!而姜春熙、张昭卓本就害怕献血，更不愿意带这个头，现在有丁惠芬给他俩壮胆，自然是求之不得了。

既然领导都不带头，军心自然是全线动摇。没等老王做出任何反应，本单位来的六十号人呼啦一下，早已作鸟兽散。

望着眼前这作鸟兽散的职工，老王心如乱麻。他直愣愣地木在那里，好半天缓不过劲来。蓦地，他内心不知怎的不住问着自己："我要不是得了甲亢，是否就能真的做到带头献血呢？"这么一想，他感觉内心忽然间像擂着一面鼓，咚咚直跳，脸也感到有些火辣辣的……

二

老王满脸沮丧且忐忑不安地迈进肖所长办公室的时候，肖所长正在眉飞色舞地接电话，从他的神情和他的答话中，可以猜出他像是参加了一个饭局刚回来，而且已跟对方约好今晚还要在娱乐城之类的地方见面。看样子，电话的另一端是一个女人，因为话筒里隐隐约约传出一声声嗲气，在老王的印象中，肖所长平时与人通电话很少如此眉飞色舞。

老王颇有些不自在地在一旁静静等候着，尽管他开始也担心自己是否有窃听隐私之嫌而被肖所长迁怒，他本想先退出肖所长办公室待会儿再进来，但好奇心又将他的腿拖住了，他想反正我是有事来找你肖所长的，要是能借机窥探一点儿你肖所长的隐私不正求之不得吗？

好不容易肖所长才放下电话。肖所长放下电话之后，脸上的兴奋劲儿一下全跑掉了，取而代之的是老王所熟悉的那种威严，这威严在肖所长那张油炸豆腐脸上凸显出来，使他整个儿看上去颇像寺庙里被烟雾熏黑了的金刚铜像。

"你——有事吗？"肖所长说。

老王浑身一震，脑子一下清醒过来。"哦——有事，是——是献血的事。"老王忙不迭说。

"噢对啦——怎么样？今天大家都去了吧？任务完成了吗？"

"没、没呢！"老王望着所长。

"什么？去了那么多人还没完成任务？那你们干吗去啦？！"肖所长点燃一支烟，边说边吞云吐雾。

老王"嘿嘿"笑着，欲言又止。

"怎么，有什么不好说的吗？"

老王怯怯地看着所长，舔了舔唇，鼓起勇气说："嘿嘿，所长，您……您上午怎么没去呢？您不去带个头，大家都不愿意献血！"

"啪"，肖所长一拍桌子，"噩"地站了起来："岂有此理！难道真的非得我亲自去吗？我可不是一般职工，我是一个有上百号职工的单位的一把手,我忙着呢!你也不想想,如果一个单位的第一把手屁大的事都要管,都要去带头,那不全乱套啦?

"这……"

"你甭说啦!我没时间,也不想听你诉说什么难处。我跟你说,献血这么点屁大的事你要是都处理不了,我看你这个办公室主任也甭当下去了!"肖所长手一摆,做出逐客的架势。

老王偷眼瞟着正发怒的这位上司,一肚子的怒气,一肚子的怨气,可他不敢争辩。想当初,他老王从办公室副主任到主任,从住两居室到住三居室这两个人生台阶,都是肖所长帮的忙,他对肖所长感恩戴德还来不及哩,他怎么敢争辩呢?他只得悻悻地走出肖所长的办公室。

回到自己的办公室,老王的心一直如同冷不丁闯进一只兔子,七上八下地狂跳着。要命的是,这只兔子还长了太多太多的毛,让老王觉得堵得慌。他的耳边此刻不时回响着肖所长刚才对他的严厉训斥,他平生又一次刻骨铭心地感觉到了这世道的残酷。与此同时,他也本能地意识到自己必须尽快找出对应的办法,否则他这个正处级的办公室主任恐怕真的要当不成了。老王可不愿意丢这个官,他深知自己既没有靠山,也没有太大的本事,只是靠资历和一直以来对上司的唯命是从,才好不容易熬到这个正处级。

他是农民出身，五十年代末大学毕业分配到这座城市的这个研究所，专业上学无所成才改行搞行政。他的妻子是一家不景气的国有工厂的普通女工，他们的两个女儿一个在上大学，一个还在上中学，都正是花钱的时候，全家主要的经济来源就靠他这个正处级干部了。虽说研究所也属清水衙门，但这几年靠出租房屋和地皮让大家的工资收入赶上了社会发展水平，他每月的收入有八百来块，他怎么能轻易丢这顶乌纱帽呢？当然不能！他的思维此刻在高速运转，不时地思虑着怎么才能渡过这道难关，他急得脑门冒汗，在自己的办公室团团乱转。

正在此时，与自己同在一个办公室的干事小李推门而进。一看见老王在屋里转圈圈，小李内心一下明白了三分，她知道老王又碰上难题了，老王一碰上难题就是这个样。小李不想见到他这个样，正要转身退出，老王却一下喊住她："小李，你别走！"

"什么事啊？"小李睁大眼睛，一副若无其事的神态。

老王急了，脚一跺冲她嚷："哎呀你怎么跟局外人似的？咱们献血的事还没个着落你难道不知道吗？！"

"哟——知道，当然知道。可我去年毕业刚分配到咱们这儿，就稀里糊涂地被你动员去献了血，今年总不能还让我去吧？"她摊开双手，一副不关己事的神态。经过一年的"洗礼"，小李刚来时身上那股纯真劲早已被玩世不恭所代替。

"唉——你看你，又跟我抬杠了不是？我哪里是让你再去献血，我是让你帮帮我出主意！"老王一脸的苦相。

"噢——原来是这样啊？"小李这下乐了。她白净的脸上那双明亮的眸子一阵滴溜，柳眉忽然一扬，喊道："要不这样吧，除了像我这样献过血的以外，单位里的职工不论男女，不论职务高低，一律抓阄，就像我们小时候过家家一样。"

"这——能行吗？"老王睁大了眼睛。

小李说："抓阄最平等啦，有什么不行的？"

"嗯——"老王摸了摸络腮胡，若有所思。好半天，他才喃喃自语："这个……也许确实是个办法。对啦，先按照1号、2号、3号、4号……的编号抓阄，谁抓到靠前的编号谁先去体检。可——可要是有人抓了号却不去体检、不去献血，可怎么办呢？"他抬头问小李。

"谁敢不去，就给他个严重警告处分，再扣他半年工资！"小李挥着拳，俨然一位敢作敢为的巾帼英豪。

老王双眼一亮："你说得对，就这么干！"他也挥着拳，苍老的脸上忽然间有了笑容。此刻他仿佛才意识到，自己好歹也是个正处，是这个有堂堂上百号职工的单位的办公室主任，干吗不行使自己的权力呢？

一有了主意，老王便兴奋起来，他拽住小李，俩人围绕抓阄献血的规则进行了具体策划，并付诸文字。不到一个小时，方案便形成了。

当老王带着请功的心情把方案汇报给肖所长时，肖所长皱了皱眉，然后用威严的三角眼审视着老王："怎么，你让我也一块儿抽签？"

老王"嘿嘿"一笑，好一阵点头哈腰："这个您尽可以放心！您和林副所长、方副所长，我都排除在外，当然就用不着抓阄了。

"嗯——"肖所长点了点头，粗短的双眉霎时舒展开来。

老王这下高兴了。他趁机说："所长，这个方案好是好，可事关重大。您看是不是让党组审批一下？"

"没问题！一会儿我就同老林和老方他俩一块儿敲定一下。"肖所长挥手在空中抓了一把，显示出少有的果断。

老王见状，内心简直像抹了蜜。在老王的印象中，肖所长似乎还从没有如此爽快过。

三

抓阄献血的动员大会就像老王所预料的那样，进行得异常顺利。老王早就料到，知识分子嘛，就是那德行，平时都嘴硬，可一旦到了该动真格的时候，所有的软骨病就都暴露无遗。老王自己是知识分子中一员，他太了解自己和自己的那些同类了。

抓阄大会是老王一个人召集并主持的。当老王以前所未有的威严将抓阄献血的方案作为党组决定当众宣布时，会场一时鸦雀无声，尽管片刻之后也有议论，老王甚至还能清楚地感觉到职工们对几位所长不参加献血的强烈不满，但到了抓阄的时候，还是没有人敢公开抗拒，因为方案中有明确规定："拒不抓阄者按不献血论处，将给予行政警告处分，扣发半年工资和奖金，情节严重者将开除公职。"义务献血毕竟是国家决策，是每一位公民应尽的义务，有着不可言喻的威严，如果因为这事受处分，你能向谁诉说呢？上级机关能同情你吗？当然不能。正是因为这一点，除了原先已献过血的，所有的职工在不得已的情况下都抓了阄，何况抓阄这种古老形式怎么说也还算是比较公平的。你尽可以对领导搞特殊化高居其上不参加抓阄献血愤愤不平，但是，抓了阄的人之间是平等的，至于运气好坏，就全靠你自己了。

郑均、王晓、崔建群、夏德元、丁惠芬和行政科那个平时总叽叽喳喳闭不上嘴的老吴，就是运气不好的人。虽说单位献血的指标只有三个，但因为体检不一定都能过关，为了保险起见，老王在方案中安排了两个梯队参加体检，每三人为一个梯队，若第一梯队体检不合格则第二梯队上，这样保险系数便提高了一倍。而按照抓阄结果，年轻气盛的郑均、王晓、崔建群号码偏偏分别是1号、2号、3号，理所当然地成了献血的第一梯队，也成了全单位运气最差的倒霉蛋儿。这一结果，大大出乎人们的意料。而第二梯队的夏德元、丁惠芬和老吴，虽说也运气不佳，但人们普遍认为，有第一梯队那三位年轻人在前面挡道，他们恐怕只是有惊无险了。

抽签的结果，令老王极其满意，虽然任务还没有最终完成，他却已分明感觉到这些天来一直压在他心头上的一块大石就快要落下了。

与老王爽朗的心情形成鲜明对比的是郑均、王晓、崔建群、夏德元、丁惠芬和老吴的心情。他们中签后就开始埋怨自己运气太差了，继而，他们便都以怀疑的目光愤恨地审视着主席台上的老王，他们在怀疑眼前这位狡猾的办公室主任是否事先就故意设好了圈套让他们一个个往里钻。在找不到任何迹象之后，他们又将审视的目光投向周围那些比自己幸运的人，想看一看周围是否有人故意给他们设陷阱。然而，尽管眼前都不乏喜形于色，乃至幸灾乐祸的面孔，尽管他们的六位中签者内心隐隐约约都燃烧着一股无名之火，但最终，他们六个人也都只有认命的份儿。当然，他们的心情此刻也各不相同。

四

最感到命运不公的自然是年轻的郑均、王晓和崔建群。

抓阄仪式结束之后,或许是同病相怜,也或许是内心同样的愤愤不平,他们不约而同地走到了一块。

郑均狠狠挥着手中抓到的那张写着"1号"的小纸片儿,愤恨地说:"这不是成心跟咱们过不去吗?!"

留着一头秀发,平时走路总哼着歌儿的王晓此刻已经像挨了霜的瓜苗一样耷拉着脑袋,她一脸的苦相:"哎呀呀我怎么这么倒霉,我最害怕献血,可偏偏抓了个倒霉的'2号',我真是害怕呀!"

崔建群则铁青着脸,一脸的不平:"献血倒没什么,我是觉得这事让咱们摊上,实在太不公平——"他话未说完,王晓便抢着问:

"你倒是说说,献了血身体究竟会不会垮呀?"

"那倒不至于。"郑均说,"看你脸都吓白了,可别吓出什么毛病。走,都到我办公室去,我那儿有一份材料。"

他们三人来到郑均的办公室,一块儿伏案看那份材料。材料上这样写道:"专家认为,按规定献血不会影响健康。科学测定:正常人体总血量约占体重的8%,如一次失血量不超过总血量10%,不会影响身体健康;如一次失血量达总血量的15%~20%时,人体可以代偿。一个体重60千克的成年人,体内的血液总量为4800毫升左右,一般情况下,这些血液并不全参与血液循环,有20%~25%的血液存留在肝、脾、肺及皮肤等器官和血管内,当人体从事剧烈活动或少量失血时,储血库中的血液会立即释放出来,参与血液循环。而我们一次献血才200~400毫升,只占总血量的5%~10%,显然对健康是没有影响的……"

"怎么样,献血也没什么吧?"郑均对王晓说。

"哎呀,我还是害怕!"王晓还是带着哭腔嚷,"再怎么说,不献血总比献血好吧?看你们俩,中了签也不犯愁吗?"

郑均说:"我是心理不平衡。你想想,单位里像咱们这样的年轻人,论能力、论成果哪点比那些老职工差,干活时咱们可都是主力,可轮到分房子、评职称、出国等,咱们却总得靠边等着,凭什么赶上献血这种事就该咱们年轻人优先呀?"

"没错!我也是这么想的。"崔建群说。论工龄和生活境遇,他俩算得上是同一战壕的战友,大学毕业分配到研究所都干了整整十年了,可眼下还是个中级职称,这两年高级职称的名额都用于照顾老职工,尽管论能力一些老职工可以说还不如他们。而住房条件,郑均和崔建群更是同病相怜。他俩都已拖家带口,各有一个三岁的孩子,可眼下一直合住一套单元间。最要命的是,他俩各自请来的小保姆一直都跟各自的主人挤在一间房子里,中间都只拉了一块布帘,弄得他俩每次跟妻子做爱都偷鸡摸狗似的,极影响情绪。并非单位没有机会给他们改善住房条件,去年的那批房子本就可以给他们改善的，但按单位制定的分房条例，那些新房都用于干部和双子女职工的住房扩充了，气得郑均和崔建群双双同肖所长吵了一架。一想起这事，他俩至今仍气得牙痒痒。眼下要去为单位献血，他们怎么能平衡呢？

"我比你们更惨，单位连房子都不给我，我凭什么去为单位献血呀？再说，我这人天生就怕血，我一见到血就犯晕，我……我真的害怕！我该怎么办呀？！"王晓说着，竟掉起泪来，她背起漂亮的天蓝色挎包，一边抹泪一边往外走。

郑均和崔建群都没去拦她。王晓是女的，按规定单位的确没给她分房子，可她嫁了个当副处长的丈夫，孩子都没有便住两居室，条件让郑均和崔建群望尘莫及。郑均和崔建群知道，王晓之所以哭鼻子，除了对单位和领导的不满，主要是太害怕献血。

"她可别真吓出毛病呀！"望着王晓的背影，崔建群喃喃地说。

"病了更好，明天她就可以不献血了！"郑均说。

"嘿——咱俩是不是也想办法得一场病呀？"崔建群忽然来了精神。

郑均说："怎么，你是说咱俩也想办法逃避献血？"

"没错，你有啥好办法吗？"

郑均想了想，道："我听说过度饮酒和过度劳累，都可使转氨酶高。转氨酶高，便意味着体检不合格，自然就不用献血了。"

"真的？"崔建群双眼放亮。

郑均说："是真是假，我也没试过，我是听说的。建群，咱哥俩心情都不好，依我说，今晚都甭回家吃饭了，干脆到外面去，随便找个什么馆子借酒消愁，咱喝它个昏天黑地，我们来个一醉方休！"

"好主意！"崔建群手一挥，拥住郑均肩膀就往外走。

他们走进单位不远处的一家个体小餐馆，一边喝酒，一边聊着单位里那些令人不快的事情，越聊越气恼，越聊越苦闷，越苦闷酒也就喝得越多。不知不觉就到了午夜。晕晕乎乎地回到家里的时候，他俩都撑不住了，哗哗地吐了一地，吐得拥挤零乱的小屋直冒酸气、臭气、酒气。

翌日清晨，郑均和崔建群拖着疲惫不堪的身体准时来到血站体检，结果令他俩瞠目结舌：转氨酶果真高得跟他们所希望的那样，他们的血液没过关，被负责体检的大夫毫不犹豫地刷了下来。

而发高烧的王晓尽管也强撑着身体在丈夫的陪同下前来体检，可一见面大夫就连撵带推将她丈夫骂了个狗血淋头："有你这么狠的男人吗？你妻子烧成这个样你竟然还送她来献血？！"

王晓的丈夫委屈得差点掉泪。王晓的丈夫一个劲申辩："这能怪我吗？只能怪她单位，她单位规定不来体检就按拒绝献血论处，说是要警告处分，要扣工资、奖金什么的，弄不好还要开除公职！"这位副处长丈夫边向大夫诉说边咬牙切齿地瞪妻子单位的那位在场监督的老王，弄得老王像被当众逮住的小偷一样，浑身不自在……

五

丁惠芬、夏德元和老吴万万没有想到，由郑均、王晓和崔建群这些清一色青年军组成的第一梯队竟然全军覆没，本以为与己无关的事竟然鬼使神差地来敲他们的门——真是见着鬼啦！

事情着实是来得太突然了，简直令人难以置信。尽管中签的打击也曾使他们心灰意冷，但由于他们对年轻的第一梯队寄予了过高的希望，以致当老王将事情的结局通知他们并要求他们第二天前去体检时，他们猝不及防。

他们当中最承受不了这种打击的是行政科的老吴。这个五十出头的女人，平时总喜欢说长道短，尽管她明知自己患有多种疾病，这些疾病使她百分之百能躲过献血，可当她清清楚楚地听老王说她必须去参加体检时，霎时间脸色苍白、两腿发软，很快便瘫倒在自己办公桌前的椅子上呼天抢地:"老王你这没良心的东西哟——你们真是作孽哟,竟然逼我这个一把年纪的老太婆去卖血,呜呜……"

一开始,老王还想跟她讲理,老王说:"老吴你用不着这样,没有人逼你,是你自己抓的阄你能怨谁啊?再说了,国家也没有规定年纪大的公民就可以不义务献血呀?法律面前人人平等嘛!你再想想,你在咱单位几十年,该得的都得了,你虽因能力所限没有职务,可工资是按主任科员给你发的。去年分房子的时候,考虑到你家里的一对异性子女已经大了,就优先给你补差分了一间房子,你还有什么不满足呀?……"

老王不劝还好,这一劝,老吴那眼泪就如开了闸的山泉,越流越多。她越哭越伤心,竟从桌椅上瘫到地上,口吐白沫、浑身发凉,惊得老干赶快打120急救电话,将老吴送进医院抢救,才使一场闹剧结束……

与老吴相比,身为正处级干部的丁惠芬则显得老练得多。她不可能像老吴那样跟泼妇似的当众胡闹,她厌恶这种方式,她觉得这种方式是没本事、没文化、没能力、没修养的具体表现。当然,她是打心眼里拒绝献血的。这倒不是因为她有多么害怕献血,而是对自己所在单位尤其是单位的领导有一种本能的抵抗。她也说不清内心的这种抵抗起于何时、来于何方,反正她觉得自己已干了二三十年的这个单位眼下是事事不如意。她尤其瞧不起现在这任领导，尽管这几十年来单位就没出现过那种能一呼百应威信极高的领导，但相比之下，她觉得眼前的这任领导是最差的，肖所长、林副所长和方副所长都是不学无术之辈，是十足的政治投机分子，只热衷于阿谀奉承、拍上司马屁，只热衷于拉帮结派投机钻营，只热衷于以权谋私不断为自己捞各种好处。每年那有限的出国访问名额，他们都要占足了再将余下的分配给研究人员，而且是给那些对他们言听计从、百依百顺平时总围着他们屁股转的研究人员。这些领导住得本来就够宽敞了，姓肖的五年前就已占了两套两居室，姓林的和姓方的也都住着三居室，可去年分配住房时，他们竟无视普通职工的住房困难而擅自将自己的住房扩充了一间：姓肖的住上了五室两厅的部长级套房，姓林的和姓方的则分别住上了四室两厅……对于他们的种种劣行，丁惠芬曾几次在干部会上公开提出质疑，可他们不但丝毫不予理睬，还将她视为眼中钉、肉中刺，明里暗里整她，比方去年美国加利福尼亚州一所大学向她发来的一份访问邀请，审批时就被他们以无端编出的种种理由卡住了，而今年职称评聘由副研申报正研，丁惠芬又被排挤在一边。如此种种，她怎么能心平气和地为单位去义务献血呢？再说，她跟老吴一样也已是五十出头的人了呀！

丁惠芬接到老王的通知之后，心头像被压上了一块大石头。可她不闹，也不做任何争辩。毕竟，她觉得是自己手气太差而抓阄中了签的,闹又有何用呢?还是自认倒霉吧!可说实在的,她又不甘心自己就这样自认倒霉、束手就擒。尽管是自己抓的阄中的签,可冥冥之中,她总感觉到似乎是单位里的那几位领导事先设下的圈套,是他们暗地里在故意捉弄她。所以,当她铁青着脸一言不发地走出单位回到自己家时,做的第一件事就是给在医院当大夫的一位老同学打电话。

"喂——老同学吗?我心里烦得都快透不过气来了,你得想办法帮帮我。"

那边极爽快:"说吧,什么事?"

"我该吃什么东西才可以不去献血?"

"哟——怎么轮到你这老太太去献血呀!你们单位领导又故意跟你过不去啦?"

"哎呀,你别烦人啦,我没时间跟你饶舌,你快告诉我办法!"丁惠芬急得捶胸顿足。

对方一听,也就不再绕弯子:"最见效的办法是吃降压片,血压一低,你就用不着献血了。可降压片如果吃多了,弄不好就要了命!"

丁惠芬说:"这办法不行,我家没有降压片。再说了,我不能为这么件事丢了命。还有别的办法吗?"

"还有两种办法,全是听来的,有没有效果我可没试过。"

"快说!"

"一种办法是喝酒,喝得越多越好,最好是喝醉了,喝得跟死猪、烂泥似的,据说这样体检时转氨酶高;另一种办法是喝醋,喝醋能降血压,但喝多少醋血压才能降下来我就不清楚了。"

丁惠芬这下乐了:"我不喝酒!我还是喝醋吧,我家里有的是醋。我这人平时就爱吃酸的,明天早上去体检前我喝它个两瓶!"

对方笑了:"你悠着点儿,可别喝出什么毛病来!"

丁惠芬也笑:"放心!对啦,下星期天你们两口子带你们女儿到我家来吧,我给你们包饺子吃!"

"太好啦,这几天我正想吃饺子呢!"

六

就是在那天下午,行政科的老吴在听到真的要她去献血之后不断哭闹最终瘫倒在地且被送进医院急救的事情发生之后,单位里那位临时聘用的清洁工农村姑娘水莲干了一件令办公室老王意想不到的事情。

经过老吴的那一阵折腾,老王疲惫不堪地从医院回到了自己的办公室,刚一进门,水莲便怯生生地推门而进。

老王皱了皱眉,颇有些不耐烦地问:"你干吗来啦?有事吗?"

"王主任，俺……"水莲一咬唇，刚要说的话被噎了回去。显然，她是太紧张了。毕竟，这是她到这里来当临时工半年以来，第二次正儿八经地站在这间宽敞明亮的办公室里跟王主任说话。第一次是刚被招来时，王主任在这里向她交代她所应该做的一切工作。

"别吞吞吐吐的，有话就说，没话就出去！"

"您别，千万别——"水莲使劲摆手，生怕老王强行驱赶她似的，"俺……俺是有话要对您说！"她涨红着双颊，艰难地咽下了一口唾液。

"那你就快说呀！"老王一跺脚，以拳击掌，目光依旧带着威严。

水莲直视着老王，鼓足勇气说："王主任，俺……俺想去献血，行吗？"

"什么——你说什么？"老王跨前两步，睁大眼睛审视着眼前这位依旧带着泥土气息的农村姑娘。

水莲又说了一遍："俺是说，俺想去献血，行吗？"

老王这回凑到她的跟前，审视着她："你是说，你要替我们单位的人去献血？"

"嗯！"水莲一咬唇，使劲点了点头。凉爽的秋天里，她娇嫩的额头竟然冒出一层晶亮的汗珠。

"噢——不、不！"老王一摊手，忽然间掉转身在屋里不停地踱步。

水莲感到莫名其妙,她吮着指,蹙了蹙眉,问:"怎么啦王主任?难道俺还不够资格吗?你们单位分水果、分鸡蛋什么的没我的份儿,俺没啥意见。这次献血,俺是看到大家都不愿意去,可俺愿意去。"

"噢——不、不!"老王使劲摆手,他走回水莲跟前,低下头问,"你——你才多大呀?"

"十七。"水莲说。

"是呀,你才十七!十七太小了嘛!"老王似乎动了恻隐之心,"你——你好好想想,你才十七岁,正是长身体的时候。就算你并不知道你正在长身体,把你的血抽出来,你不怕吗?"

水莲一咬唇,把梳着两根粗短的辫子的头甩得像拨浪鼓:"俺不怕!俺乡下人可不像你们城里人那样娇贵,俺小时候手指头不小心被刀划破了,俺娘抓一把土往俺那淌血的手指上一抹,转天就好啦,俺真的不怕流血!"

"我的天呐——出了血怎么能用土去抹呢?不瞒你说,我……我也是在农村长大的,我可没听说过这样的事情!你算了吧,你算了吧……"老王不停地摆手,他站起来,做出不再理睬的架势。

不料水莲忽然给他跪下了:"哎呀王主任俺求求你啦,俺娘重病在家里已整整躺了两年,俺……俺家急着要用钱呐!"

一听这话，老王冷不丁像被谁重重擂了一拳。他浑身一震，扭转身，急忙蹲下去搀扶水莲："哎呀你这是干什么呀？水莲你可千万别这样，快起来吧，有话咱慢慢说……"

水莲抬起头，带着哭腔倔强地说："俺不，王主任，您不答应俺俺就不起来，俺娘真的是等着钱治病呐！呜呜……"

看着眼前泪流满面痛苦不堪的这位农村姑娘，老王那颗早已麻木的心霎时间像融化的冰山，汩汩地流淌着温热的情感之水。他本能地扶起水莲，连连点头："好说，好说，你先起来吧……"

七

对于五十出头的办公室主任老王来说，1995年11月13日这一天，将注定是他这一辈子中一个难以忘怀的日子。

一大早他饭都顾不上吃，就骑车匆匆赶往单位。临出门的时候，他不忘把昨晚就准备好的半斤红糖放到自己的手提包里。到了单位，他郑重地把那包红糖送给半年来一直在传达室临时搭床睡的水莲，再三嘱咐她："给你，多喝点红糖水，不然到了血站，大夫会把你全身的血抽干的！"

"哎——"水莲接过那包红糖，像看着父亲那样感激地看着老王。自打进城到这个单位当临时工以来，她还从未感觉到来自城里人的一丝温暖,可现在她感觉到了。

喝完红糖水,水莲便跟着老王坐上他们单位派的专车来到了血站。水莲是第一次坐上他们单位里派的专车,所以一路上她十分高兴。

老王领着水莲走下车时,远远地一眼就看见了丁惠芬已坐在血站门口的石阶上。走近一看,才发现丁惠芬用手吃力地撑着胃部,脸色苍白。老王走上前去,关切地问:"老丁你怎么啦?脸色怎么那么难看?"

丁惠芬一抬头,没好气道:"还不是你出的馊主意,非逼着我这把岁数了还来献血!"

老王说:"你身体不舒服就别来了嘛,谁还非逼着你?"

丁惠芬站起来:"废话!你成心想开除我,让全单位看我笑话啊?哼,没门!"说完这句话,她忽然记起单位的临时工水莲也来了,便问:"水莲,你怎么也来了?"

水莲怯怯地说:"俺……俺也是来献血的。"

"什么——"丁惠芬瞪着老王,怒不可遏,"老王啊老王,你真是作孽呀,人家一个农村小姑娘关你单位什么事?你……你……"她一手撑着胃部,艰难地吸着气。

"阿姨,这不关王主任的事,是俺自己要来的。"水莲横身拦住丁惠芬,生怕他们俩会打起来似的。

丁惠芬咬着牙,满脸疑惑地看着水莲:"你……为啥要来献血呢?"

水莲一抿唇,低下头说:"俺娘一直卧病在床,家里缺钱用。"

丁惠芬双眉一颤,最终拧成一团。她看看水莲,又瞅瞅老王,一时竟也无话。此刻她又一咬唇,感到自己的胃又一阵疼痛。

老王关切地问:"老丁,你究竟怎么啦?你要是身体不舒服,我看就算了吧?"

丁惠芬瞪他一眼,没好气道:"少废话,走,体检去!"又扭头冲水莲道:"水莲,我丁阿姨今天要是顺利献了血,我那一千二百块补助费你替我领了,寄回家帮你娘治病!"此刻,她真的开始后悔自己离家时喝了太多的醋,倒不是因为喝了醋之后她已感觉到自己胃部的多次疼痛,而是水莲前来参加献血让她感觉到意外和震惊,此刻她内心有种说不出的难受。因为这种说不出的难受,她宁愿替水莲去献血、去受罪。

老王说:"咱们还是等一下吧,夏德元还没到呢!"

丁惠芬说:"哎呀,我等不及了,我……难受……"她捂着胃部,固执地朝前走。可没走出几步,她突然"哎哟"一声惨叫,一口鲜血喷溅而出,重重地摔倒在地上。老王和水莲惊得手忙脚乱,他俩在人们七手八脚的协助下好不容易拦了一辆出租车,将丁惠芬送到附近的医院抢救。

医生说,丁惠芬患的是突发性胃穿孔,出血太多,恐怕性命难保。

老王一听，心霎时沉下来。他恳求说："大夫，求求你们，无论如何要把她抢救过来，我们单位可以不惜代价！"

大夫摇了摇头，面无表情地说："我们只能尽力而为。"

为了不耽误献血，老王和水莲又匆匆赶回血站。这时候夏德元才姗姗而来。老王也顾不上将刚才发生的事告诉他了，说："走吧，咱们赶紧去体检，我也参加！"

夏德元轻蔑地一笑，看都不看他便冲他嚷："别逗啦，谁不知道你一肚子坏水？明知道自己患了甲亢还老唱高调！"

老王并不在意，他铁青着脸，与水莲默默地往前走。夏德元领着一个陌生的农村小伙子，在后面紧紧跟着。

来到体检处，老王撸起袖子，抢先一步对大夫说："大夫，请给我验血，我想献血！"

夏德元和水莲睁大眼睛，将信将疑地看着老王将胳膊伸给大夫。

轮到夏德元验血的时候，他将那个陌生的农村小伙子推了过来。

老王扭头问："这是干吗？"

夏德元挤挤眼睛，诡谲地贴着老王耳根说："我托'血头'给雇来的，他替我献血，我给他钱。"

老王看一眼那个农村小伙，蹙着眉问夏德元："你给他多少钱？"

夏德元一脸得意。他又凑近老王，压低声音道："不瞒你说，我只给他六百，加上给'血头'的四百，总共才一千块。咱单位不是补助一千二百块吗？我还能净挣二百块，怎么样，你想不想也挣这二百块钱？想挣的话，我再跟'血头'说说，他那里想卖血的乡下人多着呢！……"

谁也没有料到，老王霎时间满脸充血，他像一头被激怒的公牛，突然吼叫一声，挥动拳头使尽全身力气朝毫无准备的夏德元狠命砸去，砸得夏德元昏头昏脑满脸溅血。

老王显然也被自己这一突如其来的举动惊呆了。倏忽间，他双拳击脑，蹲在地上悲愤地恸哭起来，哭声掠过围观的人群和血站那长长的走廊，在城市的上空久久回荡。

尾声

办公室主任老王没有献成血。

丁惠芬也没有献成血，她突发胃穿孔出血过多，医生没能把她从死亡线上拉回来。

行政科的老吴同样没能献成血，那天哭闹晕倒并被送进医院之后，她便病休不再上班。但据说，单位有人看见她成天在楼下的街心公园跟一些老头、老太太打门球，玩得还挺开心。

夏德元更是没有献血。那天挨老王一拳之后，他也被激怒了。他也顾不上老王为什么蹲在地上哭，反正他回过神来之后朝老王的屁股狠狠地踹了一脚，将恸哭的老王踹倒在地。末了，他仍然热情不减地张罗着让那个民工替他完成单位的一个献血指标，后来他终于如愿以偿从单位的献血补助费中挣到了二百块。

水莲则顺利献血了，但加上夏德元雇的那个民工，单位最终还是差一个指标没有完成。那天，血站的一位负责人看到老王痛苦不堪的那副狼狈相，似乎也动了一点恻隐之心，他对老王说："算了，剩下的那个指标明年再说吧！"一句话，让老王那快要透不过气的心感受到些许气息。可老王转而一想，心霎时凉了：明年的献血指标又该如何完成？难道真的像夏德元说的那样去找"血头"，去雇民工吗？

这天晚上，老王做了一个噩梦。他梦见自己生活的这座城市忽然间变成了一部撕心裂肺、鬼哭狼嚎的绞肉机，他的血肉也正被锋利的绞刀疯狂地撕扯着，迅速被绞成肉酱。

赌村

翠竹寨的早晨是美丽的。

早晨的小溪格外活跃。溪水像一群活泼的小孩,无忧无虑地追逐着,笑声朗朗地拍打着溪岸,似乎在呼唤着寨子里的乡民。

赌村原名叫翠竹寨。

翠竹寨是一座风光秀丽的岭南小村。它依山傍水、坐北朝南。村背后,秀峰巍峨,翠竹苍松铺天盖地。村前面,一条山涧小溪鲜蹦活跳奔流而过。若至夏季,清风玉雨过后,翠竹寨便整个儿笼罩在云蒸霞蔚、雾气氤氲的景致之中……

翠竹寨虽风光绮丽,却离群索居。它周围人烟稀少。入夜,除了寨前小溪那哗哗不绝的水声,寨子便早早地昏睡过去。以致有一次,寨子里那帮不甘寂寞的年轻人一咬牙,夜里破天荒徒步跑了二十里地,赶到寨子前开阔地那边的大队部——千人寨,看了一次《红灯记》。回来时,脚板被木屐磨得像烂柿子。

翠竹寨有十几户人家,百十号人。那年月,社会上兴砍"尾巴",使以擅长篾活闻名的翠竹寨人也心有余悸,舍下世世代代谋生的传统手艺。日头一暗,老少入睡,夫妻守家。光棍汉子则打着酸嗝钻进闲间,聚在一起抽旱烟,甩老K,胡聊瞎扯,打逗笑闹,消磨漫长的难挨时光。

翠竹寨的所谓"闲间",乃光棍汉子打逗笑闹、打发时光之场所。寨子唯一的闲间,主人叫"一把锉"。此人少时父母双亡,自此孤身一人,无人管教,故脾性硬直暴躁。有次耍牌,他赢了二狗仔,按约二狗仔应端着夜壶,让他屙尿。二狗仔却耍赖,被一把锉拽住按到地上拧屁股。二狗仔被拧得站不起来,好几天屁股不敢挨边,连连叫苦。于是,"一把锉"之美称便由二狗仔牵头喊开了,意指那小子脾气暴躁下手狠辣,像锉子一般能锉你的棱角。

在翠竹寨光棍汉子里面,一把锉最具威望。因他年纪三十有五,在寨子里是光棍元老,又因他在寨子里独守空房,故顺理成章,一把锉成了地地道道的光棍头子。

一把锉闲间的常客,每晚十至二十人不等。故而,他的手下也常十至二十几个人。这伙人大的三十好几,小的才十七八岁。一把锉他们每晚都有节目:玩的如打牌下棋,闹的像斗骂谈女人,打的则摔跤掰手腕……真是五花八门,大小光棍们因而也心满意足,其乐融融。玩够了,要腻了,便给一把锉留下一个乱窝,一个个拍拍屁股,"哼哼哈哈"或"呼呼唉唉"一走了事。一把锉也从不责怪,待关了门,便躺倒了呼呼大睡,一觉睡到天亮。

忽一日,忘了谁起的头,翠竹寨的一把锉他们玩起了打赌之恶作剧来。每天随生产大队干活、歇息间隙于村头地里,或闲来无事钻进闲间,一见面头一句便是:"打赌!"

响应者则是:"咋赌?赌啥?"于是吵吵嚷嚷、嘻嘻哈哈,转瞬间便热闹起来。

从那时起,翠竹寨的一把锉他们天天赌,夜夜赌。所赌之次数和花样难以统计,更不忍细细地一一述说。凭本人记忆和本文所需,现仅举一例——赌笑。

那时的翠竹寨就缺乏笑。别看寨子里也鸡飞狗吠、热热闹闹,偶尔还有几声"嘻嘻哈哈"的笑在村头巷尾回荡。可那笑笑得艰难,且大多是从一把锉他们那野性十足的喉咙里发出的。寨子里的姑娘、少妇,则大不一样。不论是村头巷尾的女子,还是闭门不出的闺秀,你都很难从她们脸上领略到嫣然一笑的风姿,更难聆听到女性特有的朗朗笑声。即便是一把锉他们在大庭广众之下恶作剧,俏皮的女孩至多也只是抿抿嘴,并不笑出声来。更多的女子则仍保持缄默。一把锉他们一个个纳闷:莫非喝翠竹寨水长大的女子都是木头桩子,缺了根笑神经?可细细一想,也觉着不对路子。要不,那外寨嫁进来的少妇,咋一个个也阴沉着脸?嗐,这年头,人像谜一样,简直难以捉摸!

这天,翠竹寨所有的青壮劳力,全都上山开荒造田去了。晚饭后,一把锉他们又三三两两、没精打采地来到闲间。一进屋,便都哼哼唧唧地瘫倒在一把锉那乱糟糟的炕铺上。屋子里像染了瘟疫似的,失去了往日的热闹。小煤油灯默默地燃烧着。清冷的月光透过窗户,照射着炕铺上尸体般横七竖八躺着的汉子……

"嘻,咋都像死人一样不吭声啊?闷死啦!"黑暗中不知谁嚷了一句。

"哎,咱们唱唱歌吧!"有人接应。

"唱,唱啥呀!"

"我来——"二狗仔猛地从铺上撑起来,没命地扯着嗓子——

> 奇哟奇,
>
> 昨夜老鼠偷咬猫,
>
> 老伯赶紧起来抓,
>
> 不慎尿壶被砸破……

"好啦好啦,快闭上你的狗嘴吧!"一把锉一个鲤鱼打挺,翻身捅了二狗仔一拳。然后慢吞吞地坐起来,打着哈欠,连连摇头:"真没意思!"

"嘻,你说这日子咋才有意思?"二狗仔咕哝着,贼眼珠子骨碌碌地转。

一把锉盯着二狗仔。一会儿,眯着眼挠脑门。忽而眼睛一亮,道:"嗯。依我说呀,要能看见老虎的女人笑,我就是死了也值!"

一把锉这么一说,炕铺上的"尸体"们纷纷撑起来:

"嘻,好主意!"

"对对对,要能亲眼看看老虎的女人笑,那是最有意思的啦!"

"哼,想得美。我说人家老虎自己呀,都不一定见过他女人笑呢!"

"就是。咱这不是异想天开吗?"

老虎是眼下翠竹寨人中官最大、气最盛的人物,在公社里当办公室主任。他女人是去年年底刚从外地娶过来的。那少妇比老虎小十几岁,黑黑的秀发,水灵灵的双眼,白嫩嫩的皮肤。即便瞅上一眼,也会使人产生非分的想法。遗憾的是,她嫁给老虎,纯属坐了大牢喝稀粥——没别的法。据说,她早年丧母,父亲又偏瘫多年,卧病不起,日子就只靠她和唯一的小弟弟支撑着,家里穷得叮当响,常常是吃了一餐却不知下餐咋办。然而,这世上的事儿,总是阴错阳差。这么个穷家,却出了个水灵灵招人耳目的俊姑娘。有次老虎下乡,一眼盯上。从此他费尽心思,托该村干部上门劝告,好说歹说,软硬兼施,总算得手。这穷农家也得以起死回生,留下了香火。可不知咋的,这姑娘过门已半年有余,天天愁眉不展,不苟言笑。那张艳若桃李、冷若冰霜的脸,外人见了无不皱眉蹙眼、唏嘘嗟叹……

"嘿。有了,爷我自有办法!"二狗仔一拍大腿,坐起来,脸上眉飞色舞。

"你别吹牛!"一把锉不耐烦地扒二狗仔。

"咋的,你不相信?"二狗仔一下架住对方。

"咋的,你能叫老虎那女人笑?"

"我能,你赌什么?"

"你要能叫她笑,爷我能同她睡觉!"

"好!我要能让她笑你却不能同她睡觉,咋办?"

"那我不想活了,我……我这闲间全归你啦!"

二狗仔和一把锉互不相让,争得脸红脖子粗,像两只好斗的公鸡。众人嘘声四起,笑闹不绝。末了一锤定音,众人作证:二狗仔让老虎的女人笑,且必须笑出声来。要不能,二狗仔做一把锉之儿子,自此以后一辈子侍候他。要能,一把锉得同老虎的女人睡觉。要睡不了,一把锉之闲间归二狗仔所有,且自此以后,一把锉不得入内……

* * *

翠竹寨的早晨是美丽的。

早晨的小溪格外活跃。溪水像一群活泼的小孩,无忧无虑地追逐着,笑声朗朗地拍打着溪岸,似乎在呼唤着寨子里的乡民。不久,寨子里的姑娘、少妇,便一个个一手挎着装满脏衫裤的竹篮,另一只手拎着搓衣板,光着脚丫"嚓嚓嚓"地来到溪边。她们挽起袖子卷着裤筒,蹚着凉丝丝的溪水,在那石头簇拥的溪面上找到各自的位置,然后坐下来,哗啦啦地洗着各自的衫裤。

现在,二猪哥正蹲在溪边的竹林里,眯着眼盯着溪面上的那个红点。他是被一把锉委派来的。早上那红点刚出得门来,二猪哥便盯上了,一直跟到这溪边。那红点就是老虎的女人。她是同老虎一块儿开门出来的。老虎骑着崭新的凤凰牌自行车,一路丁零零地奔公社去了。她做完饭,便挎着竹篮子静静地来到这溪上洗衫裤。二猪哥一直在这岸边等着,痴痴地看她。

老虎的女人洗衫裤的样子很好看,随着搓、洗等动作,她那纤纤的手臂不停地挥动着。远远望去,既像清水里遨游的红鲤,又像溪面上戏逐的红蜻蜓。当她洗完最后一件衣衫,提起竹篮,拎着搓衣板往回走时,二猪哥也睁大眼睛,"嚯"地站起来,然后没命地往回跑。一会儿,他风风火火地撞进闲间,上气不接下气地说:"快……快,她……她完了!"

"什么完了?"一把锉扳着二猪哥肩膀。

"老……老虎的女人,洗完衫裤回去了!"

"到家啦?"

"没、没!还在路上。"

众人一下炸窝似的蜂拥而出,呼啦啦往外跑。他们已在这里等候多时了。老虎的女人是轻易不出门的,除了洗衫裤、挑水,每天几乎闭门不出。眼下她洗完衫裤,还得在家门前晾晒呢！一把锉他们想抓住这个时机，实施他们的打赌计划。

老虎的家单门独户，坐落在寨子的东南角。

这是一座具有南方独特建筑风格的崭新灰砖房院：对称的四房一厅。厅下是天井，天井连着大门。老虎这座房院，是去年新落成的。往上望时，眼前琉璃碧瓦、雪白刺眼的墙壁、高大的院门，无一不显示着主人的身份。院外，主人用竹篱围了起来。这样，门前又有了一块宽阔的园地。眼下，园地里长着韭菜、竹叶菜，绿油油、青嫩嫩的，煞是耀眼。瓜棚里则飞红点翠，黄黄绿绿地开着各种花，结着各种果。

当一把锉他们气喘吁吁地跑到这座房院跟前时，老虎的女人也回来了。众人立时"唰"地蹲下，透过藤叶密集的篱笆，紧盯着眼前这位袅袅娜娜、步履轻盈的少妇。

这少妇也的确漂亮。她长着一张端庄白皙的鹅蛋脸，黛眉下那双大眼睛，黑黑亮亮的，透着摄人心魄的神韵。今天她的穿着更令人眩目：红底紫花映衬的的确良衬衣被黑色长绸裤束在腰里，现出她那高耸的乳峰和那圆滚滚的臀部。她的裤筒子卷着，袖子也卷着。黑黑的秀发，则向后绾成一个髻，从而——露出她那雪白的腿、雪白的手和雪白的脖颈来。

竹篱外攒动着十几个脑袋。几十束目光贼亮亮地盯着她。

二狗仔咬着唇，贼眼睛骨碌碌转；一把锉蹙眉眍眼，腮帮子肌肉在微微蠕动。二猪哥则笑嘻嘻地眯着眼睛，像见到肉菜似的，不时地咽着口水。紧跟在后面的十几个人，或虎视眈眈，或嬉皮涎脸，像荒野里的饿狼似的……

少妇将竹篮放到门前的石凳上，然后"咯吱"一声，拎着搓衣板走进门去。

二狗仔瞅准机会，倏地越过篱笆，钻进老虎的院地里，动作敏捷如猫。

老虎一家，人口不多，唯一的一个弟弟，前年当兵去了。眼下就靠他那少妇，从早到晚侍候他那年已古稀的老父老母。老虎白天上班，晚上则回家来，痴痴地搂他那俊女人，也陪陪自己的父母。大概是因为寨子里就他唯一有那座堂皇房院，怕贼潜入，抑或是想在别人面前显显威风，自打有了这座房院之后，老虎又不知从哪儿弄来了一条大灰狗养着。那狗整天赖在门前。

二狗仔闯入院内时，那狗煞是机灵。它从睡梦中惊醒，汪汪地惊叫着。二狗仔早有准备，他从怀里摸出煮熟的番薯，扒下来扔过去。扒一点扔一点。那狗见了食物，便奔将过来，边吃边摇尾巴，不再叫了。

一会儿，少妇开门出来。二狗仔慌忙笑着起身，甜甜地叫道："嫂子你早哇！"

那少妇愣了一下，皱了皱眉，黑黑的大眼亮得刺人。二狗仔打着寒战。他赶紧避开她，将目光移到她那可爱的玫瑰色小嘴上。那玫瑰色小嘴抿了抿，似乎想说什么，但终究没挤出声来。

少妇顾自走下石阶，到瓜棚前晾衣服去了。

竹篱外"嗤嗤嗤嗤"一阵声响。声不大，像蝈蝈虫斗架似的。二狗仔一扭头，见十几张怪脸幸灾乐祸、挤眉弄眼。他脸一热，像喝了猫尿，便尴尬地搔着脑袋。

一会儿，二狗仔眼睛一亮，又来了精神。他仍旧用熟番薯逗着狗，将狗引至少妇跟前。

"嘻嘻，嫂子，我来帮你忙吧！"他见少妇正要弯腰取衫，便抢先一步，笑嘻嘻地将竹篮整个儿抬至她眼皮底下。

少妇瞟眼时他，并不作声。二狗仔强颜作笑，双腿瑟瑟发抖。少妇迟疑片刻，便捡起一件蓝色长裤抖着。

"嘻！嫂子，你每天从早忙到晚，就不怕累坏身子？"这声音酸溜溜的。

少妇瞟他一眼，转身将长裤晾到竹竿上。

二狗仔皱了皱眉，继续说："嫂子，你要是忙不过来呀，吭一声，我可来帮忙。你别看我是男的，可要干起家务活来呀，我保准是个女人。煮饭、担水、洗衫，我哪样不会？嘿，不瞒你说，我哥出世那阵，我还帮我母亲洗尿布呢！"

少妇仍不作声，但耳根"倏"地红了，小嘴抿了抿。二狗仔感觉到竹篱外"嗤嗤呵呵"，十几个人都捂着嘴，发出杀死鸡时一样的声响。他急了：

"嘻，嫂子你咋不理我呀！我今天来是有件事想告诉你的。"他擤了一下鼻涕，在胸前蹭着，"你……你知道吗？外面有人说你呢！"

"说啥？"少妇突然停下来，扭头盯着他。

"说……说你漂亮！"二狗仔心一急一喜，忙抢白。

少妇蹙眉瞥他，脸上飞红，像月季绽开。她转过头，扑啦啦抖着长裤。沉默。

"哟，你不信？俺寨子里的姑娘呀，碰上你都得拐路走呢！她们丑，没脸见你。人家说呀，你……你比西施还漂亮！"二狗仔气喘吁吁。

少妇沉默，头也不回地将长裤晾到竹竿上。

"嗬，你不喜欢听？那好吧，我给你讲个笑话！"二狗仔放下竹篮，将番薯扔给灰狗，拍着手叉着腰，歪着脑壳口若悬河，"俺翠竹寨呀，有个人叫咸鬼。此人家里穷，却极能算计。每年收的菜脯，别人至少得留一大半自家吃。可咸鬼就留一条，别的全卖了。他全家六口人，一条菜脯一年可咋够吃呀？你先别急，咸鬼自有办法！他取来根长麻绳，将那条菜脯吊到椽上，垂至屋子正中间。吃饭的时候呀，全家六口人围着那菜脯，每瞧上一眼扒一口粥。不论是老婆还是儿女,谁要是多瞧几眼,咸鬼便不管三七二十一地上去'啪'地就是一巴掌,一边打一边破口大骂:'贪鬼,孬种!看你快把菜脯吃光了!'嘻嘻,嫂子,你说这咸鬼好笑不?"

少妇瞥他一眼,还是沉默。

二狗仔涨红着脸,噘着嘴歪着脸直搔后脑勺。一会儿,他眼睛一亮又来了精神。

"嘻,好嫂子,你咋就不笑一笑呀?嗯,我知道了,说了半天我还未通报姓名,惹你生气了吧?好,你听着——"二狗仔捋着破袖子,越说越来劲,"我呀,叫二狗仔。我父亲你不认识吧?看,他在这呢!"二狗仔说着指指身边那条大灰狗,突然跪到狗的跟前连声叫它"阿伯"。

那大灰狗一惊,缩头夹尾嗷嗷直叫。

少妇终于忍俊不禁,捂着嘴咯咯地笑出声来。这笑声清脆、甜润、无拘无束,像山泉喷玉,似银盘落地。空气顿然清新起来……

二狗仔痴痴地盯着她,跪在地上半晌没站起来。末了才大叫一声,将熟番薯往地上一扔,连蹦带跳地往外奔。

少妇笑的当儿,竹篱外的光棍们也不顾一切地骚动起来,有人怪叫,有人跺脚。一把锉等几个人则痴迷地望着少妇,脸涨得通红通红的。

鸡飞。狗吠。

终于，那少妇收住笑。她直愣愣地望着竹篱外这帮大小不一、但目光都火灼灼的光棍汉，脸倏地红了。

一把锉见状，惶惶然拔腿便跑。众人嘻嘻哈哈地在后面跟着。他们一个个乐不可支，脸颊热辣辣的，心头痒痒的，像刚喝了喜酒。遗憾的是，他们全醉了，心惦记着那少妇，忘了前方是一块落差两米的土坎。一把锉第一个跌倒后，其他人也扑通扑通一齐摔倒下来。独眼龙措手不及，竟一脚重重地踩到一把锉的胸上。与此同时，一声惨叫撕裂长空："呼哇——"

小溪边的竹林里顿时一片惶然。十几个人朝惨叫声围上去。十几个灵魂发出了瘆人的、歇斯底里的呼叫："锉——大——哥——"

竹林乱了。

翠竹寨乱了。

浑黄的阳光下，翠竹寨前的那条小溪，绵绵不断、无声无息地诉说着……

一把锉被踩死了。

第二天清晨。二狗仔、独眼龙和二猪哥等参加这场恶作剧、酿成人命案的十几个人，极其平静地推开了公社派出所的大门。他们是自首来的，一个个都说自己是罪魁祸首，要求上级处罚自己，拉自己去坐大牢。这样做，除了对一把锉之死确实怀有痛切的忏悔外，另一个原因他们则是心照不宣：听说进了大牢，甭干活也能喝上稀粥哩。他们在寨子里整天驴生拼死，不也只喝稀粥吗？

派出所的人经过几天的审讯调查，却做出了让人震惊的处理：二狗仔一人作为酿成这桩人命案的祸根，被县法院执短枪的人押走了。且几天后，便在县里的万人群众现场会上宣布：判刑二十年。独眼龙、二猪哥等十几个人，则被劳改两年，送到这个县深山里的一个打石场去。他们每天得连续打石十二小时，每天限喝六两米的稀粥。

一把锉的尸体，被乡民们用死者睡过的草席，简简单单地卷起来，埋到翠竹寨背后的山坡上。苍松翠竹掩映的这片山坡，多了一座黄土堆砌的新坟。

一把锉一死，翠竹寨的闲间便随之散伙了。一把锉留下的那屋，被大队收归公有，成了翠竹寨村支书办公室。

半个月后的一个夜晚，在千人寨露天电影场上，《龙江颂》开映之前，大队书记发表了专题讲话，言辞激烈地披露、批判了翠竹村一把锉他们打赌的恶劣事件。别看这书记不识几个字，可讲起话来却妙语连珠："这帮坏家伙呀，天天打赌——不，天天赌博！这可是阶级斗争新动向啊！嗯，一把锉和二狗仔，给社会主义新农村丢脸抹黑，他们罪有应得、死有余辜！"这位书记讲这番话时，还时不时把翠竹寨同"赌"字联系起来，且又爱沾点书面语，常常把"寨"说成"村"。于是，翠竹寨便成了"赌村"。于是，"赌村"这个名字便取代了"翠竹寨",在方圆几十里的村寨流传开来……

* * *

写到这里,"赌村"的故事本该结束,但历史的发展,有时缓慢,有时却迅猛异常,笔者不得不再向读者诸君补上几笔。

一九七六年。当中国社会的发展发生了历史性的转折,生活以另一种面貌在岭南小村出现时,独眼龙、二猪哥等被劳动改造的十几个人,也全部被释放回乡。生活太奇特了!两年后,这十几个人便成立了县里第一支技术上出类拔萃的农民专业打石队。他们常承包各种工程,辗转于异寨他乡,多次受到县里表彰。更可喜的是,这十几个人不久便陆续从邻寨娶来了年轻女子,彻底告别了光棍汉行列。

这里,我想告诉读者的是两年前我回乡探亲听到的,来自"赌村"的另两件事。其一,一把锉死后不久,他的坟头上竟奇迹般地出现一束色彩斑斓的野花。以后每年的清明节,坟头都有这样的花束出现。这花究竟是谁采的、谁献的,人们都不得而知。但后来有人发现,每逢清明节,老虎的俊女人都爱去山上踏青,且都要经过一把锉的坟头。于是便有人猜测,那花是老虎的女人献的。不过,这仅仅是猜测而已。对于此种猜测,有人支持,有人反对。反正时至今日，此事仍众说纷纭，莫衷一是。其二，有次独眼龙、二猪哥外出做工，有人无意间说他们是"赌村来的"。独眼龙、二猪哥等十几个人，便不客气地与人家打上了。这帮石匠，常年打石，有的是力气，因而一下便把对方揍得鼻青脸肿，他们又一次犯法了。可这次处理大不相同：经上级有关方面调查之后，他们每人只被罚款二十元，此事便算了结。然而打那以后，再也没有人敢在他们面前提起"赌村"。现在，翠竹寨以其新建的一座座白色砖瓦房，堂堂正正地矗立在岭南清风丽日、山清水秀的那片山冈之上。

哦，顺便透露一个消息，听说被判了二十年徒刑的二狗仔，因为在狱中表现颇好，大概明年就要提前释放了。他出狱后，也许又是一个能挣大钱的好石匠。

生生息息

腊月天。风紧,雪大。空气像被冻结了的冰坨坨,伸出手来,你会感觉到有无数根刺向你扎来。老人们都说,这个冬天啊,真是少见的冷!

一

菊莲被人贩子三拐四转最终送进宋春的新房时是暮春三月的一天。

那时候天已暗了下来，暮霭如墨黏糊糊地漏进屋里，将所有的空间涂抹得一派漆黑。菊莲像散了骨架一样整个儿瘫在床上。她感觉自己已被人抽了筋，浑身乏力酸痛，脑子嘤嘤嗡嗡有如千万只蚊蝇在耳际狂欢乱舞……

不远处有嘈杂声，男人女人的欢笑声，禽畜的欢叫声以及三两个娃儿爽朗的追逐嬉戏声。

"喝——好啦，不吃喽不吃喽，快……快给钱吧，宋老太婆！"一个男人瓮声瓮气的声音。

"哎——就来，就来！"老太婆唯唯诺诺又不乏欣喜的声音。随着几声急急的脚步和一阵窸窸窣窣的声响，那老太婆又说："喏……这都是老头子在世时塑泥人留下的血汗钱，共两千块。给……多谢诸位兄弟啦！春娃，你还愣着干啥?还不快送这几位大哥大叔?"

"哎……"一个青年男子颤巍巍地应诺。

"嘿——我说小伙子啊,今晚可得好好拿出你的真本事来。明年呀,让你老娘抱上孙子,可千万别让你老娘失望啊,哈哈哈……"

一阵野笑。一阵乱哄哄的声响。末了屋子便静了下来。

菊莲仍瘫在床上。她感到自己又困又饿,浑身乏力。但她睡不着。她睁着眼睛晕晕乎乎地面对着眼前的黑暗,浑身从外到里隐隐作痛,痛入骨髓痛入心灵!刚才那熟悉的、可怕的男人的野笑使她毛骨悚然,使她恨之入骨,她恨不得把那些男人碎尸万段!她恨自己,恨自己怎么几天之内便让那些恶男人从大巴山弄到这么个可怕的地方来。自己才初中毕业,自己才整十八岁,自己原本是要到大城市寻工作的——那些恶男人也满口应允,说好让她到上海的合资企业当临时工的呀,更使她万念俱灰的是这些天自己已完完全全让那些恶男人糟蹋了,有几次是在私人旅馆,两次是在野地里。就是今天中午从县城转车来这里时,他们也不肯放过这最后的机会,那些狼心狗肺的恶男人!

想着这些天来的遭遇,菊莲浑身颤抖。她曾无数次跪下来求情,却一次次被拒绝。她曾一次次号啕大哭,人家仍置之不理,她的嗓子都哭哑了!眼下,她欲哭无泪,她只感觉到自己心灵深处阵阵抽痛。她心酸难抑、泪眼模糊……

"咣当——"黑暗中传来关门声。接着是脚步声,那脚步声越来越近。

"咔嚓"一声,灯亮了。强烈的电灯光线照得满屋如同着火。她睁不开眼,索性闭上眼。

脚步声靠近床沿,是那老太婆嘶哑的声音:"嘻嘻,多水灵的闺女哇!喂,莲……莲娃——"菊莲感觉到一只冰冷的手突然间搭到她的肩上。她一阵冷战,不由得睁开眼睛。一张抹布一样皱巴巴的脸咧着嘴凑过来,皱巴脸的身后紧跟着一个瘦男子。那男子脸白如纸,怯生生地笑着。

"莲娃,你……你饿了吧?哎,春娃——"皱巴脸回头喊道,"还不快给你媳妇端饭来?!"

"哎——"那男子噌噌地跑出外屋,很快端过来一碗饭菜。皱巴脸接过饭菜送过来:"莲儿,快吃吧,都快把你给饿坏了!"

菊莲却捂着脸,一翻身丢给母子俩一个脊背,那脊背不住抽噎。

"唉,女人命就是苦啊!"老太婆的声音,"可苦咱也得活下去啊,只要是女人,早晚不都有这么一天?嘻嘻,不瞒你说,我年轻那会儿,也是别别扭扭地嫁到宋家来的。一住下来咱就是人家的人喽!唉,莲娃,依我说呀,你还是先吃了饭吧,可千万别毁了自己的身体!"老太婆说着,仍伸过来那只冰冷的手。

菊莲本能地掀开对方的手,抽噎着。老太婆道:"春娃,你哄她吃吧,唉!"一阵阵脚步声由近而远。

"菊莲,你……你还是先吃了吧。"白脸男人的声音。那声音不粗,同样怯生生的,倒像是哪个女人发出的。

菊莲静心听了一会儿,依旧抽噎。

"要不,你吃了再……再哭吧,哭个够,书上说了,人委屈时哭个够,对身体有好处。"

菊莲冷不丁一骨碌坐起来,那男人却已走出里屋。她一愣,一眼瞅见床头柜上一海碗白米饭,有鸡蛋和白菜,那饭菜还微微冒着热气。一股饥饿感突然袭来,异常强烈,她不由得咽着唾液,她想不起来自己有几天没吃东西了。那些恶男人倒是递给她吃的,可她吃不下。此刻她的确饿了,对着饭菜只愣了一下,旋即端起饭菜一阵狼吞虎咽。

当又一阵脚步声飘进里屋时,菊莲已木然地坐在床沿上喘气。

夜色如墨。

宋春闭了灯,趿着拖鞋蹑手蹑脚摸上床时,菊莲"哇——"一声尖叫起来,叫声凄厉,震天动地。

窗外传来一阵野笑,一阵窸窸窣窣的声响。

宋春一愣,紧接着抱怨:"嘻,你……你咋啦?"

"你——你别过来!"菊莲仍尖叫着。

"你……你是我媳妇啊……"

"混蛋！你……你滚！""咣当"一声，是撞击床板的声音。

"那……那我总得有地方睡哇……"声音软绵绵的，倒像是在求情。

宋春平直地仰躺着。床的另一头蜷缩着丧魂落魄的菊莲。

"你别怕，我……我不会为难你，你躺下睡吧。"黑暗中宋春的声音。

没有回音。

"这……这都是娘为我安排的，她整天吵着要我娶媳妇。咱这一带又常来人贩子，娘瞒着我，就……就把你给买来了。"

依旧没有回音。

"其实，我……我也不愿在家里待一辈子。我想考大学，可——连……考了七年……还……还是没考上，唉！"宋春叹了口气，接着说，"我看那帮人贩子像狼狗一样，你……你受苦了！你先好好歇几天，养养身子。你要愿意，就住下来，咱……咱一块儿过。要……要是不愿意，我……我也不勉强你。"仍没有回音。宋春望了菊莲一眼，叹着气，继而一转身顾自睡着。不久他便发出轻微的鼾声。

菊莲在黑暗中直愣愣地坐着。随着黑暗中那阵阵轻微的鼾声，她的心也松弛下来。她万万没有想到眼前这个叫春娃的白脸男人会这样。以前她曾在一张小报上看到农村少女被人贩子拐卖的事情，那些少女先是被可恶的人贩子糟蹋，后来是被出钱买的男人强行糟蹋。她没想到自己这回也亲身体验到这种事，此刻，她有些感激眼前这个呼呼大睡的男人。

窗外忽然间又响起一阵窸窣声，接着是"咚"的一声，像是有人落地。一阵野笑和怪叫声随之传来，在杂乱的脚步声中渐渐消失。菊莲知道，那些人一定是来听房的。小时候她就经历过，那时候村里有谁当上新郎新娘，当晚就会有一帮人躲在窗外听房。有一回大哥听房回来一讲，她还嘻嘻地跟着笑呢！没想这回轮到她自己了。细一想，菊莲浑身发毛。

夜很静，静得令人恐惧。

菊莲终于感觉到累，腰酸得不行。她警惕地望了望另一端的男人，自己慢慢地伸直腰肢，小心翼翼地躺了下来。然而她不敢睡，也睡不着。她想逃离这个陌生地方，逃离这个陌生男人，可她力不从心。她浑身疲惫，四肢乏力，人地生疏。更重要的是自己身无分文。往哪里跑？怎么跑？自己一个姑娘家，往哪里走不一样受欺负？要有钱坐车可就不一样。可自己要有钱也断不会如此落难被拐卖到这么个地方来呀！她开始想爹娘，想自己的两个哥哥，她多么希望爹娘和哥哥来救她啊！可这里离家乡太远了，坐车要多少钱？平时家里买油盐酱醋，也得拿鸡蛋换呢！要有钱，自己的两个哥哥能至今娶不上媳妇吗？再说，自己眼下即便跑回家乡，也没脸见人……

想到这里，菊莲失望了。她心一酸，眼眶不由得涌出几滴泪珠。

这一夜，菊莲在悲伤中安然度过。

二

第二天早晨，宋春起床出得门来，母亲宋老太婆便喜滋滋地凑上去，悄声问："咋样春娃，昨晚睡得安稳啵？"

宋春漫不经心地答道："还好。"说完径直要去洗脸。

宋老太婆又紧追两步："她……她还好吧，听话啵？"

"还好。"宋春仍漫不经心地说。

宋老太婆一下乐了，她那干瘪的嘴咧得像一个开裂的布袋，好半天合不拢口。继而，她意识到了什么，风风火火地张罗着做早饭。

宋春慢条斯理地刷完牙洗完脸，宋老太婆便塞过来一张大团结："去，快去买条活鱼，再买两斤猪肉，要瘦的，你和她这些天可得好好补养身体。"宋春听话地接过钱，转身走出门外。

宋春拎着一条活鱼和两斤猪肉回到家门口时，撞见了他的堂哥宋强和堂嫂春花。他们俩兴奋地嚷道："哇——新郎弟一大早买这么多好吃的呀？咱新娘子可真是好福气哟！"宋强还猫着腰凑上前来，压低声音说："咋样宋春，新娘昨晚上还乖顺吧？嘻嘻。"

宋春只是抬头瞅他，没有回答。堂兄堂嫂并不计较，他俩嘻嘻哈哈地踩着宋春的脚后跟走进屋里。

宋老太婆见状，高兴得合不拢嘴。她一边招呼让座，一边凑到宋强跟前悄声说："多亏你在外头行走，不然我这老婆子上哪儿找这么水灵的儿媳呀？！"

宋强一听朗声大笑："当然，当然。不过我也只是牵牵线而已。咋的，新娘起床没有？我昨晚半夜才回家，还没来得及瞧新娘子呢！"这时，春花已走进里屋，嚷道："哟——新娘正在梳妆呐！"宋强也紧跟着走进里屋。

菊莲正一个人坐在床沿上无精打采地梳头。见有人进来，也不吱声，低着头机械地摆弄着自己的长发。

"呀——好俊俏的女子哟，真是少见！"宋强禁不住喊道。春花回头白了一眼宋强，紧接着笑吟吟地把手搭在菊莲肩上，"咋的，新郎欺负你啦？喂，小叔子——"她回头对站在后面的宋春嚷，"告诉你，你可得把新娘子伺候好。要不然呐，哼！咱川妹子可不是好惹的。"

宋强大笑："嘿，瞧你——一下子拉起老乡来啦？！"

宋老婆子跟着乐。宋春见状,却躲一边去了。

春花哼了一声:"拉老乡咋啦?老乡才亲!"她回过头,对菊莲满脸堆笑:"嘻嘻。小妹子,你呀,可别老苦着脸,咱是女人,迟早都要有这么一天。你初来乍到,慢慢会习惯的。这儿的人嘛——"她侧脸斜了一眼丈夫宋强,笑着说,"这儿的人虽然粗鲁点,可有男人味。再说吃的——要鱼有鱼要肉有肉,咱川北那边跟这儿没法比!不瞒你说,我刚被骗到这儿时也跟你一样,整天发愁。可没几天也就不愿走喽!"

"可不是嘛——"此刻,宋老太婆也赶紧插嘴,"我呀,是淮北人,二十岁被嫁到这地方来。开始我也闹呢!可一旦上了人家的床吃了人家的饭,也就是宋家人啦!再说温州这地方不错,手艺人多。在这儿当人家媳妇饿不着。唉,要不是春娃他爹走得早,咱家日子红火着呢!"宋老太婆说着,竟也挤出两滴清泪。

宋强见状忙打圆场:"哎哟,婶子你瞧你,五十刚出头咋就像七老八十的老太太似的?今天是好日子,还不快去弄点吃的!"宋老太婆便也笑了,她扯过袖子一边擦泪一边到外面忙乎去了。

春花继续安慰新娘:"赶快收拾完吃饭去吧。往后呀,你有事尽可以找我,我春花姐帮你撑着点,喔?"说着她拉起宋强,嘻嘻哈哈地往外走,宋强边走边回头看菊莲。

宋强夫妇一走，宋春便给菊莲送来牙刷、毛巾和洗脸水，让她刷牙、洗脸。

菊莲接过牙刷、毛巾，慢吞吞地走出屋外。待她洗漱完毕走回屋里，宋春又给她端过来热粥、鸡蛋。

这一天，菊莲默默地待在新房里。宋春给她送来几本杂志，其中有《青年一代》和《农村青年》。菊莲却接都不接。宋春也不计较。他随手抽出一本，坐一旁顾自翻阅。两人彼此无话。时光在沉默中不知不觉度过。

晚上睡觉，宋春仍靠外侧躺下，一动不动。不久便发出轻微的鼾声。菊莲直愣愣地看着宋春。看困了，就躺另一头睡了。两人相安无事。

天亮了，照例是宋春先起床，开门让娘进屋。这一天，照例是宋春伺候菊莲刷牙、洗脸、吃饭，照例是宋春坐一旁看杂志陪着菊莲。

天黑时，照例是宋春靠外侧躺下先睡，菊莲直愣愣地看着宋春，看累了自己也躺另一头睡。

一天，两天，三天，四天……天天如是，菊莲不但没受半点欺负，反而天天被宋春伺候着。

有一天吃完早饭，宋春又在菊莲一旁坐下。

菊莲憋不住问："你……你不找事做？"

宋春一抬头，两眼放亮，紧接着说："我……我这不就是做事？我娘让我干的。"

"让你干啥?"

"陪……陪你呀!"

"你怕我跑掉?"

"不……不怕。这我对你说过。"

"那……那你给我张纸,还……还有笔。"

"干吗?你——你真要走?"

"给家里写信。"

"哦——对哩对哩,可别让你爹你娘急坏哩!"宋春说着走到外屋,很快送来笔和纸,还有一张五十元面额的人民币。

"干吗?"菊莲满脸疑惑。

"我娘说,给你爹你娘寄去,免得他们挂念。"宋春说着,宋老太婆也跟了进来:"快给你爹娘寄去吧,可别让他们挂念。"

菊莲愣了一下,突然间趴在床沿呜呜地哭,哭了好一阵子,哭得好伤心好伤心。宋老太婆和宋春也站在一旁默默抹泪。

菊莲哭毕,便开始坐下来写信。宋春见状又给她递过一个信封。临近中午时,菊莲把信写完,装进信封。她问宋春:"上哪儿寄信?"

宋春说:"我带你去!"说着接过菊莲手中的信,忽然笑了,"嘿,你写了个错字——是四川'奉节县'而不是'奉杰县'！"菊莲抢回信，也禁不住笑了。这是她来宋家后第一次笑。宋春直愣愣地看着她笑。

末了，宋春带菊莲去乡邮局寄信、寄钱。

三

今夜有月。上弦月静静挂在天幕上，洒下如水月光。

微风从窗外吹来，给日渐闷热的屋子送来了几分凉爽。

菊莲今晚洗了个澡，是她自己主动提出要洗的。她换了一套新衣服，黑色长裙，白底蓝碎花的的确良上衣。她身上几天来的尘埃都被冲洗掉了，露出她那白萝卜一样的圆脸，脖颈和手臂也白得耀眼。

宋春刚洗完澡，此刻他直愣愣地看着菊莲，菊莲正低着头坐在床沿梳理着头发。随着她手臂白晃晃的一次次摆动，她那长长的秀发一次次飘起来，宋春明显地闻到她那头秀发飘来的芳香。

"你老站着干吗？"菊莲冷不丁问，却不抬头。

宋春猛--激灵，这才清醒过来。他局促地搓着双臂，然后不知所措地在菊莲的一旁坐了下来。

"你不看书啦？"菊莲依旧摆弄着自己的头发。

"哦——看……看哩！"宋春说着，机械地拿过一本杂志，唰啦啦翻着。

"那书上写啥?"

"啥……啥……啥都写!"宋春说。

"你整天看书,要做学问呐?"

"不……不,我看着玩。"

"看着玩?看着玩能有饭吃?"

"爹在世时攒下一笔钱,还……还能行!"

"不是被人贩子骗走了吗?"

"嘿嘿。那是娘撒的谎,还……还有好几千块呢!不过都让娘存着。"

"几千块,你——你打算吃一辈子啊?"菊莲忽然停下来,侧过脸看着他。

"哦——不,不,我早晚要干活的!"

"干啥活哩?"

"十啥活都行……种田、做工、跑买卖,要不就跟宋强哥跑运输,他自己有拖拉机呢!"

"那……这些天你咋不干活呢?"

"我……我要陪你。"

"陪我做啥?"

"娘说了,她要我……要我先生孩子——"宋春涨红着脸。他偷偷瞥了一眼菊莲,抽了抽喉结继续说:"娘……娘等着抱孙子呢!爹死得早。听别人说,我的两个哥哥,刚……刚生下来就都死了!爹就我这么个独苗。娘说了,我要……要是能生个儿子，就能对得起爹。爹恨我呢！爹从小就想教我塑泥人，可我……我就是学不会。"宋春说完，咬着唇，紧接着长吁了一口气，然后瞥菊莲。

菊莲仍摆弄着她的秀发。

"你……你真喜欢我？"是菊莲的声音。

宋春愣了一下，紧接着如母鸡啄食："那当然，那当然！"

"喜欢我啥？"

"啥？嘻嘻。眼睛、鼻子、脸蛋，还有……反正啥都喜欢！"

"我老了也喜欢？"

"当然。"

"那……那你搂住我吧！"菊莲说着，脸红得像朵牡丹。

宋春愣了，继而"腾"地一下站起身。他正欲去搂菊莲，忽而又一愣，紧接着不住摆手："哦——你先别……别……"

"你咋啦？"

"咱……咱俩还没有办执……执照——啊不！是……是结婚证。对，咱俩还没有领结婚证呢！明天咱俩去领完结婚证，再……再说吧。不然咱……咱是犯法！"宋春涨红着脸说。

菊莲愣了。她深情地注视着宋春。此刻，她那双双眼皮的美丽眼睛熠熠闪亮，异常红润，异常温柔……

翌日清晨。宋春领着菊莲乘坐堂兄宋强的拖拉机进县城拍了一张双人快照。下午又急匆匆地赶回乡政府办理结婚登记手续。幸好这里办手续不需要任何证明，只需当事人双方签字即可。宋春和菊莲办理手续时，一位短发的中年妇女干部竖着大拇指使劲夸他们："你们俩真是好样的。眼下多少人不经我们这里同意便私自结婚、生孩子哟，嗐——这世道呀，真是越来越乱了！"

听着妇女干部的夸奖，宋春和菊莲内心都美滋滋的。他俩捧着两个大红皮证书，满面春风地回到家里。

晚上九点刚过，宋春和菊莲便熄灯上床。随着灯光熄灭，宋春一眼瞥见眼前晃动着一团白光。瞬间，他感觉到自己像趴在一座柔软的棉花山上，整座棉花山在他的怀抱中轻轻扭动，轻轻颤抖。他气喘吁吁，大汗淋漓，最终还是力不从心地跌倒在棉花山脚下。他感觉到自己像被魔鬼抽去了所有筋骨。他再也爬不起来……

四

早晨的阳光很好。阳光透过硕大的南瓜叶照射在瓜棚下的一小片草地上，草地上娇滴滴的露珠亮晶晶地闪烁着迷人的光彩。

宋春坐在门槛上木木地望着门前草地上的那片露珠，

露珠折射出的光彩透过他的眼睛进而占领了他的脑际。他的脑际就如打开按钮却不见图像的荧光屏，闪闪烁烁一片空白。他感觉到累。他不知不觉站不起来了。

此刻，宋强驾着手扶拖拉机突突突地经过门前。他大声向宋春打招呼，宋春却全无觉察。宋强于是停下来走到宋春跟前，一只粗壮的手扳过宋春那张木然的脸，低声问："咋的，腰酸啦？你小子可要注意节制啊，哈哈哈——"一抬头见新娘菊莲正紧挨着门口，宋强忙捂住嘴，吐着舌头。他走进屋朗声道："婶子、菊莲，我这就进城去，你们有事吗？捎不捎东西啊？"说话时他不住地盯着菊莲看。

宋老太婆忙接住话说："没事，没事，你走吧！有事忘不了找你。"宋强却冲菊莲道："你呢？"

菊莲淡然一笑，不住摇头："没……没事！"

"好嘞，有事可别忘了找我！"宋强爽朗一笑，又转身对已站起身的宋春说，"喂，你可要听大哥的！"他一只手拍着宋春的肩，一边不住眨右眼暗示。

望着宋强远去的身影，宋老太婆喃喃地对宋春说："春娃，今日你是不是也帮着我到地里拔拔草啊？要不整天守在家里也不是个事。"她回头对菊莲道："莲娃，你也一块儿去，行啵？"

"嗯。"菊莲默默地点了点头。她侧脸对宋春说："咱先吃饭吧。"

宋春默默点头,跟着走进屋。

早饭是菊莲做的:稀粥、面饼、咸菜和一盘炒花生。从领结婚证至今已整整过去七天,今天是菊莲第七天起早做饭。当然,宋老太婆从隔壁房间起床过来,也免不了要指指点点,同儿媳一块儿摆弄。

吃过早饭,宋老太婆便用一把大锁锁上门,然后领着宋春和菊莲往地里走。他们带着锄头、粪箕、水桶等农具。

宋老太婆全家共七分地,其中五分种着水稻,另两分种着蔬菜。这五分地水稻和两分地蔬菜便成了宋老太婆和儿子、儿媳的主要活路,有事没事他们总要到地里转转,找活干。

菊莲似乎已渐渐习惯了新的生活,除了跟着婆婆、丈夫到地里干活,烧饭、炒菜以及洗衣服等家务活几乎全由她一个人承担了。她与宋春的堂嫂、自己的四川老乡春花也慢慢混熟了。她称春花为姐,春花则称她为妹,平日没事时她俩都习惯来回串门。宋强在县城为妻子揽来了些活:用钩针和纱线编织纱花装饰布,据说收购后可以出口。菊莲在春花姐那里也慢慢学会了,后来宋强也给她揽活干。这样,菊莲每天也能挣两三块钱。有一点使外人略感纳闷的是:同是四川妹子,春花泼辣开朗,而菊莲小春花六岁,却不苟言笑。宋老太婆则并不在意,她想儿媳大概生性如此。

宋春除了跟娘和菊莲一块儿到地里干活，有时候在娘的张罗下也跟着堂哥宋强外出拉货跑运输打下手。这样，一天下来，宋强也能给宋春十块八块的报酬。不过宋春很少跟宋强出去，因为每次出去，他一回到家连晚饭也不吃便倒在床上呼呼大睡，一直睡到第二天中午，惹得宋老太婆既心疼又抱怨，直说他不像个小伙子。宋老太婆微微感到有点纳闷的是：儿子自打结婚以来似乎比以前更不爱言语了，即便有时手里抱着本书，他也时常一个人发呆。不过宋老太婆倒也从未过问，她只是想，没准儿是儿子让书给迷住了呢！

日子就这样日复一日、夜复一夜往前转着，如此以往，一晃便过去了大半年。

随着日子的推移，宋老太婆却纳闷起来，她坐卧不安，因为她天天巴望着能看到儿媳的肚子鼓起来，却总也看不到。

有一天，宋老太婆不得不将儿子宋春叫到自己住的房间，皱着眉将一张干瘪的嘴凑到儿子耳根，压低声音问："春娃，眼看着菊莲来咱家也有大半年啦，她对你可好？"

"唔，还好。"宋春答。他头也不抬，一只脚踩住了脚下的一只蚂蚁。

"她……她可愿意跟你睡觉？"

"嗐！她要不愿意，我睡哪儿？睡地板啊？"儿子白了娘一眼,嘟囔了一句。

"嘻!"宋老太婆脸一唬,急得扇腿跺脚,"我……我是说,她愿不愿意跟你做……做那事?"

儿子睁大眼睛瞧了娘一眼,脸"唰"地一下红到耳根。他低着头喃喃道:"还行。"

"嘻!啥行不行的?我是说,你究竟跟她做那事没有?!"

儿子磨蹭了半天,咕哝道:"做……做过。"

宋老太婆急了:"做过?那……那为啥不见她肚子大哇?"

"嗯——我……我咋知道?!"宋春一跺脚,不耐烦地甩出一句,一扭身消失在门口。

宋老太婆急得连连跺脚、叹气,混浊的老眼里装着一个硕大的问号。

五

"笃——笃——笃!"

一阵敲门声将菊莲从睡梦中搅醒了。菊莲蒙蒙眬眬地睁开眼,一侧脸见宋春还呼呼睡着。她赶紧穿上长裤,一边穿着上衣趿着拖鞋往外走。一开门,见是婆婆,她便随口打了招呼:"娘,您早啊。"

"哼，还早呢——我看你成心不让我吃早饭，想饿死我这老太婆吧？！"宋老太婆怒气冲天，一张皱巴脸"腾"地一下撞进门来。菊莲回头看着墙上的挂钟，发现才五点半，比平时还早整整半小时，便又笑着说："娘，您瞧才五点半，比平时还早呢。"没想宋老太婆脸一歪，噌地闯上来一只手差点儿戳到菊莲脸上："你给我住嘴！到我家来你是想当太太啊！你瞧瞧人家的媳妇是咋当的？看把你都养娇啦！"

菊莲心一沉，怯怯地瞥了一眼婆婆，没敢申辩。她穿好衣服便径自生火做饭去了，但她感到纳闷：婆婆今日是怎么啦？

宋春也被吵醒了，他趿着拖鞋穿着衣服懵懵懂懂地走出外屋，瞧瞧娘又瞧瞧菊莲，没说什么。宋老太婆洗完脸，又径自回自个儿屋去了，她第一次不帮儿媳摆弄早饭。

吃饭的时候，一家三口也默默地吃，气氛沉闷。宋老太婆吃毕，抹抹嘴，对菊莲嚷："吃完饭你先把衣服洗了，再跟春娃一块去翻地，过些天把小麦种上。我今日起不下地啦，往后你们自己干。"

时值初冬，天气渐冷。吃过早饭，菊莲洗完衣服，然后跟着宋春一块儿下地翻土。晌午，他俩回到家，发现娘还没做午饭，菊莲将锄一卸，默默地去生火做饭。宋春则洗漱完毕，气喘吁吁地躺倒在床上。宋老太婆不知上哪儿串门去了，直到菊莲快做完饭才回来。吃过午饭，菊莲歇了一会儿，便又下地去了。宋春则仍蒙头大睡。好在地里剩下的活不多，菊莲一个人干了一个多钟头便返回家里。

菊莲感觉很累，臂酸，腰麻，腿沉。她洗了把脸，喝了口水，然后走进里屋。宋春仍呼呼睡着，菊莲瞥他一眼，轻轻坐上床，然后又轻轻躺下来。她只想歇一会儿，待会儿起床做晚饭。然而她感觉脑袋很沉，迷迷糊糊的，渐渐睡着了。隐隐约约，她又被一阵吵声惊醒，猛一睁眼，婆婆正在她跟前龇牙咧嘴、哇哇大叫："你呀，你睡得倒挺自在，你瞧瞧你晾的衣服被雨淋成啥样子啦——哎？"婆婆一边喊叫，一边抱着被淋湿的衣服塞到她跟前。

菊莲翻身起床，忙不迭地说："哎哟……我睡着了……我不知道下雨了。"

宋春这时候也睁开眼坐起来，见娘正发怒，便嘟囔了一句："哎呀娘，人……人家也不是故意的嘛！"

宋老太婆见状声音又高出三丈："好啊！你们倒还有理了！我……看是我把你们给娇惯坏啦！你——"她眼一横，把一张皱巴脸撞到菊莲眼前，"就是你，你看你还像个媳妇的样吗，哎？"

菊莲见状，忙笑道："哎呀娘，您……您今日是咋啦，我……"她还想解释，宋老太婆却一下把手指戳到她的鼻尖："咋啦，你说我究竟咋啦？我……我花了两千块钱买了你这只不下蛋的鸡，还要伺候你一辈子不成，唉？"菊莲一愣，笑容僵在脸上，继而捂着脸"呜呜"地哭着跑出家门，宋老太婆却仍不依不饶，在后面边追边骂。

菊莲来到春花姐家，向她哭诉了内心的委屈。春花忙放下手头的活儿，一边给菊莲递过手帕，一边安慰她。

一会儿，春花领着菊莲回家，见到宋老太婆，笑道："哎呀我的好婶子，您干吗要那么大脾气？瞧您把我的好妹子给吓的——吓跑了她我可找您要人啊？！"

宋老太婆见状，没好气道："哼，你……你说找我？我还要找你家宋强呢！我花了两千块钱，他就给我弄了只不下蛋的母鸡哇，唉？"

"啊——"春花"唰"地一下拉下脸。她一手叉腰，另一只手直戳宋老太婆，"您这么大年纪，说话咋没深没浅的？我们菊莲好端端的一个妹子，哪点委屈您啦？哼，要说母鸡不下蛋嘛，您可以怨母鸡。可母鸡要下了蛋却孵不出鸡仔——您怨谁啊？"春花拉长腔调，说毕眼一斜，将脸歪向一边。

宋春正想上前劝架，听堂嫂这么一说，脸"唰"地红了，一只脚刚迈出里屋便又使劲往回缩。菊莲也羞得将脸偏向一边。

宋老太婆却火冒三丈，她快步走到春花跟前，一只干枯的手使劲戳她："你……你嘴咋这么不干不净啊？你……

你敢说一点我儿子不是,我……我要你的命!"

春花冷笑一声,不紧不慢地说:"好——你儿子是宝贝!可人家菊莲就是废物啦?哼,谁是宝贝谁是废物,到医院一查不全都明白啦?"

宋老太婆一愣,紧接着急得跺脚甩臂:"你……你——好!查……查就查,可要查出是她的问题——"她指着菊莲,颤巍巍地说,"你……你赔我两千块钱啊?"

春花索性双臂交叉抱到胸前:"好——啊——"说毕,她嘴一噘,鼻儿一抽,发出一声冷笑。

六

宋老太婆像只斗红了眼的老母鸡,她被春花尖刻的话呛得呱呱怪叫,喉管像被塞进一块硕大的馒头一样难以下咽。第二天一早,她便拽住春花,逼着儿子宋春和儿媳菊莲,非要去县城医院查个明白不可。他们吵吵嚷嚷地去坐宋强的拖拉机,宋强的父亲宋大伯见状吼道:"你们这是干吗?这么多人上县城丢人现眼啊?又不是啥好事!"他瞧了一眼神情沮丧的宋春和菊莲,接着说:"他们俩去查查身体也有好处,不管怎样可弄个明白,找大夫对症治疗。你们俩——"他转过脸冲宋老太婆和春花喊:"快给我回家去!"

宋老太婆不依:"那咋行?我……我咋知道个底细啊?"

宋强"嘿嘿"一笑,回过头说:"嘻,回来您可不就全知道啦?还有诊断书、化验单什么的,通通都让您瞧!"

宋老太婆瞅瞅宋强、宋大伯、宋春和菊莲,又瞅瞅春花:"不行,我……我还得去!"说完她便去扒车。

宋强道:"您要不放心您就去吧,我不管,你——"他冲春花道:"你快给我回去!"春花不大情愿地白了丈夫一眼,最终还是噘着嘴走了。

宋强驾着拖拉机,载着宋老太婆、宋春和菊莲"突突突"地开往县城。

下午,当宋强驾着拖拉机"突突突"地往回开时,坐在宋强身边的宋老太婆哭丧着脸,一边不住地拉过袖子擦着泪痕。宋春和菊莲也像被冰霜打蔫了的南瓜秧一样耷拉着脑袋,神情木然,他俩腰都直不起来。

医院检查的结果是:宋春肾力衰竭,严重阳痿,菊莲生理状况良好,健康状况正常。当大夫将检查结果告诉宋老太婆时,宋老太婆瞠目结舌,张着干瘪的嘴半天合不拢。继而,宋老太婆大哭,老泪纵横,她一把鼻涕一把泪地央求大夫:"这……这可咋办?你……你们没弄错吧?!"大夫是位五十开外的老头,他带着和蔼的笑容朝宋老太婆轻轻摇了摇头。宋老太婆又带着哭声拽住那大夫:"这……这可怎么好!这能……能不能治好哇?只要能治好,我……

我给你多少钱都行!"宋老太婆说着,竟掏出一沓钞票往大夫手里塞。那大夫徐徐一挡,温和地说:"您……您可要冷静。这种病嘛,是不太好治,不过可以试试。这样吧,我给他开些药。"大夫说着伏下身唰唰地开着处方,宋强接过处方便帮着去药房抓药……

宋春按着大夫的嘱咐连吃了几个月的药。宋老太婆整天忧心忡忡地伺候他,为他煮药,给他买鱼、炒肉、熬骨头,啥好东西都让他吃了。宋老太婆几乎每天都要压低声音悄悄问儿子:"咋的?还……还不见效啊?"每每这个时候,儿子总是没精打采地摇摇头。

菊莲眼下几乎成了一个木偶,她一整天也说不上半句话,总是阴着脸一个人默默干活。

自打那次同春花斗气,最终输了后,宋老太婆见到春花总是也斜着眼瞅她,然后便耷拉下她那张皱巴脸,默默无语。春花倒是显得落落大方,既不去挑对方痛处,也不幸灾乐祸、喜形于色。有一天她有事来找菊莲。见宋老太婆和宋春都哭丧着脸,她倒是大大方方安慰起对方来:"哎呀婶子,您也用不着像挨了霜的南瓜秧,整天愁眉苦脸地打不起精神。俗语说花无百日红、人无千日好。人活世上谁没个三长两短的?依我说呀,宋春的病听大夫的话尽力治疗,治好了那是老天开恩,治不好那……那也没办法。不过不管结果如何,你们一家三口都得过日子。可要是整天都打不起精神，那……那还咋过日子呀？！"一番话说得宋老太婆一边淌泪一边点头："那……那倒也是。"紧接着宋老太婆站起身同春花搭话。

然而一晃半年，宋春一切依旧，身体没半点起色。宋老太婆急得又是哭又是喊，她时不时要在屋子里呼天抢地，唏嘘嗟叹。与此同时她也四处烧香，求神拜佛。她在家里摆上了老头子在世时塑的观音菩萨，每天晚上总要奉上祭礼，烧香，自己领着儿子和儿媳下跪求嗣。然而这一切，也都无济于事。

有一天，村里来了一位道士。据说那道士神通广大，上通天文下懂地理，阴阳八卦无所不晓，而且集中医、气功、相命学于一身。那天春花不知在哪儿打听到消息，风风火火地跑来找宋老太婆，将消息告诉了她。末了春花还压低声音对宋老太婆道："听说那人相命可准啦，治病也灵着呢！"宋老太婆一听喜形于色，当下她便噌噌颠颠走出家门，跟着春花去寻那道士。

半小时后，宋老太婆果真请来了那位道士。道士是位年近古稀的老翁，寿眉佛面，须发花白。那道士先是在宋老太婆家门前左瞧瞧右瞅瞅，接着进屋。宋老太婆赶紧为他让座，菊莲则为他斟上一杯热茶。道士眯着眼端详着宋老太婆、菊莲和站在一旁没精打采的宋春，又查了他们每个人的生辰八字。末了，道士接过茶慢慢品味，沉思良久。

宋老太婆赶紧凑上前问:"先生,您看我家春娃的病能治好啵?我……我这老太婆能抱上孙子啵?"

道士眼皮一抬,摇着头继续品茶。

宋老太婆重复问了一遍,道士仍旧摇头,不作言语。

春花眉一扬,赶紧向宋老太婆使眼色,示意她给道士钱。宋老太婆心领神会,她很快取来了十张大团结要交给道士。没料那道士轻轻一挡,慈祥地摇了摇头,继而起身告辞。

宋老太婆急得追出门外,挡住道士去路,哭丧着脸道:"先生,您……您不能光摇头哇,您至少得有个说法呀!"

道士终于开口:"没有办法。"

宋老太婆紧问不舍:"难道一点办法都没有吗?"

道士说:"恕我直言,你们宋家祖上缺阳,阴阳严重失调,阴盛阳衰。你要想使宋家不断香火,现只有一个不是办法的办法——"道士忽然收住口,眯着眼看对方。

宋老太婆眉一扬,满脸堆笑:"啥……啥办法?"

"借奸。"道士平静地说。

"啥……啥叫借奸哇?"宋老太婆还想追问,那道士却一甩长袖,"嚓嚓嚓"地兀自赶路。

宋老太婆正想追,春花却笑眯眯一下拦住她:"婶子,别追啦。"宋老太婆急得直跺脚:"那……那啥……啥叫借奸呀?"春花捂嘴,"扑哧"笑出声来,接着道:"嘻,借……

借奸就是借……借野汉子呗！"

"轰"的一声，一直紧跟着看热闹的男男女女当下哈哈大笑。春花的脸一时也红得像五月的桃花。

宋老太婆没有笑。她望着春花，木木地站了好一会儿，接着似懂非懂地点了点头……

七

一连几天，宋老太婆坐卧不安，晚上更是睡不好觉。她渴望着抱孙子，然而她苦于没能够抱孙子。与此同时，她又煞费苦心地寻思着怎样才能抱上孙子。

今天是大寒。窗外北风呼啸，雪花飘飘。十年前的今天，宋老头子便是在这样一个风雪交加之夜死了，宋老头子死于急性肾炎。宋老头子是外出归来的第三天得的肾炎。那一天宋老太婆一觉醒来，发现身边的老头子呼吸急促浑身冒汗脸面青肿，她急忙伸手一摸，发现老头子浑身上下烫得吓人！猛一摇一喊，他仍一无所知。宋老太婆一惊，呼叫着奔出屋外唤来宋大伯。宋大伯如风一样卷进屋来探望胞弟，继而招呼一帮人将胞弟连夜送往县城医院。然而，病人送进医院时，医生无可奈何地摇了摇头。尽管医生仍全力抢救，但两小时后，老头子还是死在了医院里。老头子死时没来得及留下话，只是睁大着眼极艰难地伸出颤抖的手，一个劲地喊着一个字："春……春……春……"宋老太婆明白，他是在寻儿子，寻他的命根。可十五岁的儿子此刻不在身边。老头子绝望地使尽最后的力气拽着宋老太婆，张着嘴还想说什么，但没能说出来，最终一蹬脚，撒手而去！

老头子死后，宋老太婆一个人带着儿子宋春，一天天地熬着日子。曾有不少人前来说媒，劝她改嫁，她都一一拒绝。她想着老头子在世时对她的种种好处，想着老头子在世时那样溺爱儿子春娃，心一酸，便不由得泪水涟涟。继而，她认准自己应把春娃养大，为春娃娶上媳妇，让自己抱上孙子，为宋家续上香火。她想只有这样，才对得起老头子的在天之灵！眼下，儿媳是娶上了，可孙子却怎么也抱不上，宋老太婆好不伤心！这些天来，她明显瘦了，头发也白了许多，她那张原本皱巴的脸显得更加皱巴，她那混浊的眼睛里也布满愁苦的云翳。

一天，宋老太婆吃过早饭，一个人闷闷不乐地找来宋大伯。她把宋大伯让进屋里，一边给他递烟、泡茶，一边唠叨开了："他大伯，您瞧春娃这么根独苗，娶了媳妇也不中用，真是作孽哇！"宋老太婆将宋春到医院体检及道士的话从头到尾说了一遍。末了，宋老太婆道："我想来想去，没有别的办法，只好照那位先生说的办，借……借野汉子！"宋老太婆憋了半天，终于说出最后几个字。

宋大伯瞪她一眼，接着吧嗒吧嗒狠劲吸烟。一会儿，他干咳一声，问："你……你打算借谁？"

"嘿，我这不正想跟您商量吗？"宋老太婆瞥宋大伯一眼，接着说，"我……我想最好是宋强。"

宋大伯猛一抬头："啥——"他的眼珠忽然鼓得像金鱼眼。半晌，他才又埋下头来，不声不响地抽烟。

"咋啦，您不同意？"

宋大伯没吱声，他依旧抽烟。末了，他狠劲掐灭烟蒂，一边吐着烟雾一边叹息："唉，事到如今，只好照着办吧！"

宋老太婆紧绷的脸这才放松下来，她紧接着问："那您跟宋强说去？"

宋大伯沉默。半晌，才说："宋强倒是好说，就怕春花不那么好说话嘞！"

"那……那咋办？"

"唉——"宋大伯眯着眼，"依我看呐，女人的事还是女人说好。你……你自己找春花说去吧！必要时，还……还得给她点钱。"

"嘻嘻，也行，也行！"宋老太婆满脸堆笑，"不过您也得先同宋强打招呼。"

"嗯——"宋大伯若有所思地点了点头。

第二天上午，宋老太婆去找春花。

春花一见婶子，便满脸堆笑："哟——是婶子哇，这么晚您找谁呀，宋强早开拖拉机走啦！"

"不，我……我来找你。"宋老太婆说。

"咋的，找我有事？"

宋老太婆望了一眼春花，径自坐到椅子上叹气。一会儿，她说："唉，我想来想去，没有别的办法。只好照那位先生说的办，借……借野汉子！"宋老太婆憋了半天，终于说出最后几个字。

春花一乐，猛捂住嘴，才不致笑出声来。她掠了掠刘海，紧接着在宋老太婆对面坐下，说："宋春能同意？菊莲能同意？"

宋老太婆满脸堆笑："他俩呀，好说。我……我倒是怕你不同意嘞！"

"我不同意——"春花指着自己的鼻尖，满脸惊诧，"这跟我有啥关系呀？！"

宋老太婆瞥春花一眼，"嘿嘿"一笑："唉！不瞒你说，我跟你爹商量好啦，我……我想最好借宋强。"

"咹——"春花大喊一声，"腾"地站起来，那样子像被火烫了屁股。她愣愣地逼视着宋老太婆，一只手差点戳到对方鼻尖："你……你想把我家宋强当野汉子哇？！"

"嘻——"宋老太婆一边叹气，一边站起来劝春花，"你先别急，我……我这不是来找你商量吗？"

春花一叉腰，怒目圆睁："不行，不行，别的事还好说，这种事说啥也不行,你——你快给我出去!"

"住嘴!"宋大伯这时从门外撞进来,虎着脸喝住春花。他见春花低下了头,才又叹了气,说:"你……你婶子是跟你说正经事!宋强他叔死得早,眼下春娃又不争气,咱不能甩手不管吧?唉,说起来,宋强也是他叔叔拉扯大的呐。三年困难时期,要没有他叔叔帮忙,宋强怕也活不下来嘞!"宋大伯说着,忽然咳嗽起来,屋子里"咕咕咕"一阵响。

宋老太婆见春花不再吱声,便满脸堆笑走到她跟前:"唉!好啦好啦,你也别再惹大伯生气啦!其实,我本来就是寻思着你不会同意——"宋老太婆强颜欢笑,拍着春花的肩膀说,"可……可我也是没办法呀!我想好了,你要是同意,我给你钱——一百两百都行。不过你……你先听我说嘛!"宋老太婆虎着脸望着春花,春花这才平静下来。

宋老太婆接着道:"我寻思要续香火,只能找宋家人。这个人还要亲一些的、能干的、可靠的,我想来想去,宋强最合适。不管咋说,他是咱宋家种,又能干。当然,这要你同意。其实,你要同意,也只不过让宋强跟莲娃好……好上一个礼拜,你说呢?"

"他俩往后还要好下去呢?"春花噘着嘴,不满地瞟了一眼对方。

"嘻,你想到哪儿去啦!宋强有你管着,莲娃有我和宋春管着,他俩上哪好去?"

"呸!"宋大伯啐了一口,插话说,"宋强要敢胡来,我……打断他的腿!"说完他又咳嗽起来。

春花噘起嘴,一下无话。继而她转向婶子,咕哝道:"您……您说给我钱?"

"当然给,事成之后就给。"

"不行,您得先给我钱,一两百太少,要三百!"春花忽然扬起头说。

宋老太婆一惊,半天说不出话来。春花说:"咋的,不情愿就算啦!"说毕转身欲走。

宋老太婆急了,她忙拦住春花的去路,说:"三百就三百!不过我先给你二百,事成之后给你添足三百。"

春花犹豫,紧接着咬牙说:"也行。不过咱说好了,他俩只能好……好一个礼拜!"

"行!行!"宋老太婆一咧嘴,连连点头。

八

冬日的太阳没精打采地挂在中天,懒洋洋地洒下一片黄光。

吃过午饭,宋老太婆坐在一旁慢吞吞地剔着牙。待菊莲收拾完碗筷,宋老太婆便唤来宋春和菊莲,让他俩坐下。

接着，宋老太婆把上午同春花商量的事说了一遍，末了她叹息道："唉，你们都想开点，这是没有办法的事。要不续上宋家香火，咱……咱也对不起你父亲！"宋老太太说这番话时，菊莲一直捂着脸，身子颤巍巍地抽噎着，末了她"哇"地一下哭出声来，疯子一样冲出门外，宋老太婆追至门口时，只见到她的一个脊背。宋老太婆也没再追，她知道菊莲冲春花家去了。

宋春一直愣在一只小板凳上，他弯着腰，垂着头，脸阴而赭红，整个儿像一只被晒熟的虾。宋老太婆折回身来，叹着气对儿子说："春娃，你要想开点，今晚先搬到我屋里去睡，反正就一个礼拜，一闭眼也就过去啦——咹？"

宋春白了母亲一眼，不置可否。

菊莲满怀委屈，一路抽泣着跑进春花家时，春花堵住她："咋的，老太婆又欺负你啦？"菊莲使劲摇头，紧接着一头扎进春花怀里，越哭越伤心。春花一猜便明白了几分，她忙把菊莲让进屋里，一边给递来一条毛巾。使菊莲平静下来，春花才叹了口气说："唉，算啦算啦！你也用不着哭。这事呀，不说还不烦，要说我还憋气呢，我……我把自己的男人给了你，我……我成啥东西啦！"她忽然收住嘴，似乎意识到什么，继而苦笑着，声音也缓了下来，"唉！婶子要续香火，想抱孙子都快想疯了。她跟我爹说定了，我……我有啥办法？事到如今，你我都想开点吧，谁让咱天生都是女人呢!"春花说完,久久地看着菊莲。

半晌,菊莲一抹脸,抬起头来:"春花姐,我……我要偷了宋强哥,你……你不恨我?"

春花脸一沉,半天不说话。最终,她苦笑:"唉,这——你这不是戳我心窝吗!"她恶狠狠地掐菊莲屁股,忽然停下来,扳过菊莲身子说,"不过我可丑话说在前,你只能在限定的时间内跟宋强好。不然,看……看我不拧断你的腿!"春花忽然一阵疯笑,一只手又狠命拧对方的屁股。菊莲瞬间感觉到一阵彻骨的痛,她惊叫着推开春花,却见春花仍在疯笑。少顷,春花却又伏到菊莲肩上,嘤嘤地哭。菊莲先是一愣,继而也不由得跟着哭,她俩抱在一块儿抽抽噎噎,好不凄凉。

五岁的女儿和三岁的儿子站在一旁,直愣愣地望着母亲和菊莲婶。他们不明白大人们究竟发生了什么。

傍晚,宋强回到家,见饭桌已摆上了一盘炒鸡蛋、一条鱼、一碗骨头汤、一盘青菜和一瓶烧酒,瞬间便感觉到饿。他咽着口水,兴致勃发地走近饭桌,却见春花闷着头在一旁默默地给儿子喂饭,便说:"嘿,你俩咋不上桌子一块儿吃?"春花头也不抬:"你先吃吧。"儿子插嘴说:"娘哭啦,娘跟我一样爱哭。""住嘴!"春花一抬手扇到儿子脸上,儿子"哇"地一下哭了起来。

宋强的心倏地往下沉。昨晚,爹已同他打招呼,说起婶子提的那桩事,并让他今天晚上去菊莲那儿睡。宋强听了后一夜没睡好,久久地望着熟睡的妻子和孩子出神,心也像忽然间闯进一只兔子。直至现在,他仍未向春花说起那桩事,他实在不好开口。但他知道婶子今天已经找春花说过那桩事了。刚才路过婶子家,宋强让婶子堵上了。婶子要他上她家吃饭,他没答应,他只答应晚上上菊莲那儿去。

儿子一哭,宋强也吃不下了。他瞟春花一眼,将儿子拉到自己身边,顺手夹给他一块骨头,哄他吃,儿子止住哭。屋子静了下来,春花坐在一旁发愣。一会儿,宋强说:"我知道你不愿意,心里不好受。可我……我愿意吗?"宋强忽然收住嘴,内心一乐,差点没笑出声来。他赶紧清了清嗓子,继续说:"唉,你也想开点。反正不是我要去,是爹让我去,我……我也没有办法。"这么一说,春花"哇"地一下,竟哭出声来。平日她还有点儿犟劲,时不时敢同丈夫争辩几句,这回她却一点勇气也没有了。

宋强一下不知所措。好在此时爹领着五岁的女儿回来了。春花见爹阴着脸慢腾腾迈进门来,赶紧抹了抹脸,起身走过来抱儿子。宋强则起身招呼爹,一边给爹让位,让他坐下来吃饭。

全家五口人终于坐在同一张桌上吃饭。然而除了两个孩子偶尔的叽喳声,大人们彼此无话。

九

夜色很浓。北风呼呼叫着。星星在如墨的夜空不住地眨眼睛……

宋强裹着军大衣,慢悠悠地向婶子家走去。寒风扑面而来,他却感觉不到冷。晚饭时他喝了几盅烧酒,浑身热乎乎的。此刻,他满心想着菊莲。一提起菊莲,他就恨得直骂自己。第一次在宋春的新房里见到菊莲,他就直骂自己背运——同是四川妹子,菊莲比春花要水灵得多,俊俏得多!与此同时,他直后悔当初让人贩子将菊莲弄过来时,自己竟没想到要先瞧上一眼。他想,自己早知道菊莲这么水灵、这么俊俏,也断不会让菊莲去跟宋春——跟谁不比跟宋春强啊?!

宋强的的确确瞧不起宋春,他觉得宋春瘦削柔弱胆怯,说话轻声细语,办事畏畏缩缩,天生没有一点儿男子样!宋强要不是宋春的堂兄,要不是婶子好几次求他,乃至最后找宋强父亲,宋强是断不会让宋春跟着他去跑运输的。宋春除了跑跑腿照看照看货物外,几乎使不上半点力气。不过此刻他只想着菊莲,他没想到命运竟会如此安排自己同菊莲的奇特结合:婶子和爹竟为他开了绿灯,他竟然可以堂堂正正地同菊莲睡觉?哈哈!这么想着,他径自笑起来。一想到自己很快将得到菊莲,得到那双会说话的眼睛,那张俊俏的脸蛋,那莲藕般的臂膀乃至整个身子……宋强浑身不由得燥热起来,一股难抑的欲望嗞嗞地往上蹿!这么一来,他不由得噌噌地加快脚步,还不由自主地哼起了小调。

宋强走近菊莲门口时,只听"嗖"的一声,他的眼前忽然蹿出一条黑影。

"谁?"没等宋强看清,那黑影又"唰"的一声冲他扑来。宋强一闪,本能地用手一架,没想却抓到一根木棒。他乘势将木棒一拽,"哎哟"一声,一团软绵绵的东西"扑通"倒在他的脚下。宋强猛然乘势一抓,拎起那东西,再猛一瞧,竟发现是宋春。

"你——你疯啦?"宋强喝道。

宋春没吱声,却使劲挣扎。

这时候门开了,宋老太婆用手电筒一照,发现了宋春和宋强。她吆喝一声,噌噌地蹿上前来拉宋春,一边数落宋春一边唤宋强进屋。宋强看着宋春挣扎着被拖进婶子屋里,这才迈步走向菊莲房间。与此同时,他也发现了菊莲。菊莲躲在门后探出头来,看着刚才发生的一切。当她的目光与宋强相撞时,她"咣当"一声撞上门,捂住脸"呜呜"地跑进里屋。宋强蹿上去使劲一推,门虚掩着,他不由得打了个趔趄。这时宋老太婆从后面跟来,她喊了一声宋强,示意他赶快进屋,说完她又折回自己的屋。宋强愣了一下,紧接着紧关上门,噌噌噌来到里屋。他发现菊莲趴在床上哭。

宋强走上前去,一只手扳过菊莲的脸:"咋啦,你……你不喜欢我?"宋强嘻嘻笑着,此刻他已忘记婶子和宋春。

菊莲不耐烦地将宋强的手一挡,不住地哭:"你走!你走!你快给我出去!"她忽然爬起来,腾出手来推宋强。没想宋强乘势将她迎面搂进怀里,任她打、任她捶,他都不恼,也不松手。他倒是笑嘻嘻地不断鼓励她:"你打吧。俗话说打是疼骂是爱,你打个够吧!"菊莲一听更是没命地挣扎,没命地捶他厚实的肩膀、手臂。最终,菊莲累得气喘吁吁,她整个儿软了下来,索性倒在宋强怀里"呜呜"地哭。宋强再也压抑不住内心那热乎乎不断膨胀的欲望,他猛地将她拥倒在床上。

宋强回到自己家时已是凌晨五点。他伸手推门,门却被拴上了。他轻轻敲门,一边轻声喊着春花,门却仍紧闭着。他趴在门上,竖起耳朵听屋里的动静。屋里隐隐约约传来几声轻微的鼾声,那是两个孩子的鼾声。再一听,隐隐约约有床板的嘎吱声。显然,春花没睡着,但她不愿开门。宋强于是又敲门板,喊春花,可屋里的灯就是不亮。宋强火了,他抬手想使劲捶门板,忽而又软了下来。他本能地看着前后左右邻居那一扇扇黑洞洞的窗户,便没有信心再去喊再去敲门,他感觉到那些窗户有如眼睛一样紧紧地盯着他。他索性折回身,漫无目标地往回走。

夜仍很静、很黑。寒风冷飕飕地扑面而来，然后往他的鼻子、耳朵和脖子里钻。他感觉到冷，脸像被绳索箍过，耳朵则像被针刺了一样。他本能地裹紧大衣，继而又快节奏地跺着脚。寒风冷不丁卷来一阵声响，他猛一抬头，发现自己竟不知不觉地又走回到菊莲窗下。此刻菊莲屋里的灯亮着，床板嘎吱嘎吱地响，有挣扎声和轻微哭声——那哭声是菊莲的！宋强猛然蹿上前敲门，呼唤菊莲。屋里顿时静了下来，但不一会儿床板又嘎吱嘎吱响，又有挣扎声和抽泣声。宋强急了，他使劲敲门，不想却惊醒了隔壁房间的婶子。婶子开门而出，用雪白的手电筒光照着宋强："你……你干啥？"

宋强进退两难。他尴尬地笑着，继而指菊莲的屋连声说："他……他们在屋里打架！"

婶子皱了皱眉。她走过来趴在门缝上，想听屋里动静。屋里却死寂一样。婶子嗔怪宋强："嘻！你瞧你，不是都回去了吗？咋……咋个又回来了呢？！"

宋强自知没趣。他尴尬地朝婶子笑了笑，继而快步逃离婶子。宋老太婆回头呼了一声："春娃，屋里咋不关灯呀！"屋里的灯霎时灭了。宋老太婆这才叹了口气，关上门返回屋里睡觉。

宋强的心一下像掀翻了五味瓶，不是滋味。他一边回味着刚才的尴尬，一边惦记着菊莲。他一边骂宋春一边又骂着妻子春花。一提起春花，宋强又气又恨，想当初她是他花了一千五百块钱买来的，眼下也撒起野来？不行，得好好教训教训她！这么想着，宋强不由得加快脚步，气冲冲地赶回家门口。

十

第二天宋强没有出车。他蒙头大睡，一直睡到午后四点。他穿上衣服走出屋外，一眼瞥见春花正挑着水进门，门外的女儿和儿子正围着爷爷嬉戏追逐。

春花弓着腰停下水桶。宋强走过去接，拎起水桶往水缸倒水。回头时，却见春花正满脸通红地瞥着他，那目光很有神，那目光碰上他的目光便很快逃开了，春花是在嗔怪他，却没吱声；宋强也不计较，他只感觉到饿，折身走到饭桌前掀开篾盖，发现有米饭、炒鸡蛋和鸡肉块，显然是中午留给他的。他伸手抓过一块鸡肉便往嘴里填，津津有味地嚼着。春花见状，走过来端走鸡蛋、鸡肉块和米饭，放到灶台上，然后点燃火揭开炒锅，一一地热了一遍，又一一端回饭桌。宋强直愣愣地望着她，她却低头不语，末了又挑着水桶走出门外。看着春花远去的背影，宋强微微有一丝得意和满足。

天渐渐暗了下来。当黑暗如墨般又一次染黑天和地时，宋强又一次焦躁起来。他点燃一支"红双喜",装着散步的样子悄悄溜出家门。刚想迈步冷不丁却撞上他爹,爹那吸得红亮的烟斗正映照着他那苍老黝黑的脸。爹干咳一声,吓得宋强浑身发毛。宋强"嘿嘿"笑着,然后没话找话地说:"爹,你……你还不去睡啊?"话一出口,他自己倒觉着好笑,因为他明知眼下还不到九点,而不到九点爹是断不会回自己的屋睡觉的,爹的屋就在巷尾。

宋强说完话,爹却半晌不作答,只顾吧嗒吧嗒吸烟。憋了半天,爹那干瘪的长满胡须的嘴巴才挤出来一串声响:"你走吧,快去快回。可别再惹出是非来,给我丢脸!"爹说着咳嗽起来。宋强感到纳闷:莫非爹已知道昨晚上的一切事情?但他没有工夫多想,他一边"哎、哎"地答应爹,一边急急忙忙地赶路。

宋强走近菊莲的屋时不由得警觉起来,他在防备宋春再一次突然袭击。但屋前一片死寂,不过两间房的灯都亮着,门也都紧闭着。宋强大着胆子上前推门,门开了。他迅速关上门,迅速闯进里屋。菊莲一个人坐在床沿,眼泪汪汪地等着他。她一见到宋强便一头扎进他怀里"呜呜"地哭。他伏下身猛一瞧,菊莲的手臂和大腿青一块紫一块的。宋强捏住菊莲光洁的肩膀使劲摇她:"是宋春干的?"菊莲一咬唇,使劲点了点头。

宋强一拳砸在床板上,恶狠狠地骂道:"这小子整个儿是废物，却……却往你身上撒野，看我不把他捏扁！"宋强说着把指骨捏得吱嘎吱嘎响。他一边骂着一边想站起来，菊莲却连忙搂住他："你千万别……别……"

鸡啼三遍之后，菊莲轻轻地摇宋强。宋强睁眼看表，发现指针已指向凌晨五点。他打了一个哈欠，不情愿地坐起来穿衣服，他必须赶在村里人起床前回家，他怕被别人撞见。他穿好衣服起身欲走，没想到菊莲却端来了一碗热腾腾的鸡蛋面，示意他吃。宋强心一热，也着实感觉到饿了，便接过碗筷好一阵狼吞虎咽。末了他一抹嘴，依依不舍地离去……

此后连续几天，天一黑宋强便丢了魂似的往菊莲那里钻，凌晨五点，菊莲依旧轻轻摇醒他，依旧偷着给他做鸡蛋面吃。吃完面，宋强依旧恋恋不舍地往回走。

这天晚上，宋强吃完晚饭，瞅准机会便依旧往外钻，不想春花从身后甩来一串话："咋的，你还没玩够啊？还惦记菊莲啊？今天可是第八天啰！"宋强一惊，这才记起今晚确实不能再去了，已超出约定时间。但他见妻子那副兴师问罪的样子，便气不打一处来："骚货！你管得着吗？老子——"话没说完，却一眼瞥见他爹，他爹站在跟前冷冷地盯着他，宋强这才换了口气，"老子出去买盒烟，还要跟你说啊？"爹却仍警告他："孽种！有话不好好说，要吃人啊？反正你要当心点，别给我丢脸！"宋强满脸不悦，但他没再争辩，一转身匆匆离去。

宋强果真来到村口的一家个体商店，掏出钱买了一包"万宝路"，抽出一根烟叼在嘴里，"嚓"地一声揿亮打火机点燃，有滋有味地吸着。此刻他内心仍想着菊莲，脚也不由自主地朝菊莲那儿走。

来到菊莲门口，婶子却冷不丁喝住他："站住！你忘了今天是啥日子啊？你……你快给我回去！"宋强嘿嘿笑着，还想争辩，一抬头却见宋春站在菊莲门口，冷冰冰地盯着他。宋强心一沉，也不想再进去，转身悻悻地往家里走。

第二天早晨。宋强驾着拖拉机"突突突"要去县城，路过婶子家他故意停下来，一边喊着婶子一边迅速地往菊莲屋里钻。宋老太婆应声从自己的屋子走出来，宋春也从自己房间出来，冷冷地堵住宋强："咋的，有事吗？"

宋强心里不悦，脸上却大度地笑起来："嘿嘿，我上县城，你……你还去啵？"

"不啦不啦，他暂时不去啦！"宋老太婆替儿子回答。

"那……要不要买啥东西？我给带！"

"暂时不要。"宋老太婆说。

"那……那菊莲呢？"宋强此刻一眼瞥见屋里的菊莲，便索性大声嚷，"喂，菊莲，要不要揽些活回来啊？"

菊莲没作答，却看着宋春和宋老太婆。

宋春冷冷地说："不需要！"

宋老太婆眼珠一转，却"嘿嘿"笑道："不，需要！你……你还是给揽些活回来吧。"

"好嘞！"宋强说着打了个响指，继而冷冷地瞥了宋春一眼，转身离去。

傍晚，宋强从县城回来时带回一网兜白纱，还有一袋苹果。路经婶子家时他依旧停下来。他硬着头皮远远地朝宋老太婆打招呼："婶子你瞧，我给你带来好吃的嘞！"宋老太婆这回笑呵呵地迎住他，伸手去接苹果。宋强则脚步不停地径直进屋去看菊莲，他笑呵呵地将那一网兜白纱塞进菊莲怀里，挠了挠脑门正想说什么，婶子和宋春跟着进来了。宋强"嘿嘿"一笑，没话找话说："咋样，你……你们今晚做啥好吃的呀？"

宋老太婆抢着回答："嗐，有啥好吃的，还不是老样子！"

宋强"噢噢"地随口应着，眼睛却死死盯着菊莲。菊莲偷偷瞥了他一眼，满脸通红。随后她埋头烧饭。宋强自觉说不上话，回头朝宋老太婆笑了笑，抬腿走了。

十一

自打宋强按宋老太婆的约定时间跟菊莲相好之后，宋强和菊莲彼此间便被人为地隔离开了。

首先是春花偷偷地把宋强"看管"起来。只要宋强不出车或出车回来,春花总是想方设法让宋强待在家里:给他派活,主动同他聊天或向他推荐好的电视节目,要不就是让孩子去缠他,让他脱不开身。宋强要是说到外面买烟、找人聊天什么的,春花也用眼神使劲挤女儿,让女儿跟着他去,弄得宋强很烦,但又无可奈何。他只能利用出车或出车归来路过的短暂时间,有事无事地找借口去看一眼菊莲。

菊莲比宋强更不自由,自打她把自己的身子整个儿给了宋强,她感觉到自己的心似乎被宋强掏走了。她原本厌恶男人,包括宋强。而现在她却实实在在地感觉到男人原来是那么可爱,那么美妙,她承认自己整个儿被宋强征服了。她眼下尤其想念宋强,希望能跟他待在一块儿,哪怕只是跟他好好说上一阵子话。然而她不能,宋春像影子一样紧跟着她。菊莲在家编纱花时,宋春整天捧着一本《儒林外史》陪着她。下地干活,宋老太婆则总是安排他俩一块儿去。甚至菊莲上厕所时,宋春也要偷偷跟出去,看着她进了厕所又出了厕所,自己才偷偷往回撤。菊莲明显地感觉到,自打宋强旋风一样闯入自己的生活之后,自己已不由自主地厌恶起宋春来。她觉得宋春之于宋强,就如软虫之于公牛,她自然喜欢公牛而讨厌软虫。晚上睡觉时,那软虫黏糊糊地爬到她身上,黏得她毛骨悚然浑身直起鸡皮疙瘩。她想躲却无法躲。

自打菊莲同宋强相好之后，菊莲至今没去过春花姐那儿。这倒不仅仅是因为宋老太婆和宋春管着她，实际上她自己内心就有一道无形的障碍阻隔着她。她觉得自己对不起春花姐，跟春花姐在一起她不知道该说些什么才好。春花倒是来过她这里几次，每次都大大方方地主动跟她说话，同宋老太婆和宋春聊天。她表面一副若无其事的样子，而实际上她是借口来探望宋强是否在这里。菊莲也明显感觉到，春花说话时那双眼睛总是有意无意地往她脸上扫，像探照灯一样从她的脸一直扫往下身，似乎想探出点什么来。菊莲最怕春花那双眼睛。她感觉春花那眼光如同一束束针一样时不时向她扎来，弄得她总不敢抬头。春花倒是好几次让菊莲去她那儿玩，每次菊莲总是"哎、哎"地答应，但最终还是没去。眼下更让菊莲苦恼的是，她感觉自己既对不起春花姐，但同时也感觉到自己已实实在在喜欢上了宋强，她离不开宋强了。所以她内心极其矛盾，不知道自己究竟该怎么办才好。

黄昏，宋强开着拖拉机"突突突"地从县城回来。路过宋老太婆家，停下来走进屋，对宋老太婆道："婶子，县外贸公司说要搞纱花装饰抽样检查，明天菊莲怕……怕得跟我去趟县城哩！"

"啥——啥叫抽样检查啊？"

"嗐，说起来太费口舌，你还是问宋春去吧——"他转过脸瞅着站在一旁的宋春，最后把目光落在菊莲脸上，"反正菊莲明天要带上纱花跟我上县城一趟。"宋强使劲朝菊莲挤眼睛。

宋春冷冷地问："那春……春花嫂呢，她也去？"

宋强眼珠一转，紧接着"嘿嘿"一笑："当然，当然！"

宋老太婆的皱巴脸这下活了，她连忙说："春花要去，菊莲当然得一块儿去！"她将脸转向菊莲。

"好嘞，就这么定啦！菊莲，你准备准备，明天一早可别误车，啊？"宋强仍使劲挤眼睛。

菊莲抬头看看她，轻轻点了点头。

第二天一早，宋强开着拖拉机"突突突"而来。菊莲闻声迎了出来，宋老太婆及宋春紧随其后。

宋强招呼菊莲："走，快上车吧！"

"咋的，春花呢？"宋老太婆问。

"她脱不开身，不去啦！哎，我替她把纱花带上了。"宋强说着扬了扬塑料袋里的纱花。

"这……"宋老太婆瞧瞧菊莲，又瞧瞧儿子，紧接着对宋强说，"嘿，那……那你也替菊莲把纱花带上吧，菊莲就……就不去啦！"

"啥——让我一个人去？"宋强睁大眼睛，指着自己的鼻尖说，"我又不织纱花，查出毛病来我能管啥用呀？"

一句话把宋老太婆噎住了，她瞅瞅宋强，又瞅瞅菊莲，最后把目光落在儿子身上:"嘿,要不就让春娃跟着一块儿去吧!"说完她怂恿儿子上车。

宋强却拦道:"嗐——婶子你对我不放心咋的?再说他要上车,也……也得经我同意啊!"

"那算啦,咱都别去!"宋春一赌气,拉着菊莲往回走。母亲见状一拦,使劲向儿子挤眼,接着笑嘻嘻走到宋强跟前:"嗐,你就让春娃跟着一块儿去吧!咋说……他也是你堂弟呐,你让他帮你看管东西,不……不给钱也行!"

宋强想了一会儿,白眼一翻:"那你……你问他愿不愿意。"

"嗐,啥愿不愿意的,都是一家人,还……还计较个啥?"

"那行,上车吧!"宋强说着招呼菊莲,又转脸对宋春说,"不过我有话在先,出门啥都得听我的!"

宋春开始不大情愿,无奈母亲催他。他瞟了一眼宋强,最终还是上了车。他和菊莲坐左右边,宋强则稳稳居中。

一小时后,拖拉机在县外贸公司门口停下。宋强对宋春说:"你在这看着,等我们回来。"他转脸对菊莲说:"咱进去吧!"说着拉起菊莲便走。

"哎——"宋春急了,对宋强喊,似乎想说什么。

宋强拉着菊莲匆匆进了县外贸公司大门,穿越小院之后又从后面的小门匆匆而出,菊莲满脸疑惑:"咱……咱上哪儿去?"

宋强不吱声,只是满脸兴奋地回头朝她挤了挤眼,继而依旧赶路。穿越两条小巷之后,他俩来到一家小吃店。一个穿着脏护兜的秃顶老头见到宋强便满脸堆笑:"嘿,是宋强哇,咋样?吃点——"老头还想说什么,宋强却堵住他,塞过去一张大团结然后跟老头耳语。老头先是皱眉瞪眼,继而是喜上眉梢连连点头:"哈哈,好说好说,你……你们上楼吧!嫂子您请——"老头说罢摆出请的手势。几位食客鼓着腮帮投来各色眼光。宋强旁若无人,他拉起菊莲跟着老头嗒嗒嗒上了阁楼。老头将他俩领进卧室将门一带,"嘿嘿"笑了,转身走了。

菊莲如坠五里迷雾,她正皱着眉呲着小巧的嘴想说什么,宋强却一下搂住她并将自己那笨重的嘴在菊莲那张小巧的嘴上嘬了一口,贴得她差点喘不过气来。菊莲涨红着脸,先是挣扎继而便按着宋强的操作一步步滚到床上……

宋强让菊莲穿衣服的时候,菊莲满脸通红。她看了一眼宋强,没好气道:"你……真野蛮!"

"咋的,你不高兴?"宋强嬉皮笑脸,又颇有几分得意。

菊莲白他一眼,嘟囔道:"你……你这是胡来,让那老头说出去咋办?"

"放心!我说你是我媳妇,肚子痛,在他这儿躺一会儿,嘻嘻。"

"瞧你真没正经!"菊莲"啪"的一声,将手扇到宋强背上。宋强"啊哟"一声,故意龇牙咧嘴。两人嬉笑着走下阁楼……

宋强领着菊莲沿着原路从小门走进县外贸公司小院。正要走出大门时,菊莲焦急地说:"咋的,你忘了?咱的纱花还没接受检查呐!"

"用不着检查啦!"宋强头也不抬说。

"你……你疯啦?!"菊莲急得直跺脚。

宋强诡谲地睨她,继而大笑,说:"嘻,检查个啥呀,我瞎编的呢!你仔细瞧瞧,谁带纱花来检查了,咹?"宋强边说边指着四周。

菊莲一愣,瞧瞧四周,发现只有几个干部模样的人出出进进,传达室里有几个人一直围在一块儿下象棋。

他俩回到拖拉机旁边时,宋春正没精打采地蹲在一旁无聊地数着蚂蚁。见宋强和菊莲回来,他阴着脸噘着嘴瞟他们一眼,耷下头不说话。宋强随手取过摇把去启动马达,拖拉机霎时"突突突"地轰鸣起来。他让菊莲上车,自己一个箭步稳稳当当坐到中间的位置上。回头又对宋春道:"咋的?你不上车我可走啰?!"宋春慢腾腾地直起身子,不大情愿地上了车。

宋强开着车领着宋春夫妇来到一家饺子馆吃了一顿饺子,然后到水泥厂装了一车水泥,继而打道回府。

宋强把水泥送到四狗大叔门口，招呼主人把水泥卸下。主人递给他四张大团结，宋强将票子往兜里一塞，拍了拍灰便开着拖拉机往回走。路过宋老太婆家，他让菊莲和宋春下车。宋春夫妇俩都顺从地下了车，继而默不作声地朝屋里走。宋强点燃一根烟，慢腾腾地吸着。透过烟雾，他默默地看着宋春和菊莲的身影，脸上浮现出一丝得意的笑。

十二

宋强踌躇满志地回到家里时，春花正忙着做午饭。春花见丈夫回来，便"腾"地一下放下手中的活蹿过来质问："你……你干吗去了？"眼鼓得像玻璃球。

"替你检查纱花去了。"宋强笑着，把一塑料袋纱花递了过去。

"去你的！"春花抢过纱花，差点把手指戳到丈夫脸上，"你……你咋不带我去，咹？"

"你……你不是去不了吗？"

"住嘴！你跟婶子说啥来着？说我当然也去的，是不是？"

"你不是去不了吗？"宋强耐着性子。

"你跟我说过啦？你开始就没说让我去！你是想耍滑头，跟菊莲鬼混去，不是吗？"

"少废话！鬼混又咋样？"宋强不耐烦地甩出一句，抬腿想进里屋，春花却气得脸煞白："你……你混蛋，你今天非得跟我说清楚！"她一边喊一边拽宋强。

"去你娘的——"宋强火了，一抬手将春花推了个趔趄。春花站定，又扑上来拽。宋强破口大骂，抬手又给了她一巴掌。春花一愣，继而大号。她使劲甩掉上来缠她的儿子和女儿，啼哭着冲出门外。两个孩子"哇"地一下同时哭出声来，宋强满脑子霎时被哭叫声塞得发胀，追到门外，直愣愣地看着春花疯子一样远去。

春花披头散发，一路啼哭着来找菊莲，菊莲正在做饭。菊莲见春花姐抽抽噎噎地闯进来便预感到要发生什么。她正想直起身来说什么，春花却一把拽住她的秀发挥舞着另一只手朝她的脸狠命扇，一边扇一边不停地骂："都怨你都怨你，都是你这个骚货害了我！"宋老太婆见状扑上来挡她，春花却不肯罢休。站在一旁的宋春这下憋不住了。他笨拙地蹿上来，却左右为难地看着眼前乱舞的手和那一张张扭曲的脸，继而挥起手冷不丁朝其中的一张脸砸了一拳。那拳正好砸在春花的脸上，砸得春花眼冒金星一个趔趄绊倒在地，继而便赖在地上喊爹叫娘撒起野来。这时候，路过的乡亲也都闻讯闯进屋来，有的劝架，有的则睁着千姿百态的眼站在一旁围观，他们都不知道究竟发生了什么事。

这时，宋强的父亲宋大伯正蹲在村头同其他老头一起晒太阳。他听到远处的哭声，而且是弟媳家那边传来的，便撑起身"嚓嚓嚓"地赶路，想去探个究竟。当他挤进人群看到弟媳家正乌七八糟一片混乱，儿媳春花正赖在地上呼天抢地时，他气得牙齿打战、浑身哆嗦，一只手指着春花颤颤巍巍地想说什么，眼前却忽然间金星四溅一片漆黑。他支撑不住自己的身体，终于"扑通"一声栽倒在地。在场的人一下慌了，纷纷围过来，有的人抱起老头使劲掐他的人中，有的焦急地挥手喊叫让人去找担架、喊宋强。

宋老太婆、宋春、春花这下全都傻了，他们睁大眼睛围过来瞧宋大伯。只有菊莲仍瘫在地上嘤嘤地哭。

无论人们怎么摆弄，怎么抢救，宋大伯就是没醒过来，咬着牙闭着眼，吭哧吭哧呼呼喘气。

不一会儿，宋强来了，他身后有人搬来了担架。宋强一见不省人事的父亲，失声痛叫了一声"爹"，扑上去使劲摇他，继而将爹抬上担架，与乡亲一块马不停蹄地开拖拉机送爹去县城医院抢救。

直到第二天清晨，宋大伯才在病床上慢慢地醒来，但他一见到眼前的儿子宋强，便又气得浑身哆嗦，不一会儿又昏厥过去。幸亏大夫全力抢救，老人才又一次醒过来，但老人仍呼吸困难，而且支支吾吾说不出话来。大夫说，老人是心力衰竭，一时半会儿很难治好，只能回家去慢慢休息、疗养。宋强含着眼泪无可奈何地点了点头。大约一周之后，他便将父亲接回了家……

十三

腊月天。风紧，雪大。空气像被冻结了的冰坨坨，伸出手来，你会感觉到有无数根刺向你扎来。老人们都说，这个冬天啊，真是少见的冷！

菊莲木木地站在门口，任凭风吹寒冻，似乎都看不出她有半点的畏缩。她的睫毛和鼻孔都结着霜花，娇小的嘴唇朝下则挂着一丝不易觉察的冰凌。刚才她呕吐了，这些天她时常感到恶心、肠胃抽搐，她每天几乎都要呕吐。她感到惊恐，也天天在为自己的身体担心，因为细细想起来，她已整整三个月没来例假了。此刻，她的目光无精打采地落在门前凌乱的雪地上，接着又缓缓向远处扩张。她想看到宋强，她想看到自己日思夜想的那张熟悉的、长满络腮胡子的脸。然而，眼前一片死寂，天地一派苍茫。菊莲好伤心！自打发生那次打斗之后，自打宋大伯在这里病倒，宋强就再也没有来过。她渴望见到宋强，哪怕只是看到他开着拖拉机经过门口……

"哎呀呀莲娃，你……你咋又待在门外哩，着了凉可就坏啦！"宋老太婆拎着酱油和猪肉一颠一颠地从外边回来，一见菊莲便焦急地嚷。菊莲见状，才慢腾腾地折转身，慢腾腾地走回屋里。宋老太婆进得屋来，随手把门带上，拍拍自己身上的雪花，又帮菊莲掸去发夹上的小冰凌，然后便张罗着做饭。菊莲明显感觉到，自打她第一次呕吐以至后来身体不适，婆婆是完完全全变了个样。那天婆婆见她呕吐，先是一愣，继而走过来，低声问："你……你最近来月经了吗？"菊莲皱着眉瞥婆婆一眼，继而不大情愿地摇了摇头。婆婆进而问："多……多久没来了？"菊莲撇了撇嘴，才说："好……好几个月啦。"没想婆婆那双混浊的老眼霎时闪闪发光，那张皱巴脸也霎时笑成了一朵寿菊。她一拍大腿连连道："好、好、好啊！"继而便乐颠颠地张罗着要去给菊莲煮鸡蛋，并说："打现在起，你要少干点活，好好补补身子嘞！"那天，婆婆这一连串异常举动弄得菊莲不知所措。与此同时，菊莲这才微微意识到，自己大概是有了！这么想着，她那张白皙的脸蛋霎时便红得像朵桃花……

宋春朦朦胧胧知道菊莲"有了"之后，他的表情和行为也发生了一系列变化。他的脸先是阴得像块抹布，好几天不说话，有事没事总要往菊莲肚子上瞅，像是要瞅出点儿蛛丝马迹来。晚上睡觉，他则是更发疯地骑到菊莲身上，压她挤她，还时不时将冰凉的手掌按到她的下身肚皮上，使劲地摸，弄得菊莲时不时像遇上毒蛇一样止不住尖叫，同时又像挑大粪上台阶一样吭哧吭哧呼呼喘息。连隔壁房间的宋老太婆也觉察到了什么，以致有一天她不得不将儿子唤到自己房间，压低声音警告他："春娃，莲娃可是有……有喜啦！你可千万不能再折腾她……她可是再也经不起折腾啦！"一句话把宋春说愣了。宋春愣了半天才傻呵呵地问："她有……有喜，是我的吗？"宋老太婆想了一会儿，斜着眼撇着嘴骂道："傻瓜！反正是宋家的命根，不是你的是谁的？"宋春愣了半天，接着才似是而非地点了点头。这天晚上，宋春摸着菊莲的肚子问菊莲："里边真有孩子啦？"菊莲闭着眼，咬着唇使劲点头。宋春进而问："是……是我的吗？"菊莲又使劲点头，她需要平静。宋春望着菊莲，先是一愣，继而"嘻嘻嘻"地笑出声来。末了宋春扑到菊莲怀里使劲吻她，还快乐地叫唤。菊莲不由得一阵恶心，她感觉到自己的脸此刻像是被一头什么怪物舔着。

宋春第二天一早便一个人骑着自行车去了一趟县城。晌午，他吭哧吭哧地回家中，把一本新书"啪"地甩在菊莲跟前，菊莲猛一瞧，发现书的封面上赫然写着一行字：孕妇必读。没等她做出反应，宋春又掏出一摞磁带。她把其中的一盒装进桌上的一架"小三洋"，然后轻轻一按按钮，一阵柔和悦耳的轻音乐霎时飘然而出。

"春娃，你在折腾啥呢！"这时，宋老太婆也闯进里屋，她拉下那张皱巴脸责怪儿子。

儿子得意地回头："啥叫折腾啊，你不懂！这……这叫胎教音乐，给菊莲听的。"说完他得意地朝菊莲笑。

母亲这才转责为嗔："哇，瞧你们后生呐，就是爱穷讲究！"说着她也笑起来。弄得菊莲也没敢抬头，她只感到脸上阵阵发烧。

宋春再也不去折腾菊莲了。他时常去帮母亲干活，没事时则守在菊莲身边，给菊莲念一段《孕妇必读》，要不就是给她放一段胎教音乐，弄得菊莲都感到难为情。然而，宋春也不全让她放心。宋春有时抱着那本《孕妇必读》发呆，有时则睁大着眼直愣愣地瞪着菊莲，一瞪足有半小时，弄得菊莲总不敢抬头去瞧他。宋春有时候还莫名其妙地哭，晚上哭，白天有时也哭。不过他哭时不号，而是趴在床上不住地流泪，不住地抽泣，弄得菊莲浑身发紧，心里发毛。菊莲真担心宋春哪一天会生出什么是非来，所以她越来越想念宋强。

父亲病倒之后，宋强则整个儿像被什么人在脖子上挂上一块大石头似的，再也直不起腰来。白天必须冒着严寒出车拉货。晚上回家则要守在父亲屋里侍候父亲。父亲眼下身体极其虚弱，他时常咳嗽、哮喘，起床、吃饭、喝药，乃至大小便时都得有人扶他。父亲的饭量越来越少，药则是每天不断，数量和种类也越来越多。宋强三两天便必须跑一趟医院抓药，向大夫报告病情。

春花除了料理家务和照顾两个孩子，丈夫外出时便得去侍候公公，至今几乎没跟丈夫正儿八经说过话。她想说，但丈夫不说，丈夫的脸整日像块铁，嘴也像被眼下这大冷天冻结了一样。他们家里唯一的生机，是两个孩子偶尔的嬉笑声和鸡的追逐、猪的拱叫。春花着实感到有些悲哀，她也后悔当时自己的冲动。不过有时转而一想，要不是公公病倒，丈夫说不准还要招惹出什么是非来呢！每每想到此，春花内心也不由有几分得意和安慰。不过她不敢流露，在丈夫面前她只埋头干活。

这年春节，宋强一家过得也极悲凉，没有像往年春节那样大操大办、请客送礼、走亲戚，他只买了少量的肉、菜，为的是招待前来探望父亲的亲戚、朋友。自然，宋强那两个孩子仍是少不了欢乐的，过了年女儿六岁、儿子四岁。六岁的女儿和四岁的儿子依旧像往年春节一样有肉吃、有新衣裳穿，他俩还用大人们给的压岁钱买来鞭炮，跟别的孩子一块儿在巷头嘻嘻哈哈地乱放一气……

十四

宋大伯死了。死于春日一个白雾迷蒙的早晨。

宋大伯死的当天，菊莲终于也顺顺当当地为宋家生下了一个儿子。

这一丧一喜如此巧合地凑在一块儿,让宋氏亲属间演出了截然不同的两幕闹剧:宋强一家呼天抢地悲痛欲绝;宋春家里则喜气洋洋,宋老太婆更是乐不可支。

当春花替宋强急急忙忙前来报丧时,宋老太婆双眉一颤。接着只淡然地说了声"知道了,知道了,待会儿我就去",边说却边挥着手将春花往外推,唯恐让春花进屋冲了自家的喜气。好在春花行色匆匆,并不知道菊莲已生下儿子,于是很快离去。

春花一走,宋老太婆那笑又争先恐后爬到脸上,她乐颠颠地跑到家门口的那条大路中间,咧开那张皱巴脸逢人便嚷:"哎哟哟——我那儿媳妇可真的生啰,是个儿子嘞!"她那嘶哑的笑声,从干瘪的嘴往外蹿,惊飞了路边的一群麻雀。

于是,村子里很快热闹起来。众多的乡亲冒着迷蒙的细雨三三两两地聚集到村头巷尾,一时间议论纷纷。

有人说:"宋氏家族是好福气,老的刚死新生的就赶来接班,香火不断哩!"

有人则不以为然:"嗤——孩子刚降生那老的就死,没准是宋氏家族的克星哪!"

但议论得最多最起劲的,还是菊莲那孩子的来历。尽管菊莲"借奸"的事在村里早已是秃子头上的虱子,谁都明明白白,但此刻说起这话题,大伙仍喜形于色,乐不可支……

日子像车轮一样一圈接一圈地转着。春天过后,盛夏又严严实实地覆盖在宋春一家的房子上。他们屋前那南瓜倒是花开不断,大大小小的南瓜压得瓜棚沉沉甸甸的,看上去有些透不过气来。

菊莲那儿子生下来刚刚两个月时,菊莲便忽然间不见了。那天一早,菊莲起床后说是要去厕所,一去便不见回来。宋春和宋老太婆在自家的厕所里外前后左右大声呼叫,足足呼叫了半小时,还是不见菊莲的踪影。后来他们便去找春花和宋强,春花全然不知,宋强则眨了眨惺忪的睡眼故作惊讶:"是吗——会不会掉粪坑里啊?"他这一问倒提醒了宋老太婆和宋春,母子俩心急火燎地跑回自家厕所,找来一根长竹竿不断搅拌,半天仍一无所获,也不见宋强前来帮忙。

直到晚上,他们仍不见菊莲归家。母子俩于是长吁短叹,又气又恨,他们都猜想菊莲一定是出走了。但她会去哪儿呢——跟宋强出走?宋强可是一直待在家里啊!

让宋老太婆暗自庆幸的是,菊莲没有将儿子带走。宋老太婆这才不至于要死要活、捶胸顿足,她只是一个劲守着因断奶哇哇哭闹的孙子,对狠心的儿媳咬牙切齿。宋春则呆呆地看着母亲和孩子,手足无措。后来,他忽然想,是否要去四川奉节县找菊莲?但这念头刚刚冒出,就如遭水淋的火苗，很快就熄灭了。最终，他只是偷偷地溜回自己的小屋，找到纸、笔给菊莲写信，恳求她回来。信发出之后，他一天天等待，却一天天失望。于是，乡亲们便看到宋春时常整天独自一人坐在村口的一棵樟树下，望着远处发呆。

又过了半个月，宋强也不见了。

宋强临走前卖掉了自己那辆手扶拖拉机，说是要到外面闯荡挣钱。妻子春花拦也拦不住。于是，宋强真的走了，一去便不见踪影。春花只是在春节的时候收到宋强寄来的四百元钱，却不见宋强写明详细地址。直到第二年春节，春花又收到宋强寄来的汇款，这回是八百元，汇款单依然未注明详细地址。春花只是在两次汇款单的邮戳上知道宋强先后到过上海、广州。显然，宋强没有固定的落脚点，也有意不让春花及家乡人去找他。对此，春花又气又恨，却无可奈何。

大约是两年之后的一天，宋春在村口的那棵樟树下呆坐着，无意间从随手捡来的一张报纸上发现了宋强和菊莲的踪迹，那张报纸上一则《"超生游击队"何时了？》的报道，明明白白地写着这么一段："……在海南省三亚市，笔者见到了一对来自浙江温州农村的青年夫妇，男的叫宋强，女的叫菊莲。他俩经营着一家小吃店，看样子生意不错。但他俩离开家乡两年多的时间里，已生下了一男一女两个小孩……"

　　看完这则报道,宋春像遭蛇咬一样霎时从村口的那棵樟树下猛弹起来,神色慌张地往回跑。他想尽快将这个消息告诉母亲和春花……

男人·女人

美丽温柔的橘红色的夕阳透过树梢,映照着那群无忧无虑的、蹦蹦跳跳的孩子,也映照着木制长椅上那男的和女的深受感染而兴奋的脸……

男人跟女人就是不一样。

——谚语

心心相印

一对结婚三年却仍像在度蜜月的青年男女。

男的是市歌舞团的作曲家,以写欢快、健康、向上的曲子见长,有两首曲子获过国家级的奖。听众尤其是朝气蓬勃的中学生最喜欢他的曲子。于是,他有了"人类灵魂的工程师"之美称。

女的是漂亮而又文静的音乐教师,在条件优越的市政府机关幼儿园任教。

男的对女的爱得如痴如醉,因为女的既漂亮又恬静,不像歌舞团里那些虽然光彩照人却无时不在与男人打情骂俏的女人那样令人作呕!曾经有好几个相貌出众的女演员追这男的,因为这男的长得很帅又才华出众,但不知怎么的,这男的对女演员一个也看不上,偏偏选择了小学时同学的那女的。

女的对那男的爱得专一。尽管这女的在选择那男的之前，她身后跟着不下一个排的男性崇拜者。她自己对爱情也充满着多姿多彩的梦。但待她嫁给了那男的之后她的梦便只剩下一个，就像天底下许许多多纯情浪漫的少女嫁了人之后，梦也就只剩下一个一样。女的剩下的那个梦就是那个男的即眼下自己的丈夫。不过女的并不后悔，因为她觉得自己眼下唯一的这个梦是实实在在的。晚上享受完自己男人的爱抚之后，女的便翻过身来温柔地趴在男人雄健宽阔的胸膛上，静静地倾听男人那节奏均匀而又强有力的心音，尽情地感受他那充满魅力的男性气息……这时候女的便如痴如醉，她觉得自己拥抱着一座大山，这大山是自己生活的依靠。

男的和女的婚后的生活极其协调，协调得像一首迷人的抒情小夜曲。

男的不常上班，因为歌舞团不坐班。除了上班，别的时间男的便几乎都守在家里作曲。

女的每天都上班，下了班回到家便乐呵呵地下厨房炒菜做饭。有时候女的回来晚了，男的便会去公共汽车站接她。女的回到家里发现桌子上摆满热腾腾、香喷喷的饭菜，便总是激动得搂着男的脖颈母鸡啄食一样疯狂地吻他，末了便兴高采烈地一块儿入座，一边吃饭一边看电视新闻。

男的每作完一首新的曲子,便高兴得搂着女的满屋子转。

女的总是男的作出的曲子独一无二的第一个听众和第一个演奏者,因为他们家有台北京产120CS钢琴。每每欣赏着丈夫新作的曲子,女的便掩饰不住内心的兴奋,那双会说话的眼睛便把无限的柔情倾泻在丈夫身上。有时候她也帮丈夫提点修改意见。她提的意见往往是恰如其分切中弱点,丈夫也总是欣然接受,末了丈夫便动手去改。她要不提意见丈夫的曲子就一定是完美无缺的,可只要是采纳了妻子意见的曲子,丈夫便总是高兴地将她的名字作为作曲者一同署在曲子上面,尽管她总是极力反对。妻子很喜欢丈夫作的曲子,她总是将丈夫新作的曲子带到幼儿园去弹给孩子们听,孩子们也极爱听,听完了总是纷纷围到她身边缠着要她再弹一遍。

男的和女的就这样恩恩爱爱、如胶似漆。男的强烈地感到自己离不开妻子,女的也强烈地感到自己离不开丈夫。外人也极其羡慕,纷纷说"你瞧这两口子真是天生的一对","这两口子郎才女貌、相亲相爱、和和睦睦,这样的家庭真是少见哇"。一传十,十传百,于是几乎全市的人都知道这男的和这女的,他们家被评为市级"模范家庭"。被评为"模范家庭"之后,这男的和女的更是相亲相爱地过着蜜月般的生活,更是和和睦睦、喜气洋洋、笑意盈盈……

忽一日，那女的笑容不见了。

女的那天晚上下班后一路上捂着脸抽抽噎噎回到家里时，便一头栽倒在床上放声痛哭，哭得痛不欲生，哭得死去活来。男的一下慌了手脚，心如刀割！望着失魂落魄的妻子男的也失魂落魄，男的哭丧着脸伏在妻子身体上面使劲地摇妻子，苦苦地恳求着妻子说："我爱你、疼你，你别哭啊，到底出了什么事？你说啊，我不会责怪你的。"

女的见男的情真意切、心急如焚，便极力抑制着自己的抽噎，如实告诉那男的说，今天中午自己被人强奸了！中午孩子们睡得正香，她自己一个人在办公室时，忽然有一个凶悍的青年男子闯进来，不分青红皂白地搂住她把她掀倒在办公室里那张中午休息用的床上并使劲撕扯她的衣服。她拼命挣扎，但她没呼救，她怕惊醒熟睡的孩子，可等到她想呼救时她已没有一点儿力气了……

女的抽抽噎噎地讲述着自己中午的遭遇，末了她说那男的她认识，以前曾追求过她。"我恨死那流氓了，呜……呜……"女的说完又哭起来。

男的在一旁听女的讲述，听着听着他手指骨节便捏得咯咯响，原本伏在妻子身上的躯体也不由自主地慢慢支起来。末了他像被什么怪物咬了一口似的一骨碌跳起来，睁大着眼扭曲着脸问："你……你讲的这些当真？"

女的说："要不当真我能是这个样子啊——呜……

呜……"

男的双拳突然狠狠地击在床上，床"咚"地一下发出了地震似的声响。他像一只被激怒的狮子，咆哮着说："我跟他拼了！"他一边吼叫一边挥舞着拳头，同时像一只无头苍蝇一样急促而不知所措地在屋里不断转着圈子，他那被怒气扭曲的脸不时发出气咻咻的声响。末了他走到钢琴前"哐当"一下掀开钢琴，"扑通"一下趴在钢琴上发疯似的弹着钢琴。

钢琴忽然间发出一阵阵排山倒海的声响，听起来令人撕心裂肺惊心动魄毛骨悚然！继而钢琴的音调陡然低沉起来，低沉得哀怨悲楚如泣如诉，那音调令人联想起古冢鸦鸣寒风枯枝落叶什么的。

女的几乎是一动不动地呆坐在床上看着丈夫神经质似的一连串动作，既不再抽泣也不去阻拦丈夫。

大约二十分钟之后，屋里的琴声戛然而止。男的伏在钢琴上不住喘息。许久，他才缓缓地回过头来瞅妻子。

妻子愣愣地看着他，泪流满面。

男的起身走到妻子跟前，久久地看着她，仿佛想看出点什么似的。末了他伏下身来，用手帮妻子擦去脸上的泪水，喃喃地说："你……你受苦了！"说着，他便紧紧地搂住妻子。

女的轻轻地扭动着身子，接着也紧紧搂住他。

不久，女的挣脱丈夫的拥抱，说："我要去告他！"

男的说："什么，告谁？"

女的说："告那流氓！"

男的说："唔。你……你有证据吗？"

女的说："什么，证据？我是受害者也是见证人啊！"

男的说："没用。你又没当场拽住他，他怎会承认？"

女的一下语塞。女的接下去才说："那就不告啦，让人家逍遥法外？"

男的说："嗯。告了也白搭，他是副市长的儿子。再说，这事捅出去了，你……你让我怎么做人啊？"

女的皱了皱眉，说："不告，那流氓往后再来纠缠咋办？"

男的说："往后你不要一个人待在幼儿园，万一再碰上他纠缠你就使劲喊人。"

女的说，知道了。想了一会儿，她又说："我……我的身子……你……你不介意？"

男的咬了咬牙，说："那也没办法。谁让我娶了你哩？你……你受苦我哪能……哪能撒手不管啊！"男的苦笑。

女的也咬了咬牙，说："其实，受……受苦的是你哇！"说完，女的又抑制不住内心的颤动。她伸出双臂搂住丈夫的脖子，伏在他身上嘤嘤地哭。

男的被感染了，大概他想他应该用实际行动去抚慰妻子。于是他脱下衣服又帮妻子脱去衣服,然后呼哧呼哧地搂住转。少顷,他们的席梦思便咯吱咯吱地奏起了音乐……

之后,他们的生活便又渐渐地恢复了平静。他们仍旧恩恩爱爱互相关心互相体贴。男的作出的曲子的第一个听众第一个演奏者仍是自己的妻子。女的仍是兴奋地欣赏丈夫新作的曲子,有时也帮着提意见。丈夫新作的曲子她仍是兴高采烈地带到幼儿园去弹给孩子们听……要说有什么变化,那就是那女的更加爱自己的丈夫。因为丈夫没嫌弃她,她想自己的丈夫真是天底下最伟大高尚的丈夫,最值得爱的男人。

男的也总是得意扬扬地对妻子说:"怎么样,我没有对不起你吧?"

每当这个时候,女的便极温柔地搂住丈夫极其动情地吻他,吻完便说:"要不报纸上咋说你是人类灵魂的工程师哩?"

这时,男的和女的便相视而笑,笑得很开心很舒畅……

然而时隔不久,这男的和这女的的笑便不再如往日那般舒畅和无拘无束了。

原因出在那男的身上。

有一天,女的下班回到家,碰上了另一个打扮得花枝招展的女的。那个花枝招展的女的见女人回来了,脸上忽然间红得耀眼,红得光彩照人,那样子如同黄昏时灿然开放的玫瑰花。男的赶紧说她是歌舞团的舞蹈演员，是他的同事，他说她是想排练他新作的一首曲子。

女的听罢，那原本微皱的眉便舒展开来。继而，她礼貌地对客人说："欢迎欢迎，你留在这吃晚饭吧，我们家难得有客人哩！"

女客人于是不再脸红，她终于大大方方地留下来吃晚饭。

以后的日子，女的下班回家又有好几回碰上那花枝招展的女的。不过女主人倒没往心里去，她想人家愿意到家里来是为了排练曲子哩，于是她见了女客人仍然是笑盈盈地以礼相待。男的也很感激，待客人走后，男的便异常亲热地搂着女的说："妻，你真是知情达理，你没给我丢面子，你真是我的好妻子哇！"

女的反嗔怪说："瞧你像丢了魂似的，都想哪儿去了，难道我对你还不信任吗？"

男的笑嘻嘻地说："就是就是，咱夫妻俩关系是没的说，你瞧你在外遭侮辱，我也没责怪你啊。"末了，男的便紧紧去搂妻子，搂得妻子差点儿喘不过气来……

然而又有一次，女的下班回到家里，打扫卫生时她在厕所的废纸篓里发现一个新丢弃的避孕套，避孕套里还残留着淡白色的污物。女的脸一下阴了下来。她觉得心里沉甸甸的，像忽然间灌满了铅。她原本想找丈夫来看，然后狠狠地质问他这脏物究竟是怎么回事。但不知为什么她没有找丈夫更没有质问他。她一个人在厕所里足足待了十分钟,然后一闭眼端起纸篓,走出厕所,走出房门,将废纸和脏物通通倒进垃圾箱里,然后又进厨房洗手做饭去了。

女的这一连串的举动男的并没有发现。男的正坐在钢琴前弹着《爱的奏鸣曲》,还悠然自得地抽着烟。

吃晚饭时女的也不提刚才的事,不过她失去了往日的微笑,她只是一个劲默默地吃饭。

男的见女的没了微笑,便问:"你是不是哪儿不舒服?"

女的强颜作笑说:"没事,你快吃饭吧。"女的笑得有点苦。

男的见妻子终于有了笑容便放心了,他仍兴致勃勃地看他的电视新闻。

这一晚,男的和女的生活依然如故,他们相安无事。

然而,事情并没有了结。女的此后又有几次碰上那花枝招展的女的,并且同样在厕所的废纸篓里发现了新丢弃的留有淡白色污物的避孕套。这好几次的发现她都同样是阴着脸,同样是皱了皱眉,同样是呆呆地站了一阵。

就这样,女的一次次地发现又一次次地忍着。她没去揭破丈夫的隐私,更没去找他大吵大闹。她似乎是若无其事地依旧履行着一个妻子的职责,同时也尽可能掩饰着自己内心的苦楚。

终于有一天，男的反而发现了这隐藏在他俩背后的秘密。

依然是女的下班后进厕所清理废纸，废纸篓里依然暴露着新丢弃的残存着淡白色污物的避孕套，女的正望着废纸篓里的脏物发愣。她的身后，男的惊异得目瞪口呆，他大概正想上厕所。

当女的弯下腰去拎废纸篓时，男的逃也似的溜进里屋去了，他一下子显得神色慌张、手足无措。

然而令男的感到意外的是，从事情发生到吃完晚饭，女的一直只字未提刚才发生的事。女的默不作声地干着一连串的活，做饭，炒菜，吃饭，洗碗，末了便躺倒在床上默默地织毛衣。男的却一直憋着气。他大概在诅咒自己太粗心，他想难怪团里有人称他"马大哈"，因为他出外演出时总是丢三落四的。此刻，男的微微皱了皱眉，脸涨得通红，内心似乎有些悸动也有些内疚。

一会儿，男的终于局促不安地关掉了电视机，然后走进卧室。他咳嗽一声，咬了咬牙，对妻子说："我……我对不起你！"

女的沉默了一会儿，说："什么？什么对不起我？"

男的说："我对不起你！"

女的说："你……你说什么呀？我不明白你在说什么。"

男的说："你别装傻了！晚饭前，你……你在厕所里发现了什么?"

女的咬了咬牙,说:"什么也没发现。"说完她继续埋头织毛衣。

男的终于难以自制,他扑上前一把搂过女的,发疯似的摇她的身子:"你别再作践自己了,是我对不起你对不起你哇!"说着说着,男的竟然抽泣起来,身子不住地颤动。

女的不知不觉地停止了手里的活儿,泪流满面。许久,女的咬了咬牙,清了清嗓子,说:"这……这不怪你。"沉默了一会儿,她又说:"其实,你……你活得也挺难……我知道,自……自从我遭人侮辱之后,你的心……很苦很苦……你们男人的自尊心,就……就是与女人不一样,呜哇……呜……"

女的突然呜咽起来,说不下去了。

"你别再说啦别再说啦是我对不起你哇!"男的一把捂住妻子的嘴,将她搂得更紧。与此同时,他自己也强烈地呜咽着……

以后的日子,男的和女的家庭生活完全恢复了平静,恢复了和谐。男的从此再也没有与那个花枝招展的女的秘密来往。

他们的家庭生活又一次成为一首迷人和谐的小夜曲……

喜欢孩子

男的和女的谈恋爱时就喜欢孩子。

男的和女的是热心的朋友介绍认识的。

第一次见面时,女的问男的:"你平时最喜欢什么?"

"孩子。我最喜欢孩子!"男的说。

"是吗?哎呀,那真是太巧了!我也喜欢孩子。"女的高兴得什么似的,脸上是无拘无束的笑,她似乎忘记了她和他之间是第一次见面。

男的似乎也丝毫不感觉意外,他微笑着偏过头问:"太好了!你喜欢孩子什么?"

女的略显羞涩地笑了一下,说:"噫嘻!我嘛,我喜欢孩子天生一副憨态可掬的样子,还喜欢孩子的天真无邪、纯洁活泼。你呢?"

男的也笑了一下,说:"我基本上和你一样。不过,我主要是喜欢孩子的天真无邪、无忧无虑。嗯。准确地说我不仅仅是喜欢,而是羡慕!可人一长大了,进入社会,就再也不可能天真无邪、无忧无虑了。你说呢?"

"噫嘻!就是这样。"女的表示赞同。

男的和女的沿着公园里的林荫道慢慢前行。

一会儿,女的说:"这么说,你平时很喜欢别人的孩子啰?"

男的说:"是啊。我们单位的同事有时把他们两三岁的孩子带到单位来,我没事的时候就逗孩子玩。不过我不敢多抱,我……我怕孩子撒尿——"扑哧!男的说着笑了起来,女的也忍俊不禁。男的接着说:"平时一个人散步,别人一般喜欢去公园。我则不同,我喜欢去幼儿园看那些正在追逐、嬉戏的孩子,更喜欢看孩子们唱歌、跳舞。每每这个时候,我就被深深感染了,我工作一天之后的劳累也就无影无踪,感到浑身愉快舒畅。"

"是吗?太有意思了,真没想到还会有大小伙子这么喜欢孩子的!"女的兴奋起来,脸上泛着红晕。

男的随之笑着,说:"那么你呢?"

"嘻嘻!我嘛……我现在就是一名幼儿教师,整天生活在孩子中间,当然不必像你一样散步到幼儿园看孩子啰!嘻嘻!我小时候就渴望将来从事幼儿教育,后来考上了幼儿师范,进而实现了自己的愿望,我真高兴!"女的说着停了下来,脸上挂着笑,似乎沉醉于对往事的回忆,"跟孩子们在一块儿可太有意思啦!我教他们唱歌,他们就唱歌,教他们跳舞,他们就跳舞。有时候他们很淘气,故意在你面前学猫叫、学狗叫,甚至是吵架打闹,令你啼笑皆非!可有时候他们又装得大模大样,一本正经地站到你面前说:'阿姨,是我不对,是我错了。阿姨,你可别生我气啊。阿姨,我帮你洗衣服吧……'嘿,孩子们真是太可爱啦!"

女的讲得眉飞色舞，仿佛一位贤妻良母在历数自己孩子的种种长处。

男的一直偏着头欣赏她。此刻，被他整个儿装入瞳孔的她端庄美丽，温柔可爱。

女的感觉到男的热辣辣的目光，她也用一双明亮秀丽的眼睛看着他。女的发现男的长得很帅，眉、眼、鼻棱角分明，个儿也很高，是个美男子。女的白净的脸上微微泛起一丝不易觉察的红晕。

男的和女的默默地沿着林荫道前行。他俩来到一块开阔的有亭榭和花坛的地带。那里的草坪上忽然间跑来了一群孩子，孩子们由幼儿园阿姨带着，蹦蹦跳跳的。一会儿，他们玩起了丢手绢的游戏。

男的和女的不由自主地停下脚步。他俩相视而笑。接着，他俩在树荫下找到了一处公园里设置的木制长椅，然后一块儿坐下来默默地看草坪上的孩子嬉戏。

美丽温柔的橘红色的夕阳透过树梢，映照着那群无忧无虑的、蹦蹦跳跳的孩子，也映照着木制长椅上那男的和女的深受感染而兴奋的脸……

从那以后，男的和女的便开始恋爱。

男的和女的恋爱时像别的恋人一样，晚上喜欢去看戏、看电影或喝咖啡、听音乐。节假日，他们便去公园爬山或划船，有时也轧马路、逛商店……

但男的和女的去得最多的还是幼儿园,尤其是那男的,几乎一下班就骑着自己那辆墨绿色的崭新自行车嗖嗖地往那女的所在的幼儿园钻。他喜欢去幼儿园看自己的女朋友,看女朋友教孩子们画画、唱歌、跳舞。看着看着,他就被感染了。他有时也不知不觉地帮着女朋友教孩子们画画、唱歌、跳舞。孩子们挺喜欢这位"男阿姨",他们一见这男的到幼儿园来了,便围拢过来纷纷管他叫叔叔。

不过,男的跳舞时显得笨手笨脚的。有一次男的教孩子们画画时,有一个小男孩把这男的画在自己的练习本上并在旁边写上"熊猫"二字。另有一小女孩也把男的画下来,但她在旁边写上"男阿姨"三个字。女的发现后捂着嘴咯咯地笑。男的也极开心地笑,笑得孩子们极兴奋、极快乐,孩子们脸上转瞬间绽开了无数的花朵……

不久,男的和女的便结婚了。

男的和女的结婚以后便也憧憬着将来的某一天能有自己的孩子。

不过男的说:"过两年再要吧,咱俩先玩两年。"

女的温柔地看了男的一眼,终于点了点头:"哎。"

某一天,女的忽然间有了一个孩子,那孩子是幼儿园里多出来的。据派出所的同志分析,那孩子大概是哪对不法男女的私生子,不敢养,于是偷偷把孩子塞进幼儿园来,自己却溜之大吉……派出所和幼儿园曾到处打听甚至在报纸上刊登启事，寻找私生子的父母。一两个月过去了，一直没有人来认领。

那私生子是个女孩，看样子不满一岁。女孩长着一对水灵灵的眼睛，双眼皮，一张肉嘟嘟而又白净的脸，笑起来嘎嘎嘎像一只快乐的小鸟，可爱的脸上还有一对可爱的小酒窝……

那个女孩没人认领，于是幼儿园的几个阿姨只好轮流照管。只不过那个女的（本文的主人公）照管得更多些。女孩越长越可爱，越长越白净水灵，幼儿园里的人都说这孩子长大一定是个漂亮的姑娘。

男的也承认那个女孩是个难得的可爱的孩子。女的有时把那个女孩带回家来，男的高兴得跟什么似的，抱过孩子逗她笑、逗她玩。女的站在一旁看男的，显得很兴奋也很幸福……

有一天，女的对男的说："你不是很喜欢孩子吗？"

男的说："是啊，怎么啦？"

女的说："咱们把那个女孩领养了吧。"

男的说："什么？你说什么？"

女的说："咱们把那个女孩领养了吧。"

男的突然跳起来说："那怎么行呢？你开什么玩笑？"男的眼珠眼看着就要从眼眶里蹦出来。

女的愣了一下，嘟着嘴说："我这不是在跟你商量吗？"

女的说完便低下头,脸上飘着红晕。

男的还在说:"怎么说也不行,那是别人的孩子,何况很可能是个私生女孩!"

女的头也不抬,没再说话。她径自走进卧室,脱去外衣打算睡觉。

男的没再说话。少顷,他也走进卧室一把搂过那女的使劲吻她,一只手在她那丰满的胸脯上使劲揉搓着。男的笑嘻嘻地说:"对不起,刚才我说话太冲了,你可别生气。再说,我是真心实意地盼望着有咱们自己的孩子啊!"

女的于是才缓缓地在男的怀抱里轻轻扭动着,末了还扭过脸来吻那男的。

男的更使劲地搂那女的,红着脸说:"咱俩该要孩子了,咱俩今晚要自己的孩子吧?"

女的红着脸点了点头:"嗯!"

继而,男的和女的便宽衣上床。这天夜里,男的和女的便开始要自己的孩子……

不久,女的怀孕了。

十个月之后,女的如期分娩,生的是男孩。男的高兴得合不拢嘴,男的主动买菜、做饭、洗尿布,一下子成了真正的家庭妇男。

时间过得很快。

女的生下的男孩也长得很快,转瞬间便过了两周岁生日。然而,两岁的小男孩却只会吃饭,不会走路,不会说话,高兴起来也只是趴在地上嗷嗷叫。大夫经过多次检查,无可奈何地摇了摇头:"糟了,这孩子是先天性残疾!"

女的顿时目瞪口呆,继而捂着脸伤心地抽泣起来。

男的也惊得目瞪口呆,继而直愣愣地看着自己怀里嗷嗷傻叫的男孩……

回到家里,男的和女的脸上毫无表情。他俩沉默了好几天。只有小男孩嗷嗷的傻叫才多少显示出家庭的一点生机。

第五天夜晚,男的终于对女的说:"干脆,把孩子送大街上去吧。要不,送到垃圾堆里也行。"

女的说:"干什么?"

男的说:"不干什么,养个残疾孩子,将来怎么办?何况,现在只准生一个。"

女的顿时惊得像一尊泥塑,半晌,才说:"他可是咱们自己生的孩子啊!"

男的瞥女的一眼,慌乱地捏了把鼻子,眨了眨眼,说:"那也没办法。养个残疾孩子,将来怎么办?养着他,是个祸根,咱俩注定要苦一辈子!眼下,咬咬牙将孩子打发掉,虽痛苦,但痛苦也是一时的。"

女的瞥了男的一眼,沉默。她正注视着熟睡的孩子。

男的走过去,将手轻轻搭在女的肩上继续说:"再说,眼下讲优生。把孩子打发了,咱还能再生一个,你……你说呢?"男的声音和目光无比温柔。

女的抬头瞥男的一眼,一咬牙,说:"要……要是下一个又是残疾的咋办?"

男的愣了一下,接着一把搂过女的似哭似笑:"哎哟哟……我的傻瓜!那……那怎么可能呢,哎哟哟……你……你怎么能开这种玩笑啊?……"

女的在男的怀里嘤嘤地哭。许久,她泪眼模糊地凝视着熟睡的孩子,喃喃地说:"你想怎么处置他?"

男的说:"我不是说过了吗!送到大街上或垃圾堆里去,没……没准会有人捡走。"

女的白了男的一眼,没好气地说:"哼,人家遗弃的那个活泼可爱的小女孩你都不要,你把自己生的残疾小男孩扔了人家就要了?"

男的被噎了一下,满脸通红。一会儿,他才说:"我不管!反……反正,留着他是个祸根,不是吗?"

男的和女的此刻四目相对,沉默不语。一会儿,女的低下头,使劲咬咬牙。男的趁机说:"这事,你想想吧,明天早上告诉我,啊?"女的想了一会儿,友好地对男的点头:"好吧。"

男的和女的一会儿便上床睡觉。

大约半个钟头之后,男的便睡着了,鼾声如雷。女的却怎么也睡不着。

女的躺在男人与他们的那个残疾孩子中间。她一会儿拥抱自己那睡得很香,小脸蛋还挂着微笑的孩子,轻轻地抚摸他、亲他,一会儿又转过身来,将一只手搭在男人厚实的胸脯上,默默地注视他,感受他呼出的浓烈的男性气息。就这样,女的在男人和孩子中间辗转反侧、泪流满面……

第二天早上,男的一起床便问女的:"怎么样,拿定主意了吧?"

女的点头说:"定了。"

男的喜形于色:"把孩子打发出去?"

女的说:"不,留下来!"

男的火了:"怎么,想了一夜你还是没想通啊?你不想让咱俩活啦!"男的吼声震天。

女的捋了捋头发,异常平静地说:"我一个人养活他。再说,你……你以为把可怜的孩子甩出去这辈子就能轻松吗?"

男的瞪着眼睛:"什么,你想逞能?你以为你一个人能养活这孩子啊?"

男的吼声如雷,惊醒了孩子。孩子"哇"的一声哭了。

女的没好气地瞪了一眼男的:"你干什么?你有良心吗?谁让你这样对待孩子的?"女的边说边哄怀里的孩子,

"我想好了,我一个人养这孩子,用不着你管!"

"什么,你想离婚?"男的满脸惊诧。

女的说:"不离婚你愿意养这孩子?"

男的红着脸:"你……你太过分了!"

女的说:"谁过分你心里应该明白。告诉你,没有你我同样能养活这孩子!"

男的怒气冲天:"你——唉!……"他无可奈何地摇着头。

两天之后,男的和女的便着手办离婚手续。在去领离婚证的路上,男的缓和着口气对女的说:"嘻,你何必这么倔呢?你……你还是听我的,咱……咱俩就不离了!"

女的抱着孩子,默不作声,昂首挺胸地向前赶路。

男的有些急,在后面边追边说:"嘻!你……你以为你这样做很高尚吗?告诉你,中国人口的素质本来就够低的。你这样做,是……是对中华民族的素质不负责任的表现!"男的不住地喘气。

女的收住步,红着脸冲男的说:"呵——你素质高?真不愧是个社会学研究生哇!"她抿抿嘴,似乎还想说什么,但欲言又止。她狠狠地瞪了他一眼,然后又急急地朝前赶路……

男的和女的终于离婚了。按规定,男的以后每月应付给孩子一半的抚养费,女的却坚决不要。女的抱起孩子住到幼儿园的集体宿舍去了。从此,男的再也没去幼儿园看那女的和他们俩生下的那个残疾孩子。

两年之后,男的又结了婚,新娶的女人是一个刚毕业的大学生。

女的仍在幼儿园工作,一个人养着她和那男的生下的残疾男孩。男孩快五岁了,依然不会说话,不会走路,仍只能在地上爬,也只能嗷嗷傻叫,且三天两头地感冒发烧咳嗽。熟悉那女的的人都注意到,那女的瘦了,憔悴了,早已失去了昔日端庄俏丽的风姿。那女的脸上见不到笑。

于是,那女的的同事们聚在一起便时常叹息:嗐,谁让咱们天生是女人哩!

冬日

女人直愣愣地站在雪地里看着男人渐渐消失在纷飞的风雪中。此刻，她那双美丽明亮的双眸溢出两颗晶莹的泪珠，泪珠沿着脸颊往下淌，掉落在洁白的雪地里。

炉火烧得很旺。

火光映照着一个缺了一只耳朵、一只眼睛、半边的脸丑陋不堪的男人。

男人披着大衣,圪蹴在炉火旁边"吧嗒吧嗒"地抽烟,一根接一根地抽。男人的脸是铁青的,铁青的脸因为有那一半残缺而显得更加丑陋不堪。

男人抽完一根烟,又从棉大衣的口袋里摸出一根,"嚓"地用火柴点燃,然后深深地吸了一口,缓缓地吐出烟雾来。烟雾在屋子里萦绕,袅袅娜娜、如絮如云。

屋子里很乱,炕上是凌乱的被褥。地板上有一些玻璃碎片,那是昨晚半边脸的男人强行要与女人做爱,女人挣扎时将一个玻璃杯撞落下来摔的。半边脸的男人自己心里也明白,他之所以又一次成功,是女人又一次迁就他。女人一翻身丢给他一个脊背,然后便捂着脸在一旁嘤嘤地哭,哭得好伤心;半边脸的男人没去理她,因为这已是女人的习惯动作。半边脸的男人很快便在炕铺的另一旁呼呼地睡着了。他也不知道自己的女人是什么时候睡着的,他只知道她一大早又上班去了。女人在市里的一家百货商店当售货员，是商店里的商业标兵……

半边脸男人仍铁青着脸，缓缓地吐着烟雾。透过烟雾，他那唯一的一只眼缓缓地扫视着玻璃碎片、凌乱的被褥。再往上，他的目光便停留在炕上方悬挂在墙的一幅照片上。

那照片是他们新婚的一幅半身照，是市报的一位摄影记者免费为他们拍的。此刻，照片上那穿着结婚礼服的女人正甜甜地笑。女人明眸皓齿，笑起来像一朵美丽圣洁的玉兰花。半边脸的男人则身着戎装，胸前的一边系着大红花，另一边挂着一串亮闪闪的军功章。半边脸的男人也在甜甜地笑，那是一种幸福中流露出的得意的笑，他的一只手亲热地搭在女人的右肩上。因为笑，半边脸的男人原本那丑陋的半边脸显得不那么丑陋了。

半边脸的男人和他女人的婚姻在社会上曾轰动一时。他们俩是在一次英模报告会之后认识的。

半边脸的男人那时刚从云南前线撤下来，他是一等功臣，于是便随英模报告团在全国各地巡回做报告。那一次，半边脸的男人来到他们现在生活着的这座城市做报告，半边脸的男人的报告博得了一阵阵经久不息的掌声，台下有许多听众感动得直抹眼泪。报告会完毕，市里便安排本市各条战线的一些劳模或标兵同前来做报告的英模座谈。半边脸的男人就是在这个座谈会上与自己的女人相识的,她是本市的女商业标兵。他和她坐在同一张长沙发上,谈得很多、很投机,以至两人忘记了座谈会的结束,忘记了吃饭。前来催促吃饭的市妇联主任对他们本市的女商业标兵挤眉弄眼,使得女商业标兵满脸通红,半边脸的男人也有些窘迫。然而,妇联主任却似乎不甘就此罢休。席间,妇联主任张罗着分头去问半边脸的男人和女商业标兵,问他俩彼此间是否有那个意思,男的窘迫地说:"嘻,我是个残废,人家怎么会看上我哩!"女商业标兵也红着脸说:"去去去,人家是全国英模,怎么会看上我哩!"妇联主任一乐,觉得有戏,于是便将事情同英模报告团的团长说了。团长一听也乐得合不拢嘴,觉得英模与商业标兵联姻,定能激发时代精神。再好不过了!但团长说:"还得看人家姑娘是否愿意呢!"妇联主任说:"没事!这事包在我身上,我负责做工作。"团长说:"我也得做做工作哩。"

妇联主任和团长尔后便紧锣密鼓地做工作,而且结果意外顺利。女商业标兵并没有反对,不知那时她是因为当了商业标兵便不敢反对,还是确确实实对半边脸的男人产生了爱慕。半边脸的男人则离开这座城市之后便主动给女商业标兵写信,那是英模报告团团长交给他的任务。女商业标兵也回信,从此他俩便鸿雁传情。两个月后,上级便将半边脸的男人安置到这座城市，于是他俩结了婚。结婚时市里破例给他俩分了一套崭新的平房，部队首长和市里的领导参加了他们的婚礼。报纸、电台、电视台的记者们更是云集而至……

半边脸的男人看着自己和女人的那幅新婚照片，眼眶已有些湿润。沉湎于往事，他显然伤心了。眼下，他已很难从女人的脸上看到像照片上的她那种舒心甜蜜的笑了。他觉得她以前对他很好，是个难得的妻子。她温柔、甜蜜、贤惠，里里外外一切都用不着他操心，晚上也总是充分地让他享受做丈夫的权利。可现在不行了，她说过，她对那种事实际上没半点情绪，甚至觉得恶心。他曾问她什么时候出现这种心态的，她说结婚两个星期之后便出现了，后来都是被迫的，她说她怕伤害他。他听了她的回答之后很意外，进而感到愤怒！他感觉她变了，原本的柔情蜜意和崇高境界荡然无存。愤怒之后便萌生报复的情绪。每次，他都成功了。可她却总是嘤嘤地哭，哭得他有时候也不免可怜起她来，因为这时候他才意识到她并没有完全变，家里的一切事务仍然是她一个人包了，生活上她对他仍旧照顾得很好。这不，桌子上仍盖着她为他准备好的早饭，他刚才打开看过了，那是几个馒头、两个煎鸡蛋和一小碟咸菜。使他微微感到有些意外的只是地上的那些玻璃碎片，她没有打扫。他猜想大概是她急于上班，没来得及扫……

半边脸的男人使劲抽了抽有些发酸的鼻子。他狠狠地掐灭了烟蒂并把烟蒂狠狠丢进炉里,然后紧了紧披在肩上的棉大衣,艰难地撑起身子。他只有一条腿,他只能借助两根护身拐杖挪步。

他坐在桌前,狼吞虎咽地吃完女人给他留下的早餐,用手抹了抹嘴。然后他抄过拐杖,撑起来,"橐橐橐"地挪到门外,回过头"咣"地撞上了门,然后又"橐橐橐"地出门而去。

* * *

屋外是洁白的世界,满地是雪。天很冷,寒风卷着地面上的雪花扑面而来,半边脸的男人禁不住打了个寒战。好在太阳已经出来,橘红色的阳光柔和地映照在洁白的雪地里,给人一种温暖的感觉。

半边脸的男人仰着脸望了望天边温暖的太阳,长长地舒了一口气,然后利用拐杖缓缓地向前挪步。

前面是街心公园。半边脸的男人常去那儿散心,坐在那儿的长椅上看孩子们追逐、青年人恋爱、中年人散步、老年人逗鸟打门球或跳老年迪斯科什么的。他不能玩也不能跳,他只能在一旁坐着,静静地看男女老少找乐。说是看人家找乐,实际上人家看他更多。只要有陌生人发现他或在他跟前走过,便都会不约而同地呈现出千奇百怪的表情,一步三回头地瞅他。开始时半边脸的男人极不习惯,自尊心受到极大刺激。他愤怒地扭曲着脸死死地盯住那些把他当怪物观赏的陌生人,甚至还想扑过去狠狠敲人家一拐杖,但最终他都忍住了,后来又逐渐习惯了人家的诧异和观看。现在,在他面前经过的路人纷纷向他侧目,可他似乎毫不理会。他铁青着脸,终于一步步来到了街心公园。

笑声和欢呼声在雪地上跳跃。一群老头、老太太正在雪地上打门球,另有三三两两的小孩子在堆雪人、打雪仗。半边脸的男人在附近找到了一条石凳,那石凳上只有一个人坐着。他在石凳的另一端坐下来,默默地看眼前白晃晃的雪地和雪地上玩闹的老人与小孩。

那几个小孩越闹越欢,他们围绕在一个戴着红帽子的雪人周围你来我往地打雪仗。此刻,一个稍大一点的男孩抛出的雪球正好打在雪人的红帽上,被打落的红帽也正好扣落在猫着腰躲在雪人后面的另一个小男孩的头上,雪地里爆发出小孩子们开心的笑声。半边脸的男人耳边忽然间也冒出一个女人开心的笑,他回过头来,惊异得目瞪口呆,身边坐着的竟是一个半边脸焦黑丑陋的女人。

那女人笑毕,也发现了身边丑陋的男人。女人微微皱了皱眉,似乎也有些惊异,但那惊异的脸很快又舒展开来,她极其大方地向他打招呼:"您好!"

半边脸的男人愣了一下，他有些慌乱地舔了舔唇，清了清嗓子，然后才礼貌地回答："您好！"

接下来他们便两目相对，一时无语。大概，女人惊异于男人与自己一样只有半边脸，男人也惊异于女人与自己一样只有半边脸。女人看样子比男人年龄要大些，至少也过了三十岁。她比他幸运的是她比他多了一条腿。许久，女人才说：

"你……就住在这附近吧？"

"是的。你呢？"

"我们家刚从东边搬来的，呶——就在那岗亭的后面。"女的边说边伸手指了指远处的岗亭。

"噢……"男的点了点头。

一会儿，女的问："你常到这里来吧？"

男的点头："嗯。"

女的又问："你……是从云南前线下来的吧？"

"嗯。"

"是英模？"

"嗯。咦——你……你怎么知道的？"

"哈！报纸和电视上报道过，有一个解放军英模到咱市里定居，并娶了一位女商业标兵。你……你准是那位英模吧？"

"哦，是……是的。"

"哈,你瞧我真猜准了!嘿,你爱人可真好,情操高尚,人长得也漂亮,我在电视上见过她。她……她现在可好?"

"嗯,还……还好。"半边脸的男人窘迫地说,他似乎对眼前这个残疾女人的开朗感到惊异。少顷,他壮着胆反问她:"你……你家里还有什么人?"

"就我和父亲两人,我父亲是老中医。"

"你……你没成家?"

"唉,我……我这么丑陋,又不像你们英模有名气,谁……谁会要我呀?"女的说着,声音低沉了下来。

半边脸的男人这才意识到自己的询问有些冒昧,没准已伤害了她。他尴尬而歉意地笑了笑,然后专注地看她。他发现她的半边脸很丑,像贴了一层响尾蛇的蛇皮一样既焦黑又疙疙瘩瘩。他下意识地摸了摸自己那半边残废的脸,禁不住打了个寒噤!瞬间他意识到:自己要不是英模而仅仅是残疾,这世界上是否会有女人嫁给他?进而,他又下意识瞥了一眼对方那张丑陋不堪的脸,他猛然想:自己要是娶了眼前这个残废女人会怎么样?哦——不!不!他不敢想下去,一想就恶心,一想就有一种要呕吐的感觉!他一时间感觉到浑身发冷,毛骨悚然……

这时,那半边脸的女人喃喃地说:"其实,我……我已经习惯了。再说,即便有人同情我,提出和我结婚,我……我也不会同意的,我……我觉得一个人过很轻松。"

"噢……"半边脸的男人点了点头。一会儿,他问:"你……有工作吗?"

女的说:"有。"她捋了捋头发,接着慢腾腾地说:"我原来是一所中学里的化学教师。一次在给学生做实验时试管突然爆炸,我……我的这半边脸被硫酸烧伤了。还……还好,学生没伤着,是我一下子把他们挡在身后……嘻,这……这是七年前的事了!"女的苦笑、叹息,接着又说:"后来我不教书了,我跟着父亲学中医,不用上班,在家里帮父亲配药。哦——"女的突然伸手看表,说:"我……我得回去了,我父亲一大早去出诊,该回来了,我……我得赶快回去!"女的歉意地笑了笑,然后起身,头也不回地走了。

半边脸的男人呆呆地望着那女人渐渐远去,忽然间有一种莫名其妙的失落感。他渴望着继续与她交谈,他甚至后悔自己刚才没有让她留下名字和具体地址。他已经好久好久没跟人交谈了。刚出名那阵,前来采访他的记者、看望他的领导几乎每天都络绎不绝,学生、社会青年也纷纷前来慰问、请教,同他探讨人生。但那样的日子持续不到半年就不再有了,就像闷热的夏天里忽然间来了一阵狂风暴雨一样,狂风暴雨过后,留下的仍是沉闷、燥热,世界仍然是原来的世界,生活单调得让人发慌!而妻子原本的热情也慢慢地冷却下来,很少再同他交谈、向他传递外界的各种信息。尽管妻子整天下班回家后仍为他做饭，为他烧水洗澡、洗衣服……但所有的这一切都太规范了，规范得像木偶人或机器人，那多半是一个被生活套上绳索的人在机械地履行她的职责……可职责……职责能代替感情吗？

半边脸的男人在寒冷的雪地里冥思苦想。他似乎有些激动，脸涨得通红。他从没有想过这么多，也从没有这么想过。从前线下来之后，他为自己残疾的身体暗暗哭过，也为自己在前线立功骄傲乃至欣慰。他曾想：老子在前线卖命丢了条腿，丢了半边脸，往后该好好享受了。他的这种愿望的确也已实现，他的妻子、房子和民政部门每月给他的一百来块钱救济金，都是他用鲜血换来的。他也曾经向有关部门要工作，要求坐柜台、当门卫或干点他力所能及的工作，人家也给安排了。但那些单位都人远而他上班又很困难，人家便劝他还是在家待着为好，于是他也就无可奈何地在家待着。他成了真正的闲人，每天在家坐享其成，他不是不愿意干点什么而是他确实干不了什么，不干什么他也就什么都用不着去想、去操心。他整天只不过是吃饭，睡觉、吃饭……现在想起来他觉得自己实际上是多余的废物，妻子和社会都已不再需要他，可他却片刻也离不开妻子和社会，以前给全社会做报告时自己曾慷慨激昂地向人家讲奉献，然而奉献之后又一味索取——这，能算奉献吗？……

半边脸的男人越想越多，越想越痛苦———一种觉醒之后的痛苦。他甚至恨自己以前怎么想得那么少，简直是行尸走肉！这时候他狠狠地朝雪地啐了一口痰，然后紧了紧大衣，然后又从大衣的口袋里摸出根烟，"嚓"地用火柴点燃，然后便一口接一口地吸着。他那唯一的一抹浓眉久久地、痛苦地扭曲着，唯一的那只眼珠暴胀着，充满血丝。他的脸像一块久经风沙侵蚀的岩石，乌黑而冷峻。

冬天很冷。耳边仍冒着寒气，眼前仍是白晃晃的雪地。雪地里那群孩子仍在快乐地堆雪人、打雪仗，那群老人仍在兴致勃勃地打门球。

半边脸的男人久久地在雪地里坐着，像雪地里的一尊雕塑……

晚上，女人回来了。女人回来后便不声不响地做饭、炒菜、烧水。半边脸的男人坐在一旁默默地注视着女人的一连串动作。结婚几年，他还从未如此专注地观察过干活时的女人。他发现她很泼辣，很能干，是个既漂亮又贤淑的妻子，遗憾的是她已没有了昔日的温柔和微笑。半边脸的男人注意到，女人干活的时候从不回头看他，自打她下班进屋时瞅他一眼之后，女人再也没瞅过他。他微微有些伤感。但很快，他便冷静下来。他下意识地伸出一只手，慢慢地摩挲着自己那半边残废的脸。此刻，他想起早上在街心公园里见到的那个半边脸焦黑丑陋、很难想象能当自己妻子的女人……

晚上十点钟之后,半边脸的男人和他的女人上床睡觉。半边脸的男人拉过半截被子,然后便径自躺下来。他碰也没碰女人,这使他的女人微微感到有些意外。女人侧过脸瞅他,微微皱了皱眉,然后也径自躺下了。黑暗中,他俩各自仰躺着,眼睛默默地看着灰暗的屋顶。许久,男的清了清嗓子说:

"有……有一件事我想问你,你……你究竟爱我什么?"

女的诧异地侧过脸瞅他,然后又将脸扭回去,没有说话。

男的侧过脸说:"我问你呢,你究竟爱我什么?"

女的又诧异地侧过脸来:"你……你怎么啦?问这个干什么?"

"我想知道。"

"知道又怎么样?"

"我只是想知道。"

"睡觉吧,别打搅我了。"女的将脸转回去。

"不,我确实想知道。"半边脸的男人终于伸出一只手摇她,"求你了,你究竟爱我什么?告诉我。"

女的有些不耐烦地侧过脸来:"结婚这么多年,你连这个都不知道哇?"

"嗯……当然知道。你爱我勇敢、爱我为国献身的精神,对啵?"

"这我早就告诉过你。"

"那么,我的躯体呢?我这半边残废的脸、残废的腿,你也爱?"

"你……你问这个干什么?!"女的声音大起来。

"这个我也想知道。"男的执拗地说。

"我……我不知道。"女的说。

"可我想知道。"男的穷追不舍。

"我不知道我不知道我不知道!"女的突然声嘶力竭地喊叫,紧接着捂着脸嘤嘤地哭,哭得好伤心,身子强烈地抽搐着。

半边脸的男人皱了皱眉。他没去劝她。他叹了口气,便径自转回去躺着。当女的身子渐渐平静下来时,男的已经睡着……

* * *

第二天,女的一早便去上班。半边脸的男人吃完女人给他准备好的早餐紧了紧大衣,然后抄起护身拐杖"橐橐橐"地出门去了。

半边脸的男人蹚着雪来到市民政局办公室,对负责接待他的一个五十来岁的女人说:

"我想离婚。"

"什么,你说什么?"女人惊异地睁大着眼。

"我想离婚!"半边脸的男人坚定地说。

"你……你想离婚?你那妻子——那位女商业标兵对你不好?"

"不,她对我很好。是我自己想离。"

"你……你为什么要离婚呢?"

"我不想再连累她。"

"那……那肯定是她对你不好喽?"

"请你不要污蔑她!"半边脸的男人愤恨地挥了挥手,"我说过,她对我很好,是我不想再连累她。"

"这……这不能叫连累吧,你们好歹是恋爱过的。再说,夫妻之间哪有什么连累不连累的?"

"我是个残废,什么都干不了!夫妻之间的合作是相互的,这不叫连累?"

"可你是英模,你也值得爱啊!"

"我有什么值得爱?爱国主义吗?勇敢精神吗?"

"当然是!"女人得意地笑了,显然很高兴他替她回答。

"可我这残废的脸、残废的腿呢?也值得爱吗?"

"这……这你妻子也没嫌弃啊,不然她就不会同你结婚。"

"错了!她错了,你们通通都错了!"半边脸的男人显然激动起来，他涨红着脸，额角青筋暴胀，"你们赞美和爱的都只是我的精神而绝不是我这残废的躯体，可她误将我的躯体当精神。恕我冒昧！比如说吧，你要是处在我妻子的位置，你会怎么办？你能爱我，永远照顾我而丝毫没有怨言吗？"

"这……"

五十来岁的女人一下被噎住了，脸涨得通红。她极力控制着自己的情绪，说："这……这是件大事，你是英模，离婚可不是闹着玩的。我……我得请示我们局长！"女人说着便找来了局长。

局长是一个五六十岁的老头，头发斑白，笑容可掬。他极和气地对半边脸的男人说：

"你想离婚？"

"是的，我想离婚！"半边脸的男人坚定地说，"我……我还想请你们给我安排一份合适的工作，单位要就近的或者能安排我住下的，免得我整天跑。"

"这个好说。你先说说，你为什么要离婚？"

"刚才我对这位女同志说过了。不过我可以再给你讲一遍。"半边脸的男人便把刚才讲过的理由又讲了一遍。

局长听完后说："嗯。不过离婚得你妻子同意，你妻子会同意吗？"

"我不知道，不过我想她最终会同意的。"

"不过我还是希望你慎重考虑。英模离婚,恐怕影响不好吧?"

"你……你们想干涉我离婚吗?"

"哈哈哈哈,没……没那么严重!我只是劝你要注意社会影响。"局长得体地笑着。

"离婚是我们自己的事,我不希望组织干涉!"半边脸的男人坚决地挥了挥拳头。

"那么好吧!"局长无可奈何地摇头说,"要是你妻子同意,你打个报告,两人一块儿签字并一块儿来办理离婚手续。"

"我的工作呢?"

"我们再作考虑。"

* * *

晚饭后,半边脸的男人用平静而坚决的口气对女人说:"咱俩离婚吧!"

刚刚洗完碗坐到炕边的女人足足愣了一分钟,然后才喃喃地问:"你……你说什么?"

"我说咱俩离婚吧。"半边脸的男人平静地说,紧接着他把今天上午去民政局的事讲了一遍,然后又抖了抖手中的离婚报告并递给那女人,报告是他下午在家里写的。

女人惊异地接过报告瞧了一遍,然后咬了咬牙,说:

"我……我对你不好？"

半边脸的男人用他那只唯一的眼睛注视她，许久才说："我在报告里说你不好了吗？没有！"他停下来清了清嗓子，又说："这些年是我连累了你，我衷心感谢你，不过，离婚是我提出来的，你……你签字就是了。"半边脸的男人说着咬了咬牙。

"你……你让我怎么签字呢？我……我有什么理由？"女人低下头来。

半边脸的男人仍注视着她。他狠狠地吸了口烟，说："理由很充足也很明显，我俩都陷入了误区！我曾为国立功，这几年便心安理得坐享其成，甚至觉得你嫁给我、侍候我都是应该的。而你呢？我知道，你赞美并爱我的勇敢和为国献身精神，但绝不是赞美并爱我这残废的躯体。可你却误将我的躯体同精神混为一体，这是极大的错误！要知道，精神是永恒的，精神存在于社会之中。所谓的勇敢和为国献身精神只不过在我身上闪耀过，之后便只剩下我这残废的躯体，残废的躯体是没有人留恋的，包括我自己！这还不明白吗？"

女人惊异地望着半边脸的男人，美丽的双眸红润并闪着泪光。她大概怎么也没想到，男人会一下子讲了这么多，似乎确实也讲出那么点儿道理，那也是早已积淀在她心头的一种感觉。想当初，她的确是爱他的精神、为他的精神所感动，她在很大程度上是带着同情、天真和冲动，同时也碍于市妇联主任无形中造成的舆论压力才与他结婚的。可结婚之后她才发现，她被实实在在地套上了一根无形的绳索，生活是那样平淡、枯燥、艰辛而又永无尽头。现在她才承认：自己并不是一个非凡高尚的女性，自己确确实实已经没有多少勇气同他生活下去。自己已越来越怕他那张脸、怕他那残废而又精力异常旺盛的躯体，可自己又确确实实不忍心伤害他。此刻，她咬了咬牙，默默地注视他。许久，她才喃喃地说："我……我能忍心把你撇下吗？"

"没事。没有你我照样能生活，我想好了，我让组织上给我安排一份工作。"半边脸男人的脸此刻显得很刚毅。

"组织上同意了？"

"会同意的，只要你同意离婚。"

"可我……我怎么能忍心呢？"

半边脸的男人坚决地挥了挥手："你到底是爱我还是同情我？不离婚你能一辈子忍受感情的折磨吗？即便你能忍受，我也不能忍受！"

女人又一次惊异地睁大她那双美丽的眼睛看他，仿佛是刚认识他似的。半晌，她才又喃喃地说："你……你让我想想。"说完，她竟捂着脸呜呜地哭起来……

* * *

一周之后,半边脸的男人和他的女人一同出现在市民政局下属的一家街道办事处的办公室里。半边脸的男人神态刚毅、自然,而他那漂亮俊秀的女人却默默地低着头,泪水涟涟,在场的人几乎都感到诧异,纷纷注视着他俩,有的还在窃窃私语。

半边脸的男人持着他和她签了字的离婚报告以及市民政局开的介绍信,顺利地办完了离婚手续。女人扶着半边脸的男人走出办事处,漫无目的地走进纷纷扬扬的风雪中。许久,女人咬了咬牙,终于停下来对半边脸的男人说:"咱……咱俩回家吧!好歹夫妻一场,今晚,咱……咱一块儿过最后一夜。"

半边脸的男人停下脚步,转过脸来注视她。此刻他看到的是一张熟悉而又陌生的美丽的脸,这张脸的皮肤白里透红,脸上那双美丽的眼睛已溢满泪水,明亮而红润、清澈而又深不见底。半边脸的男人浑身一激灵,内心深处瞬间升起一股无限的柔情,这柔情渐渐溢出他那唯一的一只眼睛,那只眼睛也倏地红润了。然而,此刻他却闭上了眼睛。他咬了咬牙,然后狠狠地挥了挥手,坚决地说:"不,我要去民政局,去找工作!"说完,他坚决地挣脱了女人的搀扶,一个人拄着拐杖"嚓嚓嚓"地向前赶路。他的身后留下了一串不规则却极清晰的脚印。

女人直愣愣地站在雪地里看着男人渐渐消失在纷飞的风雪中。此刻,她那双美丽明亮的双眸溢出两颗晶莹的泪珠,泪珠沿着脸颊往下淌,掉落在洁白的雪地里。

起风了,风越刮越猛。雪也越下越大,像鹅毛,似柳絮。风卷着雪在空中飞舞着扑面而来。冬日的世界洁白晶莹,圣洁而美丽。

偶然事件

听着赵局长那惊愕的、不乏诚恳的表白,老王自己惊诧不已——究竟是赵局长装聋作哑呢,还是他真的一直蒙在鼓里?

这事纯属偶然。

那一天，凛冽的寒风一如喝多了酒的醉汉，在城市中呼啸着左摇右晃东突西闯，把本来井然的秩序搅得天昏地暗一片混乱，这情景让人觉得世界的末日即将来临……

傍晚时分，一股呼啸的寒风从高远的天空打着旋儿，倏然间一个猛子不偏不倚撞到了这座城市电视台新闻部第十层办公室那块没有关好的窗玻璃上。

也真是鬼使神差，也真该着他们新闻部的人倒霉。那股风，将市电视台新闻部第十层办公室的那块窗玻璃撞了个粉碎。随着银盘碎裂的一声巨响，那被撞落的窗玻璃的碎片，竟然就一股脑"哗啦啦"砸到停在楼下的一辆奥迪轿车上。车身的弧顶处被砸出指头大小的一块凹陷，原本光洁锃亮的护漆被撞出丑陋的疤痕。凄惨的"太阳"向四周迸发出道道裂痕。

这辆被砸坏的奥迪轿车恰恰是市广播电视局局长大人的专用轿车。所以，发生在市广播电视大楼的这一偶然事件，便不可避免地搅起了一场令许多人都意想不到的风波。

事情发生时已是傍晚。市电视台新闻部第十层办公室里的十几个人正说说笑笑,收拾着各自的东西准备打道回府。

当那股突来的旋风撞下他们办公室的窗玻璃,继而在楼下的院子里制造出一起事故时,办公室里所有的人几乎都不约而同地尖叫起来,继而又争先恐后地拥向那扇打开的窗边,踮脚探头地朝下张望。当他们发现楼下的"惨状"时,不同的人迅速做出了不同的反应。

"糟啦——砸了辆车!"率先扑到窗前的小梅喊了一声,这位后脑勺扎着马尾辫的女孩子,平时就喜欢一惊一乍的。

"哈——真是老天有眼!那不是咱广电局局长大人的奥迪吗?"满脸络腮胡子的大刘则有几分幸灾乐祸。

"就是就是。"众人见状,一个个眉开眼笑。

"你说什么——"新闻部主任老王忽然转过脸,拧着眉问大刘。

"我说老天……"大刘忽然觉得老王的眼神不对劲,一犹豫,将要说的话咽了回去,嘿嘿笑着,"老王,我是说,被砸的是咱局长的车。"

"砸了局长的车你就高兴啦?"老王白了大刘一眼。大刘一时语塞,内心却一个劲乐。大刘的家与局长的家处于这座城市的同一方向,距离也差不多,局长每天上下班有奥迪接送,大刘则早出晚归地挤公共汽车。

小梅见老王不高兴，便活泼地甩着脑后的马尾辫朝他喊："老王，大刘说得也没错啊，局长那车让窗玻璃砸了，那是风刮的，能怨谁呀？"

见是小梅，老王没再生气，只咕哝了一句："那也不能幸灾乐祸啊……"说着，又趴到窗口看楼下局长那辆被砸的车。老王看得极专注，越看他那稀疏的双眉就拧得越紧。

小梅见状便乐："老王你操什么心呀？那车又不是你的！"

老王转过身来："你一个小女子，懂个啥？那车要是我的呀，那倒好喽！"说完，便叹气。

大刘一脸的不以为然："我说老王，你是不是多虑啦？那车的确不是咱们砸的啊，能怨咱新闻部？"

"可砸车的是咱新闻部掉下去的窗玻璃啊！"老王冲大刘嚷。

此时，一直对事件未表态的小王凑上前来："老王，这窗玻璃的确是风刮下去的，是……是不该怨咱新闻部吧？"在新闻部，小王实际上是除老王之外的第二位元老，年龄也位居第二，可为了区别于老王，新闻部的人已习惯于叫他小王。

小梅这时也嘬着小巧的嘴说："就是，这事要是硬怪罪咱们，那……那咱们局长也太不是东西啦！"

"就是就是。"众人随声附和。

老王看看小王，看看小梅，又看了看众人，叹了一口气，说："但愿如此啊……"然而，不知怎么的，老王内心还积着一块心病，一脸的沉重。他的沉重吓跑了新闻部往日下班时的欢声笑语。大伙很识趣，都收拾起各自的东西不声不响地走出了办公室。

然而，老王却迟迟没有动身。当办公室完全静下来时，他又趴到窗前俯瞰楼下局长那辆被砸的车。越看，他内心便越生出几分不安。

第二天早晨，老王刚一上班就接到了电视台办公室打来的电话，是办公室郭主任打来的。郭主任开口就对老王说："你上来一趟。"紧接着不由分说就把电话挂了。电视台办公室就在新闻部的楼上，耗费一角钱公款从楼上往楼下打电话虽属正常，但不由分说就挂了电话却让老王预感到了事情的严重。老王与郭主任虽说都是电视台的部门主任，同属正处级，但由于管辖范围及职权范围不同，郭主任的处级比老王的处级要硬气几分。所以，尽管老王对郭主任不由分说便挂了电话多少有些反感，但还是不敢怠慢。往楼上走的时候，老王的内心还琢磨着究竟会找他说什么事——该不会是昨晚局长那辆奥迪车被砸的事吧？老王暗自思忖。

到了办公室，老王才知道自己所要面对的正好就是自己最不愿意面临的问题，到底还是昨晚局长那车被砸的事。

老王刚抬腿迈进办公室时，老郭毫不留情劈头就拿他是问——

"老王你怎么搞的,你们新闻部砸了咱局长的车你知道吗?!"

老王浑身一激灵,差点没站稳:"怎……怎么能说是我们新闻部砸的呢?"

"怎么不是!你总不能说那块窗玻璃是我们办公室的吧?"

"那……那也不能说是我们砸的啊!"

"谁让你们不把窗户关好!反正车是你们新闻部掉下的那扇窗砸的,局里都来电话追问了你知不知道?你弄得咱们台长有多难堪你知不知道?"

老王紧张地问:"台长怎么啦?"

老郭不耐烦地瞪着老王:"怎么啦?哼,人家昨晚就将电话打到咱台长家,将台长狠狠训了一顿!"

"是——吗?"老王这回张大着嘴,眼睛老半天也没能眨一下。

早就有人在议论,局里对台长有看法。究竟是什么看法,老王也不甚清楚,反正两年前局里要从电台和电视台提一位副局长,结果是电台台长上去了,而电视台台长却原地踏步,之后便有人开始这么议论。上个月局里又放出风声,说局里一个副局长的空位近期还要在电台和电视台现任领导中选拔。不言而喻,台长要是真的在眼下这节骨眼上挨局里的训，那对他的提拔多不利啊！老王是五十年代毕业的学生，论敬业和责任心，那是没得说。老王骨子里多少还有点传统知识分子的自尊和清高，平日不会主动接近台长，更不会主动拍台长马屁，有事时他一般只找总编，在与台长这种微妙的关系中，老王有自己的行为准则：既不阿谀奉承，也不得罪台长，工作上尽职尽责，尽量不让台长挑出毛病、抓到把柄。然而，即便如此，老王没想到自己还是出毛病了！

看着愤怒的老郭，老王竟不想再争辩了。平日里，老王也是个不大不小的球迷，他也像许许多多的毛头小伙一样关心着中国和欧美的各种足球联赛，此时他脑子里不知怎么的忽然冒出足球界的一句行话："足球是圆的。"他想：这世上的许多事何曾不像足球，说到底都是圆的，你有时很难把握输与赢。就说发生在昨晚的这次偶然事件吧，狂风刮落的窗玻璃砸了局长的车，你可以说责任不在你；但反过来也可以说责任全在你，谁让新闻部不关好窗户而让狂风把你新闻部的窗玻璃刮落了？再说了，这广播电视大楼的窗户这么多，狂风刮落的为什么偏偏是你新闻部第十层办公室的窗户而不是别的窗玻璃？楼下的高级轿车有好几辆，你新闻部第十层办公室掉下的窗玻璃为什么偏偏砸中局长的车而不砸别的车？越想，老王便越觉着几分泄气。

老王不再往下想了。他舔了舔干裂的唇，忐忑不安地问老郭:"那……台长有啥说法?"

老郭把手中的烟头往桌上的烟碟狠狠一掐,好一番吞云吐雾:"没啥说法。你们新闻部的当务之急,就是赔!只有赔,才能从根本上解决问题。"

老王一听急得伸脖子跨前两步:"你说什么?赔?这可是台长的主意?"

老郭一脸的不屑:"不信啊?不信你自己去问台长!反正台长交代的事我已传达到了,赔不赔你看着办吧!哦,对啦,要是赔的话,请在本周内筹集三万元赔款交到办公室来,届时你我一同将钱送到局里去,当面向人家赔礼道歉!"老郭说完便扭过头径自忙自己的事,显然已摆出一副逐客的架势。

老王一听腿便发软。待他镇定下来,方嗫嚅着争辩:"我说老郭,你 你这不是要我的命吗?赔三万,三万也太多了吧,我们新闻部上哪儿找这笔钱呀?……"

"我怎么知道?你自己去问台长吧!"老郭头都不抬地甩下一句,一副颐指气使的恶相。当老王沮丧万分地回到新闻部,将赔款的决定说给大伙听时,新闻部如冷水灼热油——一下炸开了锅!

三万元钱,新闻部共十个人,每人均摊三千。小梅像遭蛇咬似的一声尖叫:"哇——赔这么多钱,我结婚还买不买东西啦?!"

大刘不满意地一把将小梅扒拉至一边，眉一拧眼一鼓连跨两步冲老王嚷："什么什么你说什么老王，局里真要咱新闻部赔呀？那也太黑了吧？"

"就是！"

"就是！"

"就是！局里怎么跟南霸天一样——"

"嘘——你们小声点好不好？"老王紧张得连连摆手，赶紧将虚掩的门关上，然后折转身将一脸苦相端给大家，"哎呀，我何曾不知道咱们新闻部要当屈死鬼？可官大一级压死人这句古话，你们知不知道哇？"

"哧——官大就怎么啦，官大就没有王法啦？这可是共产党的天下，是社会主义的天下！"小梅不依不饶，原本秀气的脸都变绿了。

小李、小林和小彭等人也愤愤不平，一个劲叫骂。

"依我看哪——"就在此时，站在一旁一直默不作声的新闻部副主任小王开口了，他环视着大家，最终将目光停留在老王那左右为难的脸上，"我说老王，依我看哪，大伙都过得挺不容易的，三千元钱也不是一个小数目，干吗让大伙都作难？干脆换个脑筋，想办法让大伙都不掏钱，如何？"

"哇——好主意！"一听这话，大伙像吃了兴奋剂，霎时都来了神儿，他们一个个脸色红润、双眼放亮等待着小王的下文。

老王微微皱了皱眉,用审视的目光看着小王:"说吧,有什么高招?"

小王扑哧一笑,道:"哪儿是什么高招,完全是雕虫小技、举手之劳,而且是眼下新闻界同人通用的手法……"说到这里,小王故意停住不说了。

"你是说——搞有偿新闻?"老王一急将小王未说出的话说了出来。

小王微笑着,点了点头。

没想老王如遭蜂蜇一样立马尖叫起来:"那怎么行啊!"他一边叫一边不住摇头,别忘了咱们新闻部可是全市新闻界的廉洁标兵!

大刘一听,气不打一处来:"廉洁标兵能管个屁用啊!人家局里不照样不把你当人看?不照样欺负到你头上来?明明是被风刮下去的玻璃砸了车,凭什么要咱们赔啊?老王啊老王,你也不睁眼看看,眼下都什么社会了,咱们何必作茧自缚!说实在的,老王,咱们是过得最窝囊的了,你去问问有哪家电视台的记者过得跟咱一样穷?你没听人家说中央电视台都有多少人买私人轿车了,我们还在这儿瞎清高个什么呀?!"

面对大刘这突如其来的一串连珠炮,不知怎么的,老王竟破天荒第一次语塞。

小梅、小李、小林和小彭等人见状，也七嘴八舌、你一言我一语地列举起那些记者同行如何利用自己所控制的媒体挣钱、如何生财有道的例子。

待办公室静下来时，老王才叹着气说："哎呀，你们说的我都知道，可人家是人家，咱是咱。咱哪能什么都跟人家学，最起码的良心和职业道德，咱还得讲吧？"

一听这话，大伙眼白全翻出来了。

大刘说："老王啊，你爱赔就赔去吧，反正这三千元我是不会交的。可我得把丑话说在前头，你要是硬扣我的奖金和工资，到时候你可别怪我大刘将全家老少全搬到你们家去白吃白住！"

大刘话音刚落，小梅也噘着小巧的嘴说："老王啊，你要是硬要我交三千元，我也不好不交。可我早就跟我的那位说好了的，我俩结婚时他负责买电器，我负责买床和床上用品，我的存折上可就这么三千元，你看着办吧！到时候我要是买不来床和床上用品，我可要到你们家把你们老两口的双人床搬走啊！"

小梅说话那一本正经的滑稽相，一下让大伙忍俊不禁。就在这时，不知谁乘兴喊了一句："搬老王的床干吗？那多费劲呀，你俩还不如就睡到老王家那张床上去呢！"

大家顿时哄堂大笑。

老王却笑不出来。他满脸作难地将征询的目光投向他的副手小王,问:"说说看吧,你到底有什么路子?"

小王道:"我也没现成的路子。我只是想,赔钱的事能不能换一种思路,想办法不让大伙儿掏钱。毕竟,咱们有电视媒体,咱们能不能想办法找到一家希望在咱们的电视新闻上做宣传,又愿意掏钱的单位?比方说,找个效益好的企业……"

"嘿——能不能找一找保险公司呀?"小彭忽然兴奋起来,"向局里问一下局长那辆奥迪投没投保。要投保了那就妥了!保险公司有的是钱,让他们赔不但顺理成章,而且不至于赤裸裸地让外界说咱们是搞有偿新闻。"

老王马上说:"对啦,小彭这主意好,找保险公司最保险了。可是,咱们谁跟保险公司的人打过交道啊?"老王说着环视众人。

人刘立即站出来:"我和小李倒是采访过西区保险分公司,跟他们分公司的朱经理打过交道。只可惜咱们广电局是在东区,即便局长的车投保了,也肯定是在东区的保险公司。"

"这样吧,我先问一下局办公室。"老王说着,便走回自己桌前,低头查看了压在玻璃板底下的通讯录,接着唰拉拉拨着电话。

打完电话,老王垂头丧气。他摊开双手,满脸难色冲众人摇了摇头:"没戏!局长那车倒是投保了,局办公室也早就找过东区保险公司，人家保险公司也来过两个人实地察看过，可人家就是拒绝认赔。"

"——这为什么呀？"众人异口同声。

老王叹了口气："唉！人家保险公司说，车是被砸了，可车是你们广电局大楼的窗玻璃掉下来砸的，刮大风那天你们干吗不关好门窗呀？这不属于意外事故，不赔。"

"噢——"众人恍然大悟，"难怪局里要死缠咱们新闻部要咱们赔呢。"

"我就不信这个邪！"大刘一听火了，他挥着手冲主任嚷，"老王，你要是信任我，你把这个任务交给我好啦，只要你肯给我权力，我保证把这三万元赔款筹集到手！"

老王看着大刘，审慎地说："权力……给你啥权力呀？"

大刘一听急了："哎呀老王！你放心，我不会抢你主任的交椅，我说的是你得肯给出节目时间段宣传人家！"

老王听罢，松了口气，遂将征询的目光投向他的副手小王。

小王看着老王，说："恐怕只能如此了。不这样，一周之内咱们上哪儿去筹三万元赔款？"

老王沉思片刻，挥着手对大刘说："行吧，时间不等人，你赶紧把这事落实一下，看保险公司是否能行。若不行，还得抓紧找其他肯出这笔钱的企业。"他又转身对其他人说："大伙都分头联系一下，看能否找到愿意出钱的企业，咱们帮它们上新闻。听着,大家可要高度保密,这事只限咱新闻部知道,回家都不能说。咱们这是被逼无奈,是为了筹集三万元赔款。赔完这三万元,咱们还是严肃一下新闻纪律,咱们还是要杜绝有偿新闻!"

三万元赔款的筹集行动在新闻部诸同人中紧锣密鼓而又不动声色地进行。尽管老王已将任务主要交由大刘完成,但新闻部众记者外出采访回来,不但反馈信息比大刘还快,而且带回来的全是好消息:小梅说,她找到一家化妆品公司的总经理,新闻部给对方的回报条件是给总经理一次不少于一分钟的采访;小林说,一家合资的饮料公司的中方经理表示,如果电视台能在新闻节目中对他们策划的有奖销售活动做不少于三次的系列报道,他们不但可以给一张三万元支票,而且将无偿赠送三十箱他们生产的饮料;小李说,位于市中心的帝土高级娱乐中心的总经理说了,电视台要能对他们精心组织的"周末销魂"系列活动于一个月内每周做一次报道,不但可以给三万元,而且新闻部所有编辑、记者都可以在一个月内携配偶或情侣免费参加他们的"周末销魂"系列活动;小彭说,一个专治性病的个体诊所的医生称,只要电视台肯给他的诊所和他个人一个特写镜头,他愿意掏三万元现金而且不需要发票……

此时的小梅、小林、小李和小彭等都在等待着老王拍板。

"都先别要啦！"老王像下了什么决心，觉得自己喊得有些唐突，他又清了清嗓子，缓和着口气说，"我的意思是……大家都先别忙，先等等大刘那边的消息吧。"

"那有什么关系呀？"小梅说，这事难道不是韩信点兵——多多益善吗？

小彭也急了："老王，人家给的可是现金！咱们在新闻中给他个特写镜头有什么难的？不专门播那个性病医生的新闻，想办法将他的特写镜头穿插在别的新闻特写里面总可以吧？"小林的口气则近乎恳求："老王啊，这可都是送上门来的好事！咱们新闻部可够苦的啦，连出去吃饭都得自己掏钱，这事在新闻界已早成了笑话，这你又不是不知道。你看……"

"别说啦！别说啦！"老王有些不耐烦地挥了挥手。

这一挥，一下子将小林未说完的话噎了回去。

本来想接着发言的小李也只好干瞪眼。

一直站在一旁不置可否的新闻部副主任小王此刻依然是不置可否。

老王看了看在座的部下，说："跟着我老王就得受得了清苦，就得守纪律、讲道德！眼下社会上在嘲讽几类人是记者来着？哼——吃吃喝喝到处拿——这话你们听着难不难受？跟你们说，这次赔款我是被逼无奈，是不忍心让大家掏几千元冤枉钱。这等三万元筹齐了，咱们该怎么着还怎么着，你们可别以为我老王这一下就真要开放搞活了！当记者要不遵守新闻纪律、不遵守职业道德，整天想着挣黑心钱，那还叫记者吗？"

新闻部副主任小王出来圆场："好啦好啦，我看就按老王说的办。大家都等大刘的消息吧，大刘那边要有戏，别的咱都不要了，就这么办！"

一番话，虽解了老王的围，大伙都各忙各的事去了，但老王自己都感觉到，他刚才的一番话已大大地扫了大家的兴。他甚至多少感觉有些后悔，就像面对热情周到、笑容可掬的侍者你却冷不丁给人一个冷脸一样，老王忽然意识到自己刚才的一番话有些太急、太生硬了。

直到傍晚，大家都忙着收拾东西准备下班了，大刘还是不见踪影，也没有消息。整整一天了，保险公司那边究竟有没有戏，总得先来个电话呀！听着办公室里墙壁上那个挂钟嘀嘀嗒嗒急促的响声，老王心急如焚。他对大家说："喂——大伙都先别走，我呼一下大刘，看他跑的事有没有进展。"说完，便打电话呼大刘的BP机号。不一会儿，电话铃响了，老王急忙抓起话筒：

"喂，大刘吗？你跑的事有没有进展呀？……"一阵"嗯嗯哦哦"之后，老王焦躁的脸终于松弛下来。他冲话筒嚷："大刘啊，你辛苦了，这事有进展就好，你可得抓紧！必要时今晚请他们吃顿饭，钱嘛……你先垫上，回头咱们再想办法……行，就这样！对啦，一有结果赶快往我家里打个电话！行，就这样！"

放下电话，老王环视大家，说："大刘那边还没有结果，但看来有戏。他三拐四拐找了不少关系，约好今晚同市东区保险分公司经理见面，不管怎样今晚该有个结果了。对啦，小梅、小李、小林和小彭，你们先别急着给对方回话，待大刘那边真正有了结果再说吧，不管怎么样，你们也都辛苦了，也都是有功的。时间不早了，咱们都下班吧！"

真是天无绝人之路。

大约晚上十点，老王在家中正想看中央电视台的《世界报道》，大刘恰在此时给他来了电话，大刘电话中的第一句话便令老王那苍老的心一下兴奋得快要蹦出胸口："老王啊，今晚你该睡个好觉了！"

老王激动得不住追问："什么什么？大刘你倒是快说呀！"

"我说的是……我……我这边的事办妥啦，保险公司……同意赔三万元！"大刘在话筒那边兴奋无比地嚷。

老王的心头蓦地掠过一阵激动，但理智却将他想喊出的话转了方向："大刘你是不是喝酒啦？"

大刘说："不……不喝酒能行吗？我……我都快让他们给灌醉了！我……我都快回不了家啦！"

"哎呀你——"老王开口想责备对方，却又换了口吻，

"大刘,你辛苦啦!这样吧,明天上班咱们再细说。你打辆出租车回家,可千万别出什么事,打车票我给你签字找财务报销。"

第二天一早,老王早早地来到了办公室,他比平时至少提前了半小时,为的是想及早见到大刘,及早知道大刘昨天的详细情况。但可恨的是大刘的心情偏偏与老王相反,因为事情已大功告成,他便不急不躁,直到九点出头才优哉游哉地来到了办公室,比他平时上班足足晚了半个钟头,气得老王直想对他破口大骂。不过,待真的见到了大刘,老王满腹的急躁和怨气不知怎的一如针扎的车胎,霎时全泄掉了。

老王跺着脚说:"大刘啊你怎么这会儿才到,可把我给急死了!"

大刘说:"嘿,你急什么?反正事都办妥了,差点没把我给累死,睡个懒觉都不行呀!"

一听大刘那讨功的口气,老王便没兴趣跟他饶舌,而是单刀直入:"好啦好啦,快把昨天的事说说!"

"看把你急的!"大刘得意地瞟了一眼自己的这位上司,故意笑而不答。他慢吞吞地将黑色背包放到办公桌上,拍了拍手,这才笑嘻嘻地折返到老王跟前:"唉,老王,说真的,昨天这事真差点没把我累死!"说完这一句,他才开始讲他昨天先是如何找到上次采访认识的西区保险分公司那位朱经理，朱经理又如何帮他介绍了市保险总公司办公室的熊主任，而熊主任再如何如何将他引见给东区保险分公司的牛经理，最后他们四人如何如何到晚上本市最高档的明珠海鲜酒家狠撮了一顿……

"什么什么？到明珠海鲜酒家，那……那你昨晚得吃多少钱呐？！"老王一听眼都直了。

老王这一喊，将新闻部所有的人都招了过来。所有的嘴巴和眼睛都睁得老大——

"哇！大刘你昨晚去明珠海鲜酒家啦？"

"大刘你小子可以呀，一共花了多少钱？"

……

大刘不动声色地左瞧瞧、右瞅瞅，最后望着老王道："不多，才花了一千八！"

"哇——"众人异口同声，差点没被吓昏。老王气得那张脸白一阵青一阵，嘴巴上稀疏的山羊胡直抖……

"哎呀——老王你们急什么呀！那钱又不是我掏的！"

大刘的这句话像一阵风，霎时把众人心头上的急躁与怨气全吹熄了，转而是一阵挤眉弄眼、互相讥笑。

老王也转怒为乐，他指着大刘骂："你小子，怎不早点儿说，差点没把我吓死！我这辈子，下馆子所花的钱累计恐怕都达不到一千八呐。"

大刘冲他翻着白眼："那是你没本事，白活啦！人家有的是钱，东区保险分公司的牛经理说了，'你们新闻部要跟我关系铁了，哪天我把你们部的人都请来，到明珠海鲜来开开荤'……"

"哇——太棒啦！"

"大刘，牛经理说的可都是真的？"

"大刘，啥时候去呀？"

"大刘……"

"行啦行啦！"老王一拉脸，严肃起来，"看你们，一听吃就都不要命，快都准备你们的采访去吧！"他转身又问大刘，"你快说吧，三万元牛经理他们啥时候给？他们有啥要求？"

大刘说："牛经理只要咱们在本周内给他播两次专访，一次是让他谈近年来东区保险业的发展，另一次是他本人谈勤政廉政建设。钱嘛，两次专访播出后就可以给。"

老王说："行，没问题！"他忽然意识到什么，扭脸对一直站在身边一言不发的副手小王说："哦——对啦，小王你看还有什么意见？"

小王不愠不火。他耸了耸，说："你都定了，我还能有什么意见？"

老王转而对大刘说："那你抓紧跟小李去采访牛经理吧，越快越好，争取明后天把两个专访都播出来。"

大刘一拍胸脯："没问题，小李，咱们准备走吧！"刚想抬腿，又掏出几张票根递给老王："嘿——差点忘啦，你先把我这烟钱和打车票报了吧！"

老王接过一看，手里除了大刘昨晚打的车票，还有一张三百元的香烟发票。老王那双粗眉霎时拧紧了："你这烟票——"

"咻——"大刘冲老王翻白眼，"你以为空手能套到白狼啊？没有那三条'红塔山'，门都摸不着，人家还跟你套近乎、反客为主替咱新闻部掏饭钱呐？！"

一句话，让老王无言以对。但那张三百元的发票，无疑是一道难题，霎时让老王感到心头像压上一块大石。这张发票，找财务报不可能；新闻部又从来就没有小金库；让大伙摊派吧，他又开不了口。一咬牙，他把那张三百元的香烟发票塞进自己兜里，掏出三百元递给大刘，又抓起笔"唰唰"地为大刘的几张打车票签字，电视台记者外出采访扛着机器，有理由坐出租车，老王把大刘昨晚回家的打车理由也写成采访，这是他破天荒第一次违规签字。

大刘接过老王的那三百元钱，反倒有几分不自在了："那你那香烟发票……"老王摆了摆手："这你就甭管了，快跟小李去采访牛经理吧！"

那三百元钱，老王嘴上不说，但内心已决定自己掏了……

第二天的电视新闻，市东区保险分公司牛经理的专访如期播出，隔天又播了第二次专访。第四天，电视台新闻部终于将一张三万元支票交到市广播电视局财务处，是电视台办公室主任老郭与新闻部主任一同将支票送去的。老郭本来还要求老王前去给局长当面道歉，但老王坚决拒绝了。

一场风波过去，电视台新闻部终于恢复了平静。小梅、小李、小林和小彭联系的那些愿意掏三万元赔款换得电视宣传的企业和个人，都被老王坚决地拒绝了。而且，牛经理邀请新闻部全体同人到明珠海鲜酒家开荤一事，也被老王执意谢绝。这一点，新闻部众同人尽管都心存不悦，甚至认为老王这种固执己见的做法近乎愚顽、迂腐和可笑，但最终也都屈从了他们的主任老王。新闻部还是在老王既定的轨道上严守着不搞有偿新闻的原则。新闻部与众不同地依旧没有自己的账号和小金库，他们那帮人偶尔一块到附近的餐馆吃饭，依旧是凑份子或者是轮流坐庄请客。

大约是半年之后，已风平浪静的电视台新闻部却令人意外地出现了新的风波！

首先是他们播放两集牛经理的专访以换取保险公司三万元赔款一事，不知怎么被他们的台长知道了，电视台纪检处很快对此事进行调查，最后以明目张胆搞有偿新闻为由，对新闻部主任老王做出党内严重警告处分，勒令其停职检查。与此同时，电视台党组宣布任命新闻部原副主任小王为新闻部代主任。

又过了两个月,原新闻部主任老王意外地要求调离市电视台,到本市的一家老年杂志社去当总编室主任。对于他的离去,新闻部除代主任小王外,众同人多少都流露出些许同情与惋惜。

大约是一年之后的一个深秋,老王的一个好友从海外归来,费尽周折专程找到了老王。那天晚上,老王应邀携夫人平生第一次双双踏进本市赫赫有名,也是本市最高档的明珠海鲜酒家,当他和夫人踩着如潮音乐,穿过一片七彩霓虹来到预订的雅座时,老王一抬头顿时愣住了,雅座上还端端正正地坐着老王先前的老上司、市广播电视局局长赵友亮和他的夫人。面对这意外的一幕,老王足足愣了一分钟,竟好半天说不出一句话来。

他的那位海外好友好像意识到了什么,一边将老王和夫人往里迎,一边笑呵呵地指着赵友亮问老王:"怎么,你们不认识呀?你们原来是一个系统的,都是搞广播电视的呀!"

倒是赵局长率先站起来,笑容可掬地向老王伸出手:"噢——认识认识,这不是电视台新闻部主任老王吗?"

老王这才尴尬地笑笑:"哦——是赵局长啊,您好!"

好友周春风马上纠正老王:"噫——在这儿可没有什么局长不局长的哟!跟你说,我跟友亮是同乡,从小光着屁股在一块儿玩泥巴长大,好得就像亲兄弟一样。"他转脸又对赵友亮道:"你可能还不知道,读广播电视学校那阵,我跟玉书(即老王)不但同班同宿舍,还上下铺呢。有一次我们一块儿去踢足球,上场没踢几脚我就把脚踢脱臼了,踝关节霎时肿得像个萝卜,是玉书将我送到医院,后来又将我背回宿舍,送水、送饭,一直伺候到我的伤愈合。"

"哦——原来你们俩是患难之交呐!"赵友亮惊喜得喊出声来,"好!春风,有我们俩在,这回你回大陆投资,更得大方点。可别亏待我们广播电视局哟!"

"我……我早就离开广播电视局了!"老王急忙声明。

"什么?你不是在咱们电视台新闻部吗?"赵局长满脸疑惑。

老王摇着头说:"不——一年前我就被逼调离你们电视台,到市老年杂志社去喽!"

"为什么?这事我怎么一点儿也不知道啊?"赵局长惊叫起来,半天合不拢嘴。

老王壮着胆久久地审视着眼前这位曾经令他吃尽苦头,至今仍令他厌恶的局长,忽然竟不知哪儿来的勇气,几乎是站起来冲着他嚷:"哼!为什么!你究竟是真不知道还是假不知道呀?好,今晚当着春风的面我告诉你——你是官大一级压死人,你……你害得我好苦啊!……"

老王气得胡须直抖,喉咙充痰,他说不下去了。在座的人都大惊失色。好友周春风和赵局长急忙上前扶他。

周春风一个劲埋怨赵局长:"原来你这些年来已成了大官僚啦?你……你怎么搞的嘛?你究竟怎么欺负玉书了?你这个大官僚,玉书离开电视台你难道真的不知道吗?"

"哎呀——我真冤枉,我……我真的是一点儿也不知道哇!"赵局长拧着眉一个劲表白,就差没捶胸顿足。他满脸委屈地而又不无悔悟地对老王说:"老王呀,对不起,都怪我太官僚啦,你说的事我真的一点儿不知道哇!究竟是怎么回事?请你平心静气,坐下来把事情的来龙去脉详细给我讲一遍,行吗?"

听着赵局长那惊愕的、不乏诚恳的表白,老王自己惊诧不已——究竟是赵局长装聋作哑呢,还是他真的一直蒙在鼓里?审视了一番赵局长之后,老王决定无论如何都要把事情原原本本讲一遍,反正是当着昔日同窗好友周春风的面,反正你赵局长眼下已管不着我了,我还怕个什么?!

听着老王那近乎天方夜谭的讲述,赵局长的脸气得青一阵紫一阵的,他真的不知道老王讲述的一切,他真的不知道他的部下瞒着他干着令他这位局长大人气恼不堪的事情。当老王说完最后一个字的时候,赵局长几乎要拍案而起了:"真没有王法了!这些人眼里哪儿还有我这个局长?"他拍着胸脯对老王说:"对不起老王,让你受委屈了!我真的不知道这一切。我那辆奥迪轿车被意外砸坏的当天晚上，局办公室就为我换了一辆新的奥迪，局里的奥迪有好几辆呢，我还用得着死抠要修好那辆车吗？我压根就没给电视台打过电话，更没说过要你们赔偿的事。那辆车砸坏了就砸坏了吧，修车要多少钱局里都掏得起，再说又不是你们故意砸的，没理由要你们赔啊。其实，第二天我就发现那辆砸坏的奥迪修好了，我真不知道那些人竟背着我干了这一切，真的！当着春风的面，我敢发誓！"

一周之后，在市广播电视局机关召开的全局科级以上干部大会上，市广播电视局局长兼党委书记赵友亮当着全局干部的面大发雷霆。他在通报了局办公室背着他强行向电视台新闻部索赔和电视台背着他擅自处理原新闻部主任王玉书一事的情况之后，极其严厉地抨击了这种恶劣行径，并宣布：责令广播电视局办公室主任邱志华停职检查，记大过一次；对电视台台长肖国龙、电视台办公室主任郭达提出党内严重警告，责令其写检查；对蓄意对原新闻部主任王玉书使黑枪，积极参与处理王玉书一事的现任新闻部主任王海民（即小王）予以警告处分。

大约过了两个月，市电视台台长肖国龙被调至市广播电视局任工会主席，台长的位置由电视台总编汪国兴暂时兼任。与此同时，广电局办公室主任邱志华、电视台办公室主任郭达、电视台新闻部主任王海民也都被调离了原来的岗位。据说，邱志华被责令停职检查以后一直大叫冤枉，几次在赵局长面前痛哭流涕，再三表白自己只不过是气恼之下往电视台那边打了个电话训了对方一顿并随口谎说局长正大发雷霆要他们赔偿，没想到电视台那边将他的这番话当了圣旨并由此大动干戈，他邱志华至多只能算工作过失……然而，这一切表白都已无济于事。

市电视台原新闻部主任老王曾几次受到市广电局局长赵友亮和电视台现任台长兼总编汪国兴的盛情邀请，要他重新出任电视台新闻部主任，但老王在经过了一番认真而痛苦的考虑之后，一一谢绝了，老王的理由说来说去都只有一个："我老了。再也经受不了什么风浪，在老年杂志社养老，挺好。"老王的这种固执，令赵局长和汪台长无可奈何，他俩都感觉：老王这人，怪、僻、迂，真不可救药了！

不过，电视台新闻部众同人听说老王不来了，都暗自庆幸，长长地舒了口气……

枯树

三月十二日,是植树节。这个日子在马仲毅心中,一如儿时的春节,随着时间的日渐临近,他的情绪也日渐兴奋起来。

自从三年前退居二线，马仲毅那原本平稳的心便倏然间"咯噔"一响，一时间意识到自己的生命之舟已驶到了尽头。马仲毅是从枪林弹雨中闯过来的，跟着共产党南征北战打下了江山，他当然不在乎生命之终结，他是害怕余下的生命中的寂寞。而且这种害怕，很快便被单调而又实在的日子所印证。

马仲毅纯属武士出身，小学都没念完。十七岁，他便从太行山下的一个小山村离家出走，跟着八路军打日本侵略军，而后又跟着解放军打蒋介石，从当士兵到一级一级当上师长，他纵横捭阖、戎马倥偬，自然顾不上再去读什么书。而打下江山之后，他又职务在身，整天忙于处理杂务，当然也没有想到要去学什么一技之长。这样，在职的时候马仲毅虽然也活得游刃有余，平时对数千号人发号施令的时候也没人敢说不字，可自从卸下职务的那天起，他便感觉到自己像被抽去了脊梁骨似的，说话、走路都不那么硬气了。他马仲毅从此再也不能指挥千军万马，再也不能动辄对那么多的人发号施令、指手画脚了。眼下，他所能指挥的只有他自己和夫人李丽了，至多还加上司机小林和自己的那些儿女、孙子。可小林眼下也不是他的专职司机了。小林已归属老干部管理处，马仲毅只是去医院看病或偶尔要外出时才能招呼小林给自己开车，马仲毅眼下用车每月是要受公里数限制的。而自己的那些儿女、孙子，马仲毅知道自己其实也指挥不动他们，他们每天都忙忙碌碌的，进出父母家门如同旅客进出旅店，即使下班回家或节假日全家团聚，儿女们也都难以同他真正说到一块儿，往往是争论多于理解，指责多于同情。这一点，令马仲毅伤心至极。他想，自己这辈子出生入死，叱咤风云，到头来落得如此晚景，还真是不如年轻时学个一技之长的好。自从退居二线之后，他马仲毅便成了一个无所事事的人。每天他所要做的事，不外乎吃喝拉撒睡、看看电视，再不就是在院子里打打拳，跟着夫人到外面散散步或者到菜市场买买菜，生活单调得让他难以忍受。再看看人家陈军医和周政委，虽然他俩与马仲毅同龄也是同一年退下来的，但人家陈军医又应聘到市里的一家医院给人看病，每天早出晚归忙得不亦乐乎，跟退下来之前没什么两样，甚至钱挣得比以前还多得多；而周政委则因为会写写画画，退下来待在家里每天也都能自得其乐，时不时地还会发表文章，哪像他马仲毅，没了权便几乎是废物一个。马仲毅常常觉于心难平，这辈子他从没有像现在这样感到由衷的失落。夜里，马仲毅曾辗转反侧，琢磨着是否也能找份事做，甚至也跟儿子、女儿说过，要他们想办法帮他找份工作。没想那天儿子只说了声"哎呀，您就歇着安心养老吧，瞎折腾个啥呀"，便不再理睬他。而女儿则说"我们那日本公司倒是缺个门卫，月薪一千元，可给日本人看门您愿意吗？"一句话，气得马仲毅差点背过气去。一气之下，马仲毅只能自己己找事做。他买来一把锹、一把铲，每天不断地在自家的院子里栽栽种种、修修剪剪。没多久，他便把自家院子打扮得花花绿绿、姹紫嫣红，跟花园似的，令他自己得意不已，就连儿女们也赞不绝口。这使他多少找回了一点生活的感觉。他甚至有一些得意忘形，他忽然意识到：自己少年时不就是种庄稼的一把好手吗，种庄稼也算一技之长吧——何不也用自己的这一技之长到外面去找点事做呢？

那一天，他自作主张，一个人来到离他家不远的区园林局，央求人家给他一份工作做，并竭力说自己如何如何能栽花种树，没想到那个接待的人一听就便冲他翻白眼："我们这里人多着呢，本来就打算精简，你要来了我们就得多一个人丢饭碗！"马仲毅说："我不要钱，我只要干活。"那人听了笑得前仰后合，末了连连摆手："得啦得啦，您老不要再开玩笑啦，眼下这社会不干活都想拿钱，你干了活不拿钱——除非是神经病！"听对方这么一说，马仲毅勃然大怒，他下意识地伸手去摸裤腰头的盒子枪，手却扑空了。他这才意识到自己的表现出格了。慌忙之中，他的手不知怎么地伸进了自己衣兜，鬼使神差地摸出自己的离休证，说："我是部队的正师级干部，现在退下来了，我真的想在你们这里找份活干，我真的一分钱不要！"马仲毅强压着心中的怒火，将证件递给对方。对方接过去，煞有介事地看了又看，笑着说："嘀——看不出来，你还真是个官呐。对不起，算我没长眼！不过，你这么大个官，我更不敢让你白干活了。就算你真的不计较钱不钱的，可我还怕被人家说虐待老干部呐！求求你啦，这事怎么说我们也不能干！"那人说着将证件塞还给马仲毅，也不再跟他多说一句，径自忙自己的事去了。马仲毅内心窝着一股无名之火，却不便发作。想想自己退居二线之前，他哪里经历过这等不把他当回事的场面？自己从来就是说一别人不敢说二的，谁敢冷落他马仲毅？真是三十年河东，三十年河西啊！马仲毅脑子忽然间便冒出这么一句："虎落平阳被犬欺。"此刻，他只得无可奈何地叹了口气，快快地离开了区园林局。

回到家，马仲毅还是不甘心。他太想显一显自己少年时期练就的种植才华了。看着自家院子的那满园春色，忽然间他又心血来潮自作主张。

第二天，他一个人扛着锄头，拎着从自家院子里挖出的十几棵柳树苗，来到家门口附近的马路上，吭哧吭哧地在马路边挖着坑。他挖得正起劲的时候，头顶猛然间一声炸雷："喂——你这老头干吗呢？谁让你在这挖坑的？！"马仲毅一抬头，发现一高一矮两个戴红袖章的年轻人正对他怒目圆睁。他挺起腰板，冲他们皱了皱眉："你们——是干吗的？""市容办的！"那矮个子说，还指了指左手臂上的红袖章。马仲毅抬头一瞅，那红袖章上"市容监督"几个黄字果然鲜亮刺目。马仲毅咽了口唾沫，说："我想在这儿种几棵树。""不行，你快把坑填上，不然我罚你款！"对方命令道。马仲毅争辩："我种树美化城市，为什么不行？"那高个子说："不行就是不行，城市里种树要由园林局统一规划，要不然不都乱套啦？"马仲毅听罢，觉得有道理，可他又不甘心："我……我这明明是做好事嘛，为什么就不让？"那矮个子一听不耐烦了："我说你这倔老头少啰唆好不好？你快把坑填上，把泥土都铺平了，否则我真罚你款！"眼瞅着对方一副盛气凌人的样子，马仲毅内心霎时窜起一股无名之火。他将锄重重地往地上一墩，叉腰指着那矮个子年轻人破口大骂："你算老几呀？老子打天下那阵你不知道还在谁的裤裆里呢！"那矮个子年轻人显然没料到这老头子会来这么一手，他被激怒了，袖子一撸想上前抓这老头。没想老头一伸手，将他推了个趔趄。眼见着高个子青年也要上来，老头索性抡起锄头，一边左右挥舞，一边歇斯底里地喊："你们这俩小杂种，谁敢上来看老子不把你们的头敲碎！"眼见这架势，戴红袖章的那两个年轻人也怵了,他俩都惊恐地躲闪着。这时候聚来一些围观的人,有两个巡警闻讯赶来制止了事态的扩张。放下锄头的马仲毅这时掏出自己的离休证边挥边喊:"老子是打过天下的,你们也不睁眼看看,老子怕过谁呀?!"……

那场冲突,最终在那两个巡警的调解下化解了。因为马仲毅的特殊身份,市容办的那两个年轻人在巡警的劝解下悻悻地走开了。马仲毅最终虽然未被罚款,可也没能把树种上,他毕竟也意识到城市有城市的规章。他在那两个巡警的劝解下闷闷不乐地回家去了。他挖的土坑,还是那两个巡警亲手给填上的。

从那之后,马仲毅也只好将自己的种植手艺施展在自家的院子里。除此以外,唯一能让他到外面施展才华的机会,也就是一年一度的植树节了。

三月十二日。这一天,晨曦初露的时候,马仲毅便起身下床。

夫人李丽听见声响,便开灯看了看表,嗔怪他:"才五点呢,你折腾个啥?再睡一会儿吧。"

马仲毅说:"哎呀,早睡不着啦!"他穿上衣服,上厕所,到水房刷牙、洗脸,把宁静的早晨搅得噪声一片。末了,他开始拎水桶到院子里给花木浇水。这是他每天早晨都要做的事情。只不过,今天做得比以往更早一些。

夫人李丽无奈,她只好起床去叫醒王梅。王梅是他们家的阿姨，山西农村来的，跟着他们好几十年了。李丽让王梅早点儿烤面包、热牛奶。

七点钟的时候，司机小林开车前来接马仲毅，夫人李丽也跟着他。李丽早已成了马仲毅的影子，尤其是马仲毅离休之后，她几乎是须臾都没离开过他。这使得马仲毅本已苍老的心感受到了最大的慰藉。

司机小林将马仲毅夫妇俩送到干休所的时候，干休所已聚满了人，他们当中不少人是马仲毅熟悉的老战友，像陈军医和周政委，他们也都带着各自的夫人来了。众多的老战友、老同事将在这里集合，然后一同乘大轿车奔赴目的地植树。平时难得聚在一块儿的老战友、老同事此时一见面，便都眉开眼笑，相互间话语一时间如同止不住的山泉水，欢快地流淌着。平时幽静寂寞的干休所一时间也欢声如潮。

七点半整，三辆大轿车马达一阵轰鸣，排成一队徐徐地开出了干休所。当城市的一切宛如中央电视台《正大综艺》节目中的幸运搜索，迅速地在车窗外不断闪过的时候，马仲毅才意识到自己还不知道今天植树的目的地。他扭头问身边的周政委："对啦老周，咱们今天是上哪儿植树呀？"

周政委说："说是去城市花园吧。"

"什么——去城市花园？？城市花园是哪儿呀？？听都没听说过！！"马仲毅的夫人李丽忽然朝周政委欠了欠身。

周政委正想回答,坐在他身边的夫人苏惠抢先一步,说:"那是一片新开发的别墅区,在咱们这座城市的东边,据说漂亮着呢!"

"是吗?"李丽惊叫起来。

马仲毅也蹙了蹙眉:"怎么去那儿呀……"往年的植树节,他们不是去烈士陵园,就是去公园或大学校园。

周政委拍了拍马仲毅的肩:"瞧你又老观念了不是?总到老地方多没劲,到新地方开开眼界多好呀!"

城市花园的确名副其实。这里依山傍水,是一片位于城市东郊新开辟的别墅区。尽管迄今为止,这里仍有裸露的泥土和施工的痕迹,但一幢幢碧瓦琉璃、洋味十足的漂亮别墅,已经在这里横空出世。错落有致、间隔有序的一幢幢别墅在绿草与花木的映衬下,显示出勃勃生机,令人赏心悦目。

面对眼前的景象,马仲毅既激动又觉得陌生。这地方他其实是熟悉的,以前,他曾率部队来这里训练,也曾让司机小林开车带他全家前来这里春游、踏青,只是他做梦也没有想到仅几年时间,这里已开发成如此迷人的别墅区了。看来,只要是经济发展了,人们的腰包都鼓起来了,谁都知道该怎么享受。眼前这地方比起人烟嘈杂、空气污浊的市区,当然是舒服多了、惬意多了!

马仲毅忽然间产生了一个强烈的欲望。他问身边的周政委:"老周,在这儿买这样的一幢别墅,要多少钱啊?"

周政委此刻抱臂挠鼻,他眯着眼审视着眼前这一片迷人的建筑群,笑着说:"嗯。我看没有个两三百万的,是休想住进去。"

"哇!"听他这么一说,马仲毅和夫人李丽都不约而同地惊叫起来,嘴张得老大,好半天都没能合拢。

夫人李丽猛然喊道:"那……那什么人才住得上这样的别墅哇——省长、部长、副总理?"

"哈——我说李丽,你的观念怎么这么陈旧呀?"周政委的夫人苏惠抢着替丈夫回答,"现在这社会呀,不再讲级别喽!只要有钱,什么三教九流、江湖骗子、地痞流氓的,谁都能买汽车、住别墅!"

"哟——依苏惠你这么说,住上这别墅的都不是什么好人喽?"陈军医这时插话说,脸上一副严肃的表情。

李丽说:"我看苏惠说得对,这社会好人上哪儿挣那么多钱呀?"她用手逐一指着自己、陈军医和周政委,一边说:"我,你,他——住得上这样的别墅吗?"

陈军医的夫人傅小玲生气地说:"那可不一定!现在这社会变化快着呢,说不定过个一年两年的,你儿子或者你女婿也挣来个百万千万的,给你也买栋别墅住,你能说你儿子或者女婿就不是什么好人吗?"

李丽不清楚平时跟自己关系还不错的傅小玲此时怎么

会生那么大的气,并且这么不客气地抢白她。她瞅了瞅对方,也不客气地说:"哟——我们可没你家的人能耐!反正我做梦都不敢想。我们老马革命一辈子,可到头来得到了什么?哼,他挣的钱呀——恐怕还不够买这别墅里的一个厕所!"

"别说啦!别说啦!"马仲毅不耐烦地一挥手,制止了夫人李丽。

正在此时,带队的郭军长扯着响亮的嗓门开始布置今天的植树任务。郭军长尽管也已离休,但他的级别和待遇在今天来的这上百号离休干部中仍然最高,所以说起话来仍底气十足。郭军长说:"同志们,战友们!今年的植树节与往年不同。今天,我们是到本市新开发的、目前最著名的别墅区——城市花园来植树。也许我们当中有些人会有思想疙瘩,认为咱们是打过天下的堂堂离休干部,自己住不上豪华别墅也就罢了,干吗还要来给人家植树呀?其实,只要大家想想咱们当初革命的初衷,就不难看出有这种想法是不对的——"

郭军长这么一说,不少人喊喊喳喳地议论开了。许多的人脸上虽布满疑惑,却也踮脚探脖,想知道郭军长葫芦里面到底卖的什么药。

宁静片刻之后,只听郭军长继续说:"当初我们跟着共产党打倒地主、资本家,就是为了让普通老百姓过上富裕的日子，大伙说是不是呀？"

"是。"人们异口同声地响应。李丽却噘着嘴，低头在丈夫马仲毅的耳边咕哝了一句："是没错。可眼下新的地主、资本家又出现了！"马仲毅此时冲李丽蹙眉瞪眼，一时却找不到合适的语言反驳她。

只听郭军长的声音依然洪亮："这就对啦！咱们军人、共产党人从来就襟怀坦荡，以先天下之忧而忧、后天下之乐而乐为荣。眼下尽管我们都已退居二线，但我们也不能居功自傲，更不能因为我们自己住不上别墅就耿耿于怀。今天我们之所以选择到这里来植树，就是想考验一下我们的胸怀和意志，我们要用实际行动支持'让少数人先富起来'，以带动更多的人，乃至所有的老百姓最终都走向富裕！"

郭军长话音刚落，陈军医和夫人傅小玲便带头鼓起掌来。掌声很快便响成一片，马仲毅也不由自主地拍着手，夫人李丽却不满地冲他翻白眼。

植树活动很快便进入了身体力行阶段。按照郭军长安排，每两个老干部一组，加上各自的夫人，实际上是每四个人一组。他们的工作其实也不费力，因为土坑是早已挖好了的，树苗是园林局的人送来的，水则有早已准备好了的橡皮水管，只要需要，水随时可以从脚下的橡皮管取用。所以老干部们所要做的工作，其实只不过是在园林局派来的园丁将树苗往土坑里码好并扶正之后，用铁锹往树根上培土。

马仲毅此时干得比谁都更精细、更卖劲，他不但要亲自码好树苗，而且在培上土之后还要将树苗的四周的泥土踩一踩，再将树苗轻轻地往上提，然后再亲自抄起橡皮水管往上浇水。做这一切的时候，他那动作的熟练、老到，很快让与他合作的笨手笨脚的周政委相形见绌。可马仲毅似乎并未因此满足，每种完一棵树的时候，他都要点燃一支烟，站在一旁欣赏一番，脸上有种说不出的满足，那样子如同一位技艺高超的工匠在欣赏一件刚刚从自己手中诞生的工艺品。

很快便到了吃午饭的时候。午饭是城市花园管理处免费提供的，吃饭的地点是在这里新建的花园娱乐中心，娱乐中心就在风景秀丽的花园湖边，这是一个功能齐全的娱乐场所，里面除了各色风味的餐饮，还设有歌舞厅、桑拿房、网球馆、台球厅、游泳馆等各种娱乐场所，真可谓应有尽有。

午饭是海鲜自助餐，几十样新鲜海味及各色肉菜让不辞劳苦前来劳动的老战士们可谓劳有所得。然而尽管如此，吃饭时老干部们的兴趣似乎不在吃上，他们的话题更多地集中在今天这让他们开了眼界的别墅上。他们想知道这豪华漂亮的别墅的主人到底是些什么样的人，这些人怎么会有那么多钱买这么豪华高档的别墅。百十号人围绕着这些话题，喊喊喳喳地议论着，猜测着，真可谓众说纷纭，莫衷一是。最终，还是管理处的一位年轻人出来给大家释疑。据这位年轻人说，来这里买别墅的主要是三种人：第一种是私营企业主和来华投资的外商；第二种是文艺界的明星、大腕；第三种是些有来头又不肯暴露身份的特殊人士。至于这第三种嘛，这位年轻人正想说实际上他自己也说不清楚，不想还没张嘴，郭军长便急切地打断他的话说："喂！诸位都吃好了没有？吃好了咱们到外边转转，休息一下，看看花园湖，一个小时后咱们接着干活。"他转身对管理处的那位年轻人说："小李，你是不是带我们到外面参观参观呀？"那位叫小李的年轻人笑着满口答应："好的！好的！"

中午的休息时间很快便过去了，这时候已经是下午两点半。吃过海鲜自助餐并参观过别墅区及花园湖风光的老干部们，此刻看上去精神却不但没有得到调整，反而更加萎靡不振，因为除了陈军医和郭军长等少数几个人外，几乎看不到有谁红光焕发、面带微笑。尽管带队的郭军长风风火火地左右穿梭，甚至带头哼着《我是一个兵》和《革命人永远是年轻》之类的歌曲，想调动大家的情绪，可就是没什么效果。只有稀稀拉拉的那么几个人跟着他哼了几句，反倒让郭军长多少感觉到有几分尴尬。

这时候传来几声喇叭声。附近的一幢别墅有一辆锃亮的红色轿车徐徐停下,很快从轿车中钻出来衣着漂亮的两个年轻人,一男一女,那女人还抱着一条白色长毛狗,跟在那男人后面屁股一扭一扭地往别墅里走,有人一眼认出那男的是某位当红歌星,那女的是眼下常在电视台露面的末流演员。这情景立即引起正在植树的老干部的一阵骚动,有的窃窃私语,有的怒目圆睁。

马仲毅和周政委倒是仍旧埋头干活,但情绪显然也不如上午那么饱满了。令人注目的是,李丽和苏惠没有像上午一样陪伴在他俩的身边,而是坐在他俩附近的树荫下喝饮料、生闷气。马仲毅和周政委此刻隐隐约约地仍能听到她俩的牢骚:

"瞧那些毛头小伙儿、小丫头的,不就能扭扭屁股、唱唱歌吗?可他们就能住上这样的豪华别墅?哼,什么玩意儿呀!"是苏惠的声音。

李丽说:"唉,怨咱们的老伴都太本分了,落得到老了每月也就只有千把块钱的养老金,还不够人家每月的养车费呢!"

"你没听人家都说,眼下这社会是撑死胆大的,饿死胆小的!可你我的老伴还在位的时候,咋就没想到要胆大一点呢?"苏惠说道。

李丽说:"是呀,别看今天大家都一样在这儿种树,可说不准咱们中间就有人也买上这样的别墅了呢!"

"真是没准！你没听说郭军长的大公子开的一家房地产公司正红火呢，据说都上亿资产啦！"苏惠说。

李丽惊叫起来："是吗？你听谁说的？"

"中午吃饭的时候，我听到有人在议论。"苏惠说。

李丽气得直跺脚，脸都歪了："哼，难怪他郭军长那么积极，那么神气活现呢！喂，我说老马、老周——"李丽一边说着，一边风风火火地走到丈夫和周政委跟前，气咻咻地嚷："我说你们还费个什么劲呀，天下你们都打下来了，还得窝窝囊囊地给人家种树让人家乘凉？"

正埋头干活的马仲毅经夫人这么一嚷，铁锹朝脚下的泥土一墩，冲她瞪眼："得啦得啦，你究竟有完没完呀？就算我没本事，行了吧！"

这时候周政委却乐呵呵地说："天下本无事，庸人自扰之。嘿嘿，李丽，依我说呀，你们这老两口本来活得好好的，眼下也算是安家乐业、儿孙满堂了，干吗要自寻烦恼呀？钱财、轿车、别墅又能算个什么？这些东西呀，生不带来死不带去，通通是身外之物，干吗看得那么重要呀？要说重要，身体才最重要，咱们这些人呐，活不了几年啦，干吗不把剩下的日子过得快乐些？再说了，咱们共产党人讲天下为公，讲亏了我一人幸福千万家嘛。哈哈哈……

周政委的夫人苏惠这时从后面走上来嗔怪丈夫："哼，就你会说大话、穷中作乐，难怪儿子老说你是九十年代的阿Q呢！"又转脸对马仲毅和李丽说，"真是人比人气死人！不过话又说回来，干生气又有什么用？老生气只能少活几天。我们老周说得对，身体更重要，你们说是不是呀？"

李丽叹着气："唉！话虽这么说，可对于像咱们老马、老周这些为党的事业辛苦了大半辈子，最终却一无所获的人来说，实在是于心难平啊！"

正说着，前面的柏油马路上开过来一辆黑色奔驰。车到跟前时忽然停了下来，走下来年轻的一男一女。那女的一下车就大声朝这边高喊"爸——！妈——！"很快，人们就发现这姑娘的叫声是冲陈军医和夫人傅小玲而来的。陈军医和傅小玲对女儿的突然出现显然感到有些意外。因为他俩一听见喊声便匆匆地迎上前去，慌慌地低声说了些什么。然后，女儿他们上了车匆匆地开进了附近的一栋别墅。众目睽睽之下，陈军医和夫人傅小玲走了回来。陈军医朝大伙儿笑了笑，一个劲儿解释："嘻嘻，女儿到这儿来看望一个朋友。"但陈军医笑得有些尴尬，夫人傅小玲则干脆低头不语。

这时不知是谁高声叫了一句："嘿！刚才那小伙子不就是咱们市著名的青年农民企业家张加富吗？报纸上说他在这儿买了别墅的。陈军医，看来你女儿也快成为'住别墅的女人'喽？"

一句话，说得大伙儿哄堂大笑。陈军医夫妇则充耳不闻，低头不语。

马仲毅此刻则直愣愣地审视着陈军医夫妇俩，似乎要猜透这位熟悉战友的什么秘密似的。

临近收工的时候，另一则新闻的传播则让马仲毅霎时如鲠在喉。那就是郭军长的大公子的的确确也在这里买了一幢别墅，这消息是城市花园别墅区管理处那位被郭军长称为"小李"的年轻负责人无意间透露出来的。听到这一消息时，马仲毅足足愣了一分钟，又连声问了几声"真是这样吗？"在得到肯定的回答之后，夫人李丽在一旁火中浇油："你看看你看看，这回你总算开眼界了吧？我说你这辈子……"李丽没有往下说，因为此刻她清楚地注意到丈夫正对着百米外的郭军长怒目圆睁，而此刻的郭军长正笑容可掬地招呼大家往回走。

日落西山，残阳如血。此刻，军人出身的马仲毅感觉自己大脑充血，他把双手的关节捏得咯咯作响。夫人李丽正想上前跟他说话，催他快点往回走，不想丈夫跟谁斗气似的一挥拳，"嗖"地抄起铁铲"噌噌噌"三步并作两步地蹿回他精心栽种的那十棵树跟前，挥动铁铲"嚓嚓嚓"逐一戳断了树根。他做这一切的时候，动作迅速、熟练，异常解气。他仿佛回到了战争年代。至今，他仍清楚地记得战争年代自己与敌人拼刺刀的情景，他更清楚地记得自己亲手用刺刀刺死的日本鬼子、国民党士兵也是整整十个。只不过，此时的他却弄不清自己为何要对眼前这些自己刚刚栽种的无辜小树下毒手。此刻，他百感交集，泪如雨下。除了夫人李丽，没有人注意到马仲毅所做的这一切，那时候与他同组的周政委和夫人苏惠都跟随大伙儿先走了，他们正说说笑笑地向大轿车走去。

几天之后，当城市花园别墅区那片新栽种的树苗正生根长叶之时，人们却意外地发现：这片盎然生长着的小树林中有一些小树却枯死了，城市花园管理处的那位小李将枯死的小树数了数，发现枯死的树不多不少，整整十棵。十棵枯树齐刷刷紧挨着连成一簇，远远望去，那枯黄的树叶在四周绿叶的映衬下既像燃烧的火把，又像裸露的、孤寂荒凉的古冢，让人不由得生出诸多联想与感慨。但无论如何，这情景像一个永远猜不透的谜一样，让管理处的小李疑惑不已。他不知道这究竟是怎么回事。

宝贝女儿

老来得子,后福无穷。这句话在邱必铮听来,就像春天播下的种子,早早地就在他的内心深处扎下根,发出芽,滋滋地生长,日复一日地有了期盼。

邱必铮是四十岁才有后的。虽说并非儿子，而是女儿，但女儿出生给邱必铮带来的那份喜悦与快乐，丝毫不亚于儿子。邱必铮既非晚婚，也非有意晚育。结婚时他二十六岁，妻子二十四岁，照说都是欲望旺盛、干柴烈火的年龄，可无论邱必铮如何努力，夫妻俩如何如胶似漆、夜夜欢愉，妻子的肚子一直都一马平川，丝毫没有要隆起的意思。时间久了，盼子心切的邱必铮不由得心生怨言，又一夜翻云覆雨之后，气喘吁吁的他搂着赤身裸体的妻子，摩挲着她玉一般温润光滑的肚子抱怨道："怎么搞的？我已尽了洪荒之力，你这儿为何仍无动于衷？"妻子听罢，也没好气："嗤，你还怨我？我还怨你呢！"

"什么，你是说我不行？"

"那你以为你行？"

"别瞎说了，肯定是你不行！"

"嗤，你凭什么说我不行？还说不准到底是谁不行呢！"

夫妻俩唇枪舌剑，各不相让。争执的结果，是一致同意到医院检查，结果却是：女的一切正常，男的精子活跃度不够,属于弱精症。医生还耐心地为夫妻俩科普了一番:"精子活力分为A、B、C、D四个等级,正常精液中,A级精子大于等于25%,或A级精子与B级精子之和大于等于50%,根据你的数据,考虑弱精症。"医生解释说,引发弱精症的原因有很多,精索静脉曲张、内分泌存在异常、生殖道病原体感染、前列腺炎、睾丸炎、附睾炎等,都可能是病因。医生还建议:"你这种情况属于弱精,一般补锌、补硒可改善,可以吃一些小核桃、羊肾、猪肾、狗睾丸、鸡肝等,但是食物的功效有限,一般调理弱精最好吃育之缘口嚼片,其主要成分蛋白锌、蛋白硒和蛋白质是精子成长所必需的,食用育之缘口嚼片三个月左右有很好的补精、改善弱精的效果。"

医生的一席话,让小两口面面相觑,满脸绯红。最终,当然是邱必铮先低下头来,他自觉在妻子面前矮了一头,说话办事底气似也少了三分。好在妻子并不穷追猛打,也不得理不饶人。相反,妻子善解人意,见好就收,还主动记下医嘱,帮助邱必铮增加食疗、服药调理,小核桃、羊肾、猪肾、狗睾丸、鸡肝等换着吃,育之缘口嚼片也吃了不少。可日复一日,月复一月,年复一年,无论如何都不见效果。幸好夫妻俩感情深厚,虽然没有孩子,但夫妻生活并未停止,日日欢愉依旧,夜夜兴致不减。性事如同夫妻感情的稳定器、润滑剂,让他们夫妻相安无事,恩爱如初。如此这般，一晃就过去了十几年。

有道是有心栽花花不开，无心插柳柳成荫。直到邱必铮四十岁那年，春天到来的时候，妻子突然发现当月没来例假。过了两月有余，妻子原本依旧光滑平坦的肚子竟也慢慢地隆起。夫妻俩大呼小叫赶忙到医院检查，结果喜出望外：妻子已经怀孕四个多月。大喜过望，夫妻俩也不顾医生在场，激动得相拥而泣，自此更加恩爱。邱必铮如获至宝，兴奋得像中了彩票似的，对妻子百般呵护，百般依顺，日常生活中对她总是忙前跑后，照顾有加。每天除了上班，他全都围着身怀六甲的妻子转，买鱼买肉，做饭炒菜，他破天荒地样样抢着干，唯恐怠慢了妻子，唯恐累着了妻子，唯恐妻子肚里怀着的孩子悄悄溜走了。不仅如此，他还买来各种水果，变着花样为妻子增加营养。又买来各种胎教音乐的CD，让妻子每天聆听。不仅如此，每天吃完晚饭，他必陪着妻子下楼散步，调节妻子身心，为胎儿的降生积攒能量和力量……

谢天谢地！怀胎十个月之后，妻子如期分娩，生下了一个七斤三两的女儿。尽管是女儿，邱必铮依然欣喜若狂。女儿被护士推出产房的那一刻，望眼欲穿的邱必铮从楼道的座椅上"嗖"地弹起来，箭一样射了过去。此刻的女儿正睁着明亮的眼睛打量着眼前的世界。那瞳孔黑黑的，深不见底，既明净又美丽。那眼神亮闪闪的，既纯真又好奇。

那幼稚的脸蛋粉嘟嘟、红扑扑的，嫩得让人不由得心生怜爱。眼看着自己的生命如此神奇地延续下来，邱必铮激动得语无伦次，那怦怦狂跳的心几乎快要蹦出胸口。他一遍遍欢呼着"我也有孩子啦！我也有孩子啦！"一边激动得俯下身想亲吻孩子，却被身边的护士伸手制止了。护士笑着嗔怪道："孩子刚出生，抵抗力差，怕感染病菌哩。"邱必铮这才恍然大悟，停止行动，那半弓着的身子僵在那里，冲着护士傻傻地笑，那掩不住的喜悦与幸福，此刻像医院楼道里的灯光，如水般漫延开来。

论家境，邱必铮并不富有，他是一家机械制造厂的技术员，负责图纸设计。妻子是同厂的一名会计，每天负责算账、报销、采购、跑银行。夫妻俩终日与数字打交道，却始终未能将自家的积蓄提升上来。平日里，夫妻俩每月的收入，即便只用于必要的日常开支，满打满算，也只能说勉强够用，或稍有宽余。即便如此，夫妻俩对女儿也是有求必应，从不怠慢。

女儿上幼儿园了。幼儿园有好多好多的小伙伴，每个小伙伴都有各种各样的玩具，老师让小朋友们每天都带一件自己最得意的玩具到幼儿园来，与其他小伙伴共享。刚开始，邱必铮夫妇发现女儿每天早晨都是兴冲冲而去，傍晚却总是扫兴而归。没几天，女儿竟然不愿意上幼儿园了，两口子急得像被火烫着了。做爸的眼睛一瞪说："宝贝你怎么啦?幼儿园里谁欺负你啦?你赶快说,爸爸这就去找他们算账。"做妈的则一把搂住女儿,嗫着牙花子连声说:"宝贝呀宝贝,你赶快说,幼儿园里到底谁欺负你了?你说出来爸爸妈妈马上去找他们拼命。"做妈的边说还边母鸡护小鸡般一下接一下地亲着宝贝女儿,不料女儿却"哇"地一下哭出声来,挣脱妈妈的怀抱,狠狠地喊了声:"谁也没有欺负我!"女儿这一声歇斯底里的哭喊,让邱必铮夫妻俩吃惊不小,他俩四目相对,你看看我,我看看你,眼里满是问号。最后还是做妈的强作镇定,咧着嘴抚摩着女儿的小辫子,轻声细语地问:"宝贝,那你说说,既然幼儿园里并没有人欺负你,你为啥不愿意上幼儿园?"女儿不满地瞪了一眼妈妈,嘟着嘴抽噎着说:"咱家的玩具……太差……太不好玩了,拿到……拿到幼儿园……没一个人喜欢!"女儿浑身像拉风箱,断断续续地吐出来这一句,又接着抽噎。夫妻俩"哦"了一声,这才恍然大悟。他们边哄着女儿,边商量着如何给女儿买新玩具。哄女儿时,他们说明天一定到商店给她买最好的玩具,好说歹说总算将女儿哄睡了。夫妻俩内心都无比纠结,他俩的工资每个月从来都是掐着指头算着花的,哪来多余的钱给女儿买昂贵玩具呢?

征得妻子同意,第二天邱必铮一咬牙,下班的路上还是花了两百元,为女儿买回了一只电子狗,装上电池打开电源，一蹦一跳还怪模怪样叫出狗吠声的那种。第三天，妻子又花了三百元，为女儿买回了一架电子遥控飞机。打开电源，那飞机蜜蜂一样"嗡嗡嗡"地在头顶绕圈圈。这一地下一天上的两个新玩具，总算让他们宝贝女儿笑逐颜开。连着两天，每天回到家的女儿都快活得像早晨放飞的小鸟，笑声和欢呼声都无法停下来。女儿带着这两个新玩具到了幼儿园，虽算不上扬眉吐气，却至少已经不落人后。而邱必铮与妻子当月的代价是彼此都停止吃肉，每天买回少量的肉都只留给宝贝女儿。此外夫妻俩还当月互相给对方当理发师，省下了过去上理发店的几十元钱。虽然彼此的发型看起来都有些滑稽，厂里的同事一开始也都睁着好奇的眼睛打量他们，但多见不怪，没几天一切便都恢复正常……

自此之后，女儿便生活在夫妻俩刻意营造的蜜罐里了。从幼儿园一直到小学、中学、大学，为了不让女儿遭受委屈，邱必铮夫妻俩总是节衣缩食，将挤出的钱和满腔的爱一股脑儿倾注到宝贝女儿身上：衣服、鞋帽、各种零食、各种学习用具，凡是女儿提出要买的，夫妻俩都是听从女儿的召唤，有求必应，说一不二。

不仅如此，从幼儿园到小学，又从小学到中学，邱必铮夫妇俩每天坚持接送宝贝女儿，无论冬夏，遑论春秋，风雨无阻，雷打不动。而且夫妻俩分工合作，上学夫送，放学妻接，日日如是。即便女儿上了高中，身高都超出母亲、直追父亲了，夫妻仍乐此不疲，仿佛无时不担心女儿半路上会被风刮跑了，或像高大的瓷瓶一样随时会被路人碰碎。其实，长高了的宝贝女儿自己并不愿意被父母接送，怕同学笑话。上了高中，女儿便坚持不让接送了，但夫妻俩还是放心不下，又担心女儿反感，索性转明为暗，无论上学还是放学，夫妻俩都瞒着女儿，背地里远远跟在女儿的后面……

学习上，女儿倒也争气，她没有辜负父母的辛劳和宠爱。从小学、初中直到高中，女儿在班里的成绩一直名列前茅，高中毕业还顺风顺水地考上了本省最好的一所大学。论成绩，女儿本可以考上北京、上海的更好的大学，可邱必铮夫妇不放心女儿独自去外地，报志愿时要求女儿只填写广州的大学，因为他们一家就居住在广州。广州没那么多的大学怎么办？那志愿栏上宁可空着。邱必铮夫妇早就商量好了，绝不让女儿到外地上学。他俩就这么一个独生女，唯一的一个宝贝女儿。女儿真要只身到外地上学，人生地不熟的，遇上难事怎么办？感冒发烧了怎么办？受人欺负、遭受委屈了怎么办？做父母的远在数百里，甚至上千公里之外，够够不着，帮帮不上，那还不得急死啊！不行，绝对不行。他俩统一了意见，早早地在女儿填写志愿之前就约法三章。好在女儿也恋家，女儿打小就是娇生惯养的，从小衣来伸手，饭来张口，要什么有什么。在本市上大学，家就是她的大后方，她随时都可以找到爸爸妈妈，缺什么随时都可回家取，换下的脏衣服也可以随时送回家洗，多方便啊！她才不愿意麻烦、不愿意吃苦呢。她自己不愿意吃苦，家长更不愿意她受苦，双方一拍即合，女儿便上了本市的一所全国重点大学。

大学二年级的时候，女儿恋爱了。邱必铮是在周末的时候发现女儿恋爱的秘密的。那时正值阳春三月，春光明媚，万物复苏，百鸟啁啾，处处生机勃勃，空气中也弥漫着清新诱人的气息，仿佛这世界谁都随时会有好事降临。

那天是周五，通常女儿周五都会如期回家。但女儿来电话说晚上班里联欢，就不回家了，明天再回。邱必铮一听，心里咯噔一下，仿佛被人掏空了心窝似的。自从女儿上了大学，周五她可从来就是准时回家的呀。不过女儿既然已经说了晚上班里联欢，夫妻俩也不好说什么，毕竟女儿已经上了大学，大学里有各种活动，各种沙龙，各种讲座，女儿多参加校园里的活动有益无害，当初邱必铮夫妇不就是在大学参加活动时认识的吗！那时候，邱必铮读的是机械系，妻子读的是会计系，要不是一次学生会举办系与系之间的横向交流活动，邱必铮怎么可能认识现在的妻子？何况大学里的各种沙龙、各种讲座，都是让人开眼界、长见识的。即便只是学生联欢，也能够让学生在紧张的学习之余,放松精神,调整身心。这么一想,邱必铮夫妻俩便释然了。只是到了晚上,三口之家忽然少了个宝贝女儿,感觉空落落的,这样的周末以前从没有过,冷清的感觉便不经意袭来。因为女儿未回家,以往周五晚上那种特有的欢声笑语,那种温馨欢快的气息,便消失得无影无踪。毕竟,邱必铮夫妻俩经过了一周的紧张工作,他们也需要放松身心,而以往的周五,随着他们宝贝女儿的如期而归,家里就是他们三口之家说笑不断的海洋。而这个周五的晚上,冷清的感觉,让邱必铮夫妇俩也破天荒的睡不好觉,晚上睡睡醒醒,或半睡半醒,反正是迷迷糊糊,似梦非梦……

好在第二天女儿就回来了,但女儿是下午才回来的,进家门时一路还哼着歌,是那首正流行的《传奇》:"只因为在人群中多看了你一眼,冉也没能忘掉你容颜……"女儿边唱边跳,风一样刮进家门,将攒了一周装满脏衣服、臭袜子的黑布袋往茶几上一墩:"哈哈!爸爸妈妈,这一周我真是太开心啦!"其时,邱必铮正坐在沙发上埋头看报,见女儿兴高采烈,他仿佛是被人从睡梦中唤醒,急忙摘下老花眼镜问:"哎呀,宝贝你总算回来啦,啥事让你高兴成这个样子?"当妈的也一串碎步笑呵呵地从卧室迎了出来:"是啊宝贝,啥好事让你这么高兴啊?"女儿破天荒的没像过去一样有啥说啥,而是瞧了瞧妈妈,又瞅了瞅爸爸,眯着眼睛，翘着下巴，得意扬扬地卖起了关子："哈哈，这个嘛，保密。"说完扮了个鬼脸，背着双肩包蹦蹦跳跳闪进自己房间了。邱必铮夫妇不约而同地将目光从女儿身上收回来，你看看我，我看看你，一时都一头雾水，他们搞不清女儿今天是怎么了。

更让人意外的是，女儿很快又从房间出来，笑盈盈地问妈妈："妈，今晚准备了啥好吃的呀？我来帮帮你。"女儿边说边卷着袖子走向厨房，一副跃跃欲试的样子。女儿这种举动，也是破天荒的，这让邱必铮夫妇既意外，又高兴。邱必铮愣了一下，喜上眉梢，说："好呀好呀！宝贝做的饭菜，一定很好吃。"说完，他朝妻子挤挤眼睛，妻子也心领神会，乐呵呵地招呼女儿："宝贝，来呀，你要愿意帮助妈妈炒菜做饭，妈妈开心死啦。不过话说回来，现在学会做菜，等将来你自己有了家，就甭愁了。"说话间，母女俩便进了厨房，厨房很快响起锅碗瓢盆交响乐，不时还夹杂着母女俩叽叽喳喳的说笑声。

这天傍晚，母女俩合作的成果是：糖醋排骨、麻婆豆腐、红烧鲤鱼、青炒芦笋、西红柿鸡蛋汤，主食是米饭。四菜一汤，色香味俱全。看着饭桌上热腾腾的饭菜，邱必铮内心像抹了蜜一样高兴得合不拢嘴，已经多年不喝酒的他兴奋得像孩子似的翻箱倒柜，搜出来一瓶干红葡萄酒和三个酒杯，边斟酒边乐呵呵地说："来来来，今晚咱一家子得好好喝一杯，为宝贝女儿的手艺干杯！"妻子和女儿见状，也欢呼起来……

这天晚上，妻子上床睡觉时迫不及待，风风火火地趴在邱必铮的耳边，神秘兮兮地说："喂，我发现了一个秘密。"邱必铮睁大眼睛，满脸狐疑："啥秘密？快说！"妻子说："你没发现宝贝今天有些反常吗？"邱必铮说："咋反常了，宝贝不是好好的吗？还高高兴兴地帮你炒菜做饭。""嘘……"妻子制止他，"你没想想她今天为啥这么高兴？"邱必铮听罢，眼珠转了又转，摇了摇头说："我想不出来，你快说，她到底为啥这么高兴？"妻子不客气地戳他脑门："死脑筋！依我看呐，女儿十有八九是恋爱喽！"邱必铮一听，上半身像被烟头烫着了，一下从枕头上弹了起来，亮着眼睛啪地打了一下妻子的胳膊，道："哎，你说的是真的？宝贝告诉你啦？"妻子剜他一眼，嗔怪道："死脑筋，她怎么可能主动告诉我？是我自个儿猜的！"邱必铮眼珠打着骨碌，越想越觉得妻子说得有道理，越想脸上越放出光泽，笑容像湖面上的涟漪一样从胡子拉碴的嘴角荡漾开来。末了他眼睛放着电似的喊："嗨，我说呢，宝贝自打回家就哼着歌儿，还一蹦一跳的，兴奋得像过年似的，原来是……原来是有男朋友了，哈哈！嗯，你说得没错。你看她的情绪，与平时确实不一样。你再看她的脸色，白里透红，粉嘟嘟的，艳若桃花，与平时也不一样，肯定是碰上啥好事了——你猜得没错，除了恋爱，还有什么能让她如此兴奋？"

* * *

还真让两口子猜着了。他们的宝贝女儿确实恋爱了，男孩是宝贝女儿的同学，一个外表颇像歌星蔡国庆的阳光男孩。星期四，晚自习时女儿照例来到学校图书馆的自习室，刚刚落座便发现自己忘带手机了，她禁不住蹦出一句"糟糕"，焦急的神情让坐在左边的男孩看到了。男孩侧过脸问怎么啦，邱家的宝贝女儿说忘记带手机了。大学里的学生都知道，学校图书馆的座位是有限的，晚自习想来图书馆，就必须提前占座位，现在好不容易已占了座位，若回宿舍去取手机，这座位肯定就没了。男孩看出了女儿的心思，主动说："甭急，你回去取手机吧，这座位我给你占着。"说完还从自己的书包中掏出来两本书，放到女儿跟前的座位上。女儿的脸倏地红了，内心生出一股暖流，淡淡的，却温暖如春，舒服极了。长了这么大，女儿可从未尝到过被男孩关心的滋味，她有些受宠若惊，也有些手足无措，只好傻傻地说："好吧，那就太谢谢你啦！"

女儿从宿舍取完手机，回到了刚才的座位，内心却鬼使神差无法平静下来。虽然她表面上也看着书，做着作业，却三心二意不断走神，时不时偷偷斜眼瞄那男孩，越看越有好感，越看越感觉怦然心动。有几次她的目光偏偏让那男孩捕捉到了，那男孩礼貌地冲她笑笑，最后一次还主动同她攀谈。一来一去，女儿知道那男孩是物理系的，男孩也知道女儿读的是会计专业。晚自习结束时，双方还互留了手机号码，是男孩主动提出交换手机号码的。当晚刚回到宿舍，女儿就收到那男孩的短信，邀请女儿出席明天晚上即周五物理系在学校体育馆举办的羽毛球赛，男孩告诉她自己会上场比赛，希望她能到场为他加油。收到这条短信，女儿内心像闯进一只兔子，怦怦乱跳，既欣喜又焦灼，毕竟是平生第一次收到这样的邀约，还是自己喜欢的男孩。她无法拒绝，于是给妈妈打了电话，说周五晚上学校学生搞联欢，不回去了。

周五那场羽毛球赛，让女儿进一步迷上了那男孩。比赛在男孩所在班与另一个班之间进行，是团体赛，每个班派出两位单打选手，一对双打选手，双方选手捉对厮杀，任何一方三次获胜即是最后的获胜方。比赛进行得很激烈，上场选手的厮杀声、叫喊声连同观众的加油呼喊声此起彼伏，高潮迭起，体育馆内一时间波涛汹涌山呼海啸。比赛的结果，虽然男孩所在班大比分二比三输了，但男孩比赛时龙腾虎跃，杀声震天，锐不可当，接连赢得两场单打比赛。邱家的宝贝女儿怎么也没想到，外表斯文的他在赛场上竟然像猛虎下山，她被男孩的勇猛彻底俘获了。就这样，邱家的宝贝女儿与男孩恋爱了。

女儿的恋爱,让邱必铮夫妇又喜又忧。喜的是女儿有男孩喜欢,怎么说都是好事,证明女儿确实是宝贝,宝贝总会招人喜欢的。忧的是,喜欢女儿的那个男孩到底长得啥模样?高还是矮?丑还是帅?好还是坏?……这一切做家长的异常担心,却无从知晓,他们迫切希望知晓。于是,仅仅隔了一周,夫妻俩商定让女儿将男孩带到家里来,女儿听罢惊得瞪大眼睛,大有隐私泄露要兴师问罪之势,问:"你们怎么知道我交了男朋友呀?"做妈的搂着女儿,笑道:"哈哈,你是我身上掉下的肉,我能不知道吗?"母亲的笑甜甜的、暖暖的,一下便将女儿的诧异和不悦融化了。

女儿转怒为羞,娇嗔地说:"才刚认识呢,怎么好意思让人家来?"

做妈的说:"有啥不好意思的,关键是你是不是真的喜欢他?"

做爸的说:"还有,他是不是真的喜欢你?他要是真的喜欢你,你请他到家里来他还巴不得呢!"

女儿听罢,眼睛一亮,说:"呀,这倒是真的呢,爸爸说得在理。他家是外省的,周末也没处去,那我下个周末试试,请他来咱家……可……可他万一不来呢?"女儿说这番话时,且忧且喜,一惊一乍,像笼里的小鸟一样焦躁不安。

做妈的说:"不来拉倒,不来说明他心里有鬼,要么就不是真心喜欢你,正好别跟他来往!"

宝贝女儿惊叫:"那可不行,刚认识就不让跟他来往,妈妈成心想让我熬成嫁不出去的大姑娘啊?"

做爸的帮腔说:"就是,你这不是棒打鸳鸯吗?"他边说边朝妻子挤眉弄眼。

做妈的扑哧一笑:"瞧你们俩急的,我不就是顺口一说嘛。"

宝贝女儿说:"行啦行啦,我看出来了,你们不就是急着考女婿吗?我下周带他来行了吧?"说完女儿扮了个鬼脸,一蹦一跳地回自己房间去了。

夫妇俩相视而笑,彼此都一脸甜蜜。

* * *

第二周的周末,宝贝女儿果然将那男孩带来了。男孩叫秦俊峰,文质彬彬,面目俊朗,长得又高又帅,第一眼就让邱必铮夫妇笑逐颜开,忙招呼入座,又张罗着沏水泡茶,嘘寒问暖。做妈的还忙着从厨房端来早已经准备好的草莓、香蕉等水果。几番寒暄,主人的一家三口终于知道男孩家在西安,他是独子,父亲在机关工作,母亲是中学教师。这样的家庭,与邱家可以说门当户对,甚至比邱家还要好一些,所以邱必铮夫妇不约而同,双双默认了。这天中饭,邱必铮夫妇亲自下厨,丁零咣当,又一次奏起了锅碗瓢盆交响曲,忙得不亦乐乎。没多久,他们便将家里的餐桌摆了满满一桌,好生招待了这位让人喜欢的未来女婿,一时间邱家欢声笑语,喜气洋洋,像过节一样。

父母的默认,让宝贝女儿喜上加喜,内心像抹了蜜,那蜜化成了笑,那笑又像蜜一样从眉眼和嘴角上往外溢。有如此美好的开端,接下来一切顺理成章,宝贝女儿和那男孩来往更加密切,很快从初恋进入热恋,俩人卿卿我我,甜甜蜜蜜,如胶似漆,很快便不分你我了。周末或逢年过节,宝贝女儿免不了带男友到家里聚会。宝贝女儿甚至还提出让男友在家留宿,只是做父母的双双反对,认为未婚同居,成何体统,有辱门风。他们更担心自己的宝贝女儿,早早被男人占有了,免不了吃亏,所以坚决不同意。好在女儿向来懂事乖顺,并不坚持。每逢黑夜来临,女儿便规矩地送走男友,尽管彼此仍情意绵绵、依依不舍,却还是抗不住规矩和时间的限制。好在背地里,两位年轻男女早已经尝过禁果了,第一次是在校外的宾馆偷偷开了小时房。初尝甜头,那种刺激与奇妙,便像海洛因一样一下俘虏了这对情窦初开、荷尔蒙正旺的青春男女,两人从此一发而不可收,每周一次甚至两次。有时是在宾馆,有时是趁同学不在时潜回宿舍,有时则干脆在女孩家长上班而他俩恰好没课时快速潜回家里。当然,无论是在宿舍还是在女孩家里，他们每次都是争分夺秒，速战速决，既不缠绵悱恻，也不拖泥带水。虽然这样做少了从容和韵味，却也解决了性饥渴的矛盾。女孩早已身经百战，功夫和经验日臻老到，做家长的却一直蒙在鼓里，甚至以为自己的女儿还是冰清玉洁的黄花闺女呢。

幸好女儿与秦俊峰的恋爱一直顺风顺水，毕业时还都幸运地双双在广州找到了工作，女儿在一家出版社当会计，秦俊峰在一家民营企业搞产品研发。工作有了着落，结婚便也顺理成章。只是秦俊峰初出茅庐，父母远在西安，自己留在千里之外的这座南方省城，上无片瓦下无寸土，也无买房的经济基础，婚房便暂时定在了女方家里。秦俊峰成了上门女婿。

俗话说，一个女婿半个儿。对于邱家来说，家在千里之外的秦俊峰何止是半个儿，简直就是自己的儿子！儿女双全，乃天下家庭最佳搭配，邱必铮夫妇自然是求之不得。实际上，他们的宝贝女儿毕业前夕，邱必铮夫妇便早早计划好了，他们与女儿约法三章，要想与秦俊峰走向婚姻殿堂，必须将秦俊峰留在广州工作。这在女儿看来也不成问题，秦俊峰的家远在西安，她才不会跟着去西安呢，不仅不会去西安，别的城市也不可能去。当初连上大学都只选择留在省城广州，工作和婚姻是一辈子的事，她怎么可能离开广州呢！还是在热恋的时候，这事女儿便已经谈妥了，而且是在两人做爱的关键时刻，正当秦俊峰猴急猴急之时，女儿不失时机问："答应我，将来你毕业后留在广州工作。"男人此时此刻总是最脆弱的，岂有拒绝之理？秦俊峰自然是母鸡啄食般不停点头，一个劲说"答应，答应"。实际上他说的也是实话，西安与广州比，无论是气候、饮食，还是经济发达程度和城市的活力，都不是一个档次，要真能留在广州工作他是求之不得的。所以毕业之后，他就一心一意要留在广州，秦俊峰的父母也同意他留在广州，大不了将来他们退休了也跟随儿子到广州来定居。秦俊峰在广州找到的这份工作，虽也是经过公开招聘层层考核的，但当初面试时邱必铮也通过关系帮过忙，邱必铮一位大学同学的朋友在这家企业当副总裁，这才使得秦俊峰在众多的竞争者中过关斩将，有惊无险如愿以偿地获得了如今的这份工作。

千里迢迢只身到广州求学，毕业后在未来岳父的帮助下找到了理想工作，结婚后又入住妻子家免去了无房之忧和经济上的压力，这对于秦俊峰来说简直就是老鼠掉进米缸，幸福死了，对此他自然是心存感激，也极其珍惜。上班的时候，他总是勤勤恳恳，努力工作。下班回家，他不敢懈怠，总是撸起袖子，帮助岳父岳母洗菜做饭，打扫卫生，清理垃圾。反正家里的脏活累活，他总是抢着干。相反邱家的宝贝女儿，秦俊峰的妻子，每天回家却总是将背包往沙发上一扔，瘫坐在沙发上使劲喊累，然后一边找来吃的喝的，一边看着电视或手机，一副事不关己的样子，她的任务似乎只是等待着晚饭时间的到来，她可以心安理得坐享其成吃晚饭。邱家宝贝女儿的这种表现，并非一天两天，而是天天如此。邱必铮夫妇却一直熟视无睹。秦俊峰自己无论如何是做不到像妻子那样的，都这么大的人了，大学都毕业并且工作了，还结婚了，还像个孩子一样啥家务事都不干，那怎么行？看样子都是从小就被宠坏的。有时候秦俊峰看不下去，主动招呼妻子到厨房帮忙，妻子要么撒着娇嚷累，要么干脆不耐烦地瞪他："哎呀，你烦不烦啊，你不愿意干你就别干，你也到这里来待着，你看我歇着你心里难受啊？"她竟然理直气壮，连珠炮一样不断数落，原本没理的事反倒变得有理了。妻子这个样子，像阴影一样瞬间投射到秦俊峰的内心深处，结婚前他与她总是柔情蜜意，花前月下卿卿我我，他只看到她的漂亮、她的可爱，就连任性和撒娇也是可爱的。可结婚后她仍如此任性撒娇，可爱便变成可恨了。要命的是她的父母仍宠着她。在秦俊峰每每看不下去，招呼妻子前来帮忙干活时，岳父岳母不是帮腔而是反过来为他们的宝贝女儿推脱。

岳母说："算啦算啦，她打小就这样，从未干过活，也不会干，到厨房来反倒是碍手碍脚的。"

岳父说："她一个女孩子，上了一天班怪累的，让她好好歇着吧。"

秦俊峰听罢,先是困惑,继而释然。岳父岳母都知道心疼女儿,他这个当丈夫的难道不心疼妻子吗?面对此种局面,他已经无话可说。但他断做不到像妻子那样,衣来伸手,饭来张口。即便是小时候,自己的父母也绝不这样宠他,从小就教导他要热爱劳动,热爱劳动就是热爱生活。只有热爱劳动,生活才能过得美好,是劳动创造幸福生活。不热爱劳动的人很难过上幸福生活。秦俊峰的父母不仅这样教导他,还手把手教会他扫地、擦灰、洗碗、洗菜,甚至炒菜、做饭。秦俊峰记得自己十二岁时便学会了做简单的饭菜。那时候爸爸妈妈工作很忙,经常回家很晚,懂事的秦俊峰放学回家做完作业,就时常帮助爸爸妈妈扫地、洗菜,甚至还提前打开电饭锅淘米做饭。自小的磨炼和养成的习惯,使得秦俊峰成为家里的好孩子、学校里的好学生。何况眼下他已经长大成人,还是一个倒插门的女婿,无论如何他不可能眼睁睁看着岳父岳母干活,自己坐享其成。于是每天下班回家,他不再管妻子帮不帮忙,干不干活,反正他自己肯定要干活的,而且是无论工作多忙、自己多累,只要一回到家他总是闲不住,放下公文包,脱下外衣,总是主动擦灰、扫地、拖地,也进厨房洗菜、炒菜。而妻子对他的表现也总是熟视无睹、见怪不怪。仿佛夫妻之间天生就该如此。

秦俊峰与邱家的宝贝女儿，就这样在日复一日、月复一月、年复一年的不平等、不寻常生活中度过。表面上看很正常，一如宽阔平静的河面风平浪静、波澜不惊，但水底下却暗流涌动。首先，是秦俊峰对妻子的感情不像以前那样热络了，除了生理上的需要，他从她身上似乎再难找到热恋时的那种感觉。过去她的一颦一笑，一如花开鸟鸣，都是那样的动人悦耳，即便是生气哭闹的时候，在他看来也如春天响雷、雨打芭蕉，充满诗意。而如今她的一举一动，即便是笑语欢声，看起来也是那样的俗不可耐。

那天，秦俊峰如往常一样下班回家，比他先到家的妻子正懒洋洋地躺在沙发上边嗑瓜子边看电视。进了家门的秦俊峰正忙着擦桌扫地，忽然妻子叫他，让他帮她将放在餐桌上的手机递给她，还让他给她倒杯开水。因为他正忙着干活，手也不洁，遂嘟囔一声："你自己不会拿、不会倒吗？没看我正干活呢，再说我现在手也脏。"妻子不高兴了，瞪大眼睛噗地吐出一片瓜子壳："秦俊峰你什么态度啊，连给我递手机、倒杯水都不肯，你还是我男人吗？"她大声嚷嚷，引得岳父岳母也从厨房里探出头来，惊愕地看着女婿，不认识似的。秦俊峰有些尴尬，正想申辩，妻子却抢先一步穷追猛打："我怀孕了你知不知道？就你这德行你还怎么做父亲啊！"

秦俊峰像当头挨了一棒，先是震惊，继而发蒙。他的婚姻生活刚刚开始，短暂的甜蜜之后刚刚转入平淡甚至隐约的厌烦，还来不及适应呢，她怎么就怀孕了？他有些懊恼，也有些懊悔，只不过在妻子怀孕的消息面前，那一丝丝的懊恼和懊悔像闪电一样在他内心的天幕上轻轻掠过，稍纵即逝，取而代之的是一种难以抗拒的喜悦。这种喜悦瞬间传导到他脸上，释放出的是一抹难以抑制的笑："哎哟，真的吗？对不起对不起。"边说边扔下扫把赶到卫生间洗手，咚咚咚一阵小跑，将妻子的手机毕恭毕敬地递到她的中，又马不停蹄地倒了杯开水小心翼翼地送到了妻子跟前。自始至终，妻子都瞪着眼睛，满脸不悦地审视他，仿佛一位高傲的公主使唤着不称职的仆人。而刚才从厨房中探出头来的岳父父母，也盯着他，像雇主监管着雇工。末了岳母一脸严肃，说："俊峰，往后说话可得注意点，别伤着我女儿。再说你是男子汉大丈夫，又是快当父亲的人了，凡事都得让着点，不然怎么算男子汉？怎么当父亲？"岳父虽没插话，可也满脸不悦，让秦俊峰真正感受到了什么叫不怒自威。秦俊峰此刻只感觉到脸上热辣辣的……

俗话说，人在屋檐下，不得不低头。对于眼下的婚姻和生活现状，他虽然有些不满，隐约也有些厌烦，可他暂时别无选择。毕竟他工作时间不长，经济基础薄弱，没能力解决自己的房子。再说他与妻子感情仍在，何况妻子已经怀孕。虽然住在岳父岳母家在一定程度上丧失了自由，却也省去了房租，下了班小两口又有现成的饭菜等着，也不是没有好处。反正生活从来就不可能十全十美，两害相权择其轻。这么一想，秦俊峰不免释然。此后的日子，他更加小心翼翼，只要一回到岳父岳母家，他就尽可能帮着干家务，尽可能侍候着有孕在身的妻子。日子就这样不咸不淡、不冷不热地过着。很快就挨到了孩子的降生。

真是巧合，秦俊峰和妻子新生的孩子也是个宝贝女儿。这个第二代的女儿降生的时候，他们一家别提有多高兴了。外公外婆乐颠颠的，兴奋得像家里谁买彩票中了巨奖，他们成天围着女儿和外孙女转，百般呵护，要什么给什么，无微不至，无所不及。秦俊峰自己当然也异常兴奋，眼看着自己的孩子天使般从天而降，一个鲜活的生命莫名其妙说来就来了，而且这个生命延续着自己的血脉，他感觉好神奇。秦俊峰比以前更加勤快了，初当父亲的他像个愣头青一样手足无措，不知道自己到底该干什么，他唯恐哪点做不周到惹妻子不高兴、让岳父岳母挑毛病。所以当女儿降生之后，他索性自告奋勇，当着妻子和岳父岳母的面说："你们要我做什么就随时吩咐吧，我有的是力气。"他还背地里冲妻子秀了秀肌肉，他胳膊上的三角肌和胸部上的胸肌，因为平常每天坚持做俯卧撑，确实也有几分发达。健壮的身躯不仅满足了妻子对爱欲的渴望，同时也是干活的好手。有了秦俊峰这句话，邱家人更像使唤仆人一样，随时随地下达着各种指令，除了扫地、拖地，秦俊峰还时常被支使到商店买这买那，油盐酱醋，葱姜蒜辣，蔬菜水果，鸡蛋鱼肉，还有孩子用的尿裤尿垫、奶粉营养粉等，反正是五花八门，无所不包。秦俊峰当然是有求必应，忙前跑后，时常是忙得气喘吁吁，却不亦乐乎。自打当上父亲，他感觉原先平淡阴郁的生活终于照进了一缕阳光，吹来了一丝清风，欢乐油然而生，人生的希望近在眼前。这希望，便是眼下那粉嘟嘟、活泼泼的女儿，无论女儿哭还是笑，秦俊峰感觉内心都是欢乐的、满足的。闲暇的时候，他总是俯在女儿跟前，痴痴地看她的脸、她的眼、她的鼻、她的嘴，她一切的一切。越看越觉得神奇，越看越感觉到一种莫名的兴奋。他想不明白，为何男女结合就能孕育、诞生一个新的生命，像变戏法一样，简直是太神奇了！每每看到秦俊峰这个傻样，妻子自然更是得意，从身为人女到身为人母，从当爹妈的宝贝女儿到自己当上宝贝女儿的母亲，她的得意和自豪又更进了一步，仿佛皇室里的公主从前线凯旋。

* * *

欢乐的日子却像初雪，无法久留。随着时光的流逝和女儿的日渐长大，以及工作的日渐繁忙，秦俊峰与邱家的摩擦时有发生，矛盾也接踵而至。

首先是随着市场竞争的日渐激烈，企业的生存压力越来越大。负责产品开发的秦俊峰再也不能像以前那样朝九晚五地上班了。他时常早出晚归，晚上加班到九、十点钟，甚至有时候还到十一二点。浑身疲惫的他再也无力像以前那样，回到家便成为家里优秀的勤务员。这样的情况多了，邱家便渐渐有了怨言，先是岳父，接着是岳母，最后是自己的妻子。岳父岳母埋怨女婿只顾工作不顾家，妻子埋怨丈夫钱挣得不多，班倒是加了不少，要求他每天下班必须尽早回家。可秦俊峰是公司员工，领着公司的工资，端着人家给的饭碗，他所从事的新产品开发需要与同事互相配合，同心协力反复研究、试验，还需要与客户不断沟通、洽谈合作，他身不由己，如何能满足妻子的要求？面对妻子的抱怨，他只好强打精神赔笑，打太极，说："亲爱的你说得对，我每天都巴不得早点回到家，巴不得早点见到你和咱们的宝贝女儿呢！可是我确实是工作离不开，公司老板又盯着，我……我这是没办法嘛！"之后的日子，秦俊峰依然是"没办法"，依然是每天早出晚归，以至于曾经是邱家宝贝女儿的"模范"丈夫变了，变得不听话，于是妻子开始想方设法惩罚他。开始是不让他逗女儿，她知道他喜欢女儿，可每当丈夫凑近女儿时，她都故意将女儿抱到一边，冷落他。而后是对丈夫进行性惩罚，要么是在丈夫精疲力竭回到家时，变戏法挑逗他，一次又一次，整夜整夜折腾他，用自己性感的身体和风骚的表现吸干榨尽丈夫的精气神，让其次日上班的时候没精打采昏昏欲睡，工作屡屡出错。要么是长时间对丈夫实施性冷淡，数十天甚至数个月不让丈夫碰，即便是在丈夫欲火焚身再三恳求的时候，她也像个烈女那样坚定不移、坚贞不屈，直到丈夫一无所获，节节败退、垂头丧气时，她才会心满意足，还高兴得像个疯子一样哈哈大笑。这种笑要放在过去，在秦俊峰看来会很可爱，可现在却慢慢地变得面目可憎。可恨的是妻子却并未因此罢休，时常在他加班之后，拖着疲惫不堪的身躯回到家时，还随心所欲地挖苦他、嘲讽他。甚至到了后来，还怀疑他是否有了外遇，质问他是否打着加班的旗号到外面拈花惹草偷会小三。还逼他交出手机，每天查一遍他当天打过的电话、发过的短信，尽管每天都一无所获，却并未彻底消除她内心的怀疑。妻子的这种怀疑，也很快引起岳父岳母的警惕，为了调查秦俊峰加班的真假，邱必铮还特意找到当初秦俊峰求职时帮忙的朋友，让那位朋友问当初关照过秦俊峰的那位公司副总，在得到确切的回答后，邱必铮和妻子、女儿这才都收回了怀疑的心。

即便如此，邱家也并未就此罢休。既然秦俊峰现阶段埋头工作，不断加班，顾不了家，那就让他把每月挣的钱都交出来。这样，既可以作为他不顾家的补偿，又能控制他的经济命脉，断了他在外面拈花惹草、耍花花肠子的邪念。不然邱家的宝贝女儿太吃亏了，反正邱家的宝贝女儿绝不能在女婿那里吃亏，难不成你秦俊峰在邱家白吃白住，邱家还要免费为你养孩子不成？邱家人越想越觉得不公平，越想越觉得秦俊峰亏欠邱家，越想越群情激昂义愤填膺。邱家三个大人时常在茶余饭后议论，最后形成共识，邱家的宝贝女儿向秦俊峰提出，从本月起让秦俊峰将工资卡交出来，由岳母掌控。

某天晚上，当妻子向秦俊峰提出来时，秦俊峰开始只是微微一愣，多少有些意外。但他只是犹豫片刻，很快二话没说便将工资卡交到她的手里。如此顺利，让原本憋足了劲准备说服丈夫甚至准备好一番唇枪舌剑的妻子深感意外，甚至有些失落。从小任性霸道、好战惯了的她，多么想通过一番交锋之后才得到他的工资卡啊，那样她才能真正获得征服对手后的那种快感和满足。

只是秦俊峰早已心灰意冷，对于邱家宝贝女儿和自己的这段婚姻，他已经已经从当初的激动、幸福、满足和感激，变成眼下的麻木、厌烦、绝望乃至悲伤。如今的邱家对于他来说与其说是家，倒不如说是客栈，他只是每天在此借宿。终日忙碌的他每天一早出门，晚上疲惫而归，匆匆洗漱，倒头便睡，第二天一早醒来又匆匆赶路。在这个家里，他感觉自己已经是行尸走肉，整个人只是按照生活设定的程序，日复一日、月复一月，机械地运转着。他感觉不到亲情,也没有与邱家人说话的欲望。甚至周末和节假日,他在邱家的地位也很尴尬,即便是单独面对妻子和女儿,他也像个外人,再也找不到从前那份亲密无间的温馨和感觉了。而曾经让他尊敬和尊重过的岳父与岳母,他更是已经无话可说,他们在秦俊峰的心目中已经变得越来越陌生了。可悲可叹的是,邱家竟然没有一个人顾及秦俊峰这种情绪的变化,更无法知道秦俊峰如今内心的这种感受,他们整天沉醉于有了孩子的欢欣和一家三代的天伦之乐之中。

* * *

直到一年之后,秦俊峰突然提出搬离邱家,邱家人才如梦初醒,一个个都瞪大眼睛,显然都被惊着了。秦俊峰却平静地对岳父岳母说:"我已经在外面租了一处房子,是二居室,我想和妻子、女儿单独居住。"

岳父听罢,反复眨着眼睛,像听天书一样,一头雾水,满脸狐疑,他一直怀疑自己刚才是不是听错了。以至于最后将求证的目光落在旁边的老伴身上。可此刻他的老伴也正像黑夜里被手电筒强光照射的青蛙,眼睛直愣愣的,发着呆,脑子仿佛也遭遇死机,想说什么却什么也说不出来。只有他们的宝贝女儿、秦俊峰的妻子听懂了。

此刻妻子眼睛朝丈夫一凶,挤出一口恶气,叉着腰质问:"什么?你要在外边租房,还要将我和女儿带走?这事我怎么从来没听说过,你同我说过、同我爸我妈商量了吗?"

秦俊峰审视着妻子,平静地说:"是没有说过,因为以前要租的房子并未落实。现在落实了,我这就是正式跟你们说一下。"

邱必铮这回终于听清楚了,他立即表示反对:"家里有现成的房子不住,你却要去外面租房,你是让钱烧的吧?租房多贵呀,租房一个月得要多少钱,你哪来的钱?"

秦俊峰说:"这您就甭管了,我反正不会要您的钱。"秦俊峰之所以有这个底气,是因为近来他开发的产品取得了进展,酬劳和奖金慢慢多起来了。这些酬劳和奖金当然不是打进他工资卡的,是打进他的另一个银行卡,每月的数额也比他固定的工资高出好几倍。

岳母说:"哟——你的工资卡不是都上交到我手里了吗,你怎么还存有闲钱?敢情是背着我们一家人设小金库啊。自打结婚以来,我们邱家让你住让你吃让你喝,还帮你养孩子,我们哪点对不住你啦?你的良心都丢哪里去了,哎?"

秦俊峰依然是一脸平静:"您说的这些,我都记得,我谢谢你们啦!但那是特殊时期,因为没有房子,我们结婚后也就没办法独立居住。可现在有条件了,我们自己也已经有家有孩子，总得有独立生活的时候，我们总不能老赖在你们家白吃白喝吧？"

秦俊峰说的这番话，肉中带刺，软中带硬，让岳父岳母如鲠在喉，好半天答不上话。末了还是岳父率先回过神来，将探询和求助的目光投向宝贝女儿："宝贝，你怎么想，你愿意离开爸妈，跟他到外面租房子住吗？"

宝贝女儿边哄着怀里的孩子，边质问自己的丈夫："你说得多轻巧！离开我爸我妈，咱们独立生活，这孩子谁带？丑话我可说在前面，离开我爸我妈，这孩子我可带不了，要带你自己带！"说完，她没好气地剜了丈夫一眼，哼了一声，满脸不屑。

秦俊峰说："这个你放心，我早就安排好了。我爸我妈都已经退休，这两天他们就准备离开西安，到广州来居住，孩子也可以由我爸妈带。"

这话像一把刀，仿佛将岳父和岳母剜着了。

岳母张牙舞爪，颤抖的手指头直逼秦俊峰，差点儿抵到他的鼻尖："好哇，你这个没良心的混蛋，你居心不良，你们家早就计划好将我家的宝贝女儿、宝贝外孙女夺走是吧？我们家可就这么个一宝贝女儿，也只有这么一个宝贝外孙女，你居然还想夺走，你……你太恶毒啦！"

岳父怒目圆睁，嘴边稀疏的几撇山羊胡不住地抖动着。他先是想冲女婿嚷嚷什么，转而却问自己的宝贝女儿："宝贝，他……他们家竟然早有预谋，想拆散咱们一家，想将你和女儿抢走。你说说，你同意吗？你到底是要你爸你妈，还是要跟他走？"

此刻邱家的宝贝女儿已经被逼到墙角。一方面，从小就依赖父母、一直娇生惯养的她，当然离不开自己的爸妈，即便现在也是，虽然她已经年近三十，已经结婚生子，可她从小已经在爸妈身边生活惯了，依赖惯了，从来就是衣来伸手，饭来张口，要什么就有什么，爸妈总会在她最需要的时候不失时机地满足她。何况自从有了女儿，吃喝拉撒，洗洗涮涮，杂七杂八的事爸爸妈妈全都包了，甚至连保姆都不肯请，倒不是因为怕花钱，而是因为怕外人照顾不周，毫不夸张地说，这些年爸妈的苦劳和功劳一样也不少，她怎么可能离开他们呢，离开了他们自己可怎么活？可另一方面，她也不希望秦俊峰离开她的家，秦俊峰是她的初恋，与他也曾经爱得热血沸腾、地覆天翻。虽然自打结婚生子，她对秦俊峰的感情自然而然地淡了，但毕竟还是夫妻，感情仍在。何况心理和生理仍需要他。假如离开秦俊峰，需要男人时她找谁呀？虽然她自小在家任性，可在感情上还是专一的，不像如今的一些同龄姐妹那样水性杨花、朝秦暮楚，甚至阅男人无数，她做不到像她的一些同龄人那样"不在乎天长地久，只在乎曾经拥有"。虽然婚后她与秦俊峰也磕磕绊绊，甚至打打闹闹，可也从未想到要离开他。她从来就没有这么想过,更没有哪怕是一丝离开他的思想准备。可眼下,面对秦俊峰和自己父母剑拔弩张、相持不下的争执,她感觉到此生从未有过的纠结,她必须做出选择,这令她陷入了痛苦。这种痛苦反映到她的脸上,是刚才的愤怒已转化为困惑与纠结,她蹙着眉,苦着脸,看看爸爸,又看看妈妈,最后将哀求的目光落在丈夫秦俊峰脸上:"为什么非得这样,为什么?为什么?咱们一家不生活得好好的吗?我爸我妈这些年来整天忙忙碌碌,不是把咱们和孩子照顾得好好的吗?为什么非得离开他们?"

这是秦俊峰这么多年,第一次看到妻子的这种眼神,这眼神已经少了以往的任性、娇嗔和傲慢,代之以疑惑、征询和恳求。只可惜秦俊峰去意已决,他对眼前的这个家已经毫无感情,要不是因为孩子,他早就不想回这个家了。所以面对妻子的这种目光,他还是平静地说:"我已经安排好了,过两天我爸我妈会到广州来帮助照顾孩子。"

岳父抢白道:"这么大的事,你事先为什么不和我们商量?你以为自己就可以随意安排吗?你眼里到底还有没有我们邱家人啦?"

岳母又挥起手数落:"哼!你以为你有能耐了,想怎么样就怎么样?没门儿,我就是不让我女儿和外孙女离开,看你到底能怎么样!"说完,她一把从女儿怀里抱过外孙女,动作迅速,仿佛生怕秦俊峰抢夺孩子似的。

秦俊峰却依然镇定,他不再解释与争辩,他只是问妻子:"走不走,你自己定吧。反正我得走。"他见妻子左右为难,不置可否,便径自进卧室收拾自己的衣服,拎起箱子头也不回地离开了。

他的身后,岳父和岳母仍然不依不饶。他们在宝贝女儿面前,添油加醋,一件接一件数落着秦俊峰的不是,一句接一句地发泄着对秦俊峰的不满,抱怨着当初怎么会瞎了眼找了秦俊峰这么个白眼狼来当女婿,真是让邱家倒了十八辈子的霉啦!眼见女儿没有回应,只是呆坐在沙发上默默抹泪,做父母的更是不肯罢休。

母亲说:"你哭什么哭,别那么没出息。孩子不还在咱们手里吗,又不是让他抢走了。他姓秦的有本事就别再回来看他的孩子,他要是来了咱也不让他看,气死他!"

父亲说:"姓秦的不就是一个西北佬吗,他连家都不在咱们广州本地呢,穷小子一个,有啥了不起的?他一个毛头小伙,胡子都还没长呢,还牛哄哄的想干什么?依我看呐,从现在起你理都别理他,看他有啥大本事能在水盆里掀出风浪来。今天他真是太嚣张了,他必须找时间回来向咱们全家人认错。他要是不肯认错,你就同他离婚,你还年轻,要长相有长相要身材有身材,家又在广州,我就不信你还找不到一个比他秦俊峰强的!"

毕竟从小依赖爸妈，经爸妈这么一劝，原本正六神无主的邱家宝贝女儿内心渐渐趋于平静，而且也已经有了主意。她决定听爸妈的，如果秦俊峰不认错，从今以后就不让他前来探望孩子。如果这样做还不能逼他就范，那就与他离婚，从此一刀两断。长这么大，她从来就是被娇惯、被宠着的，她哪能受这么大的气、这么大的委屈啊，当然不行！她已经从心里打定主意，一定要逼秦俊峰就范、认错。

* * *

只是此后相当长的一段时间，秦俊峰的表现出乎她和她父母的意料。开始时他给妻子打了几次电话，发了几次信息，劝妻子带孩子到他租住的房子一块生活，每次都遭到拒绝。后来也几次提出要见孩子，希望周末或节假日妻子能将孩子带出来，一家三口到公园或餐厅一块儿游玩，依然遭到拒绝。邱家本以为，秦俊峰三番五次遭到这样的拒绝之后，会迫不得已低三下四回到邱家看望孩子，甚至是像邱家所期待的那样向邱家道歉认错，但是他一直没有这么做。

秦俊峰的这种表现进一步激起了邱家的愤怒。他们认为秦俊峰连自己的孩子都不要，简直是狼心狗肺，根本就不配当父亲，也不配当丈夫。如此长的时间，秦俊峰竟然毫无悔意，一错再错，已经无可救药。那天晚上，邱家人经过一番控诉与声讨，终于做出重大决定：限秦俊峰必须在一周内上门到邱家认错、道歉，否则邱家宝贝女儿就与他离婚。

当晚，邱家的最后通牒便由邱家的宝贝女儿以短信方式发给发秦俊峰。之后，他们天天等着对方的回复，却一直未见对方回音。直到两周之后，邱家的宝贝女儿才接到秦俊峰的短信回复，内容却是简短的几个字：同意离婚，何时办理请通知我。

这短信又一次出乎邱家人的意料，但说出去的话，一如泼出去的水，怎么可能收回？尤其是对于邱家人来说，更不可能向他们心目中的一个穷小子、一个外地人让步。他们别无选择，只好迎头接招，继续应战。

一周之后，邱家的宝贝女儿在邱必铮的陪同下，来到管辖他们小区的当地民政局，与秦俊峰双双在离婚协议书上签了字。秦俊峰同意女儿归邱家抚养，同时同意从离婚之日起每月为女儿支付法律规定的抚养费，直至女儿十八岁。签完字，他们各自拿着离婚协议书走出民政局，瞬间竟然形同陌路人，谁也不理谁便各自走了。

自此以后，秦俊峰与邱家的关系，只是每月定期将女儿的抚养费汇入前妻的账户。他也曾多次提出要见女儿，但每次都遭到前妻拒绝。气恼之时，他也赌气曾想到要中断给女儿汇抚养费，但冷静下来便未付诸实施。毕竟，女儿是自己的亲生骨肉,是自己生命血脉的延续,尽管前妻不让他见女儿,但那不是女儿的错。女儿是无辜的。只要是孩子的父母,抚养孩子的事天经地义、理所当然。每月定期给女儿抚养费,他已别无他图,只求心安。内心深处,他还期待着女儿将来长大懂事之后,能排除邱家干扰,前来认他这个父亲。

* * *

星移斗转,时光像流水般缓缓流逝。

虽然生活在同一座城市,但邱家的宝贝女儿与秦俊峰之间,除了因孩子抚养费发生账户之间的唯一联系,其他情况,彼此都不闻不问。邱家的宝贝女儿,也不是没想过要找秦俊峰,尤其是在生理滋生欲望触发她想男人的时候,但每当萌生念头,她便遭到自己父母的训斥,指责她没骨气、没出息。她也不是没有想到过重新找一个男人,离婚后同事和朋友都先后为她牵线搭桥,但都高不成、低不就,每次都不了了之。作为少妇,虽然她青春不再,但风韵犹存,她所接触过的那几个男人并非没有对她动过心,可一听到她带着孩子,若与她结婚也必须住到她家与父母一起生活,男人便纷纷鸣金收兵,打消了继续交往的念头。经历过了这几次碰壁,邱家女儿心中的念头也如遭水泼的火焰,渐渐被浇灭了。

曾经沧海难为水。经历过与秦俊峰的离婚之痛，如今邱家的宝贝女儿对男人已经难以燃起真正的激情，对婚姻更不抱多大的希望。好在她有乖巧可爱的女儿，也有终日忙碌，一直围着她、宠爱她、对她呵护有加的父母。她内心深处对男人的渴望和对婚姻的期待，便被时光的流水日复一日、年复一年地冲淡了。

某天早晨，她像往日一样站在镜前梳妆打扮、涂脂抹粉时，忽然间发现自己眼袋松驰，眼睛两侧的鱼尾纹多了起来，面部的肌肉也松垮垮，缺少了以往的光泽和弹性。原本茂密黑亮的一头秀发也已经钻出了好几根银丝。她瞬间如遭到电击，眼睛鼓鼓的，嘴张得老大，整个身子忽然木了。她站在镜子前愣了好半天，内心忽然浮起一阵莫名的悲伤，潮水般溢满全身。当她感觉到自己青春不再、芳华已逝时，伴随她的是挥之不散的悲伤和恐惧……

几年之后的一个周六晚上，当邱家人吃完晚饭齐刷刷坐在客厅里的沙发上，观看每周必看的《幸福不会从天而降》这个本市一直占据高收视率的电视节目时，本期的受访嘉宾一出场就让邱家人不约而同地震惊了：

秦俊峰在漂亮女主持人的引导下健步走到观众面前，女主持春风满面地介绍说："观众朋友们晚上好，本期我们有幸邀请到商界创业精英、华神科技有限公司董事长秦俊峰先生,今晚他将为我们讲述自己的创业故事,同时讲他是如何追求理想和幸福的,让我们以热烈的掌声欢迎秦董事长的光临!"

女主持人话音刚落,电视里现场的观众便爆发出热烈的掌声。

现场之外的邱家人,除了已满十岁的秦俊峰的亲生女儿,邱必铮夫妇及其芳华已逝的宝贝女儿,一个个仿佛都着了魔法,屏住呼吸等待着秦俊峰的讲述。此刻的秦俊峰,早已不是先前当邱家女婿时的那个模样了。除了那张邱家人都熟悉的面孔,他比先前略胖,也成熟了。面对观众他从容不迫,谈笑风生,风度翩翩,言谈举止尽显成熟男人的魅力。从秦俊峰的讲述中,邱家人知道秦俊峰已经离开最初的那家公司,自己与另几位年轻人合伙创办了一家科技公司,他们潜心研发的一种计算引擎,历经多个版本后成功推出一个命名为"速算"的集算器,有效提高了复杂结构化大数据计算的开发速度和运算效率,在一次全国软件大会上,被誉为广东乃至华南地区大数据领域的创新产品,"速算"集算器近年已经被广泛运用于工业、商业、物流和旅游等各个领域之中。秦俊峰的华神科技有限公司目前风头正劲,效益喜人,发展前景被普遍看好,目前已经成为同行业中的佼佼者。当然,秦俊峰还谈了当初创业时的种种艰辛,谈了多年来人生中经历的艰辛和生活中的种种不如意,甚至还谈到他失败的婚姻以及他离婚后对自己女儿的强烈思念,谈到动情处,电视的特定镜头是他潮湿的眼睛和伤心的表情。不过秦俊峰一声苦笑,很快便镇定下来,恢复原先的从容。他说,好在这一切的艰难和不如意,自己一咬牙都一一顶住,也一步步走过来了。

此刻女主持不失时机,笑盈盈地插话:"是啊,秦总这几年创业、离婚,经历了种种艰辛和不如意,但古人说'宝剑峰上磨砺出,梅花香自苦寒来'。幸福不会从天而降,美好生活等不来。这些年,秦总除了事业上取得了成功,大伙儿还想知道他如今的家庭生活是什么样吗?"

现场的观众异口同声地欢呼:"想!"

现场之外的邱家人,除秦俊峰那十岁的女儿正在自己的屋里埋头写作业外,邱家的三个大人的心一下都提到了嗓子眼。

女主持兴奋地说:"好,现在我们有请秦总的夫人和孩子出场!"

话音刚落,聚光灯便将一位年轻漂亮的女子和一位活泼可爱的孩子送到了台上,母子俩笑容可掬,频频向观众挥手致意,最后在秦俊峰身边的沙发上坐了下来……

* * *

电视节目还未结束,邱家的宝贝女儿屁股却像被火烫着了,她忽然从沙发上弹了起来,走到电视机前"啪"地一下关掉了电视,转身冲进自己的卧室。随着卧室房门"咣"的一声巨响,她将自己完完全全关在了屋里,继而一头栽倒在床上,失声痛哭。

凄厉的哭声此刻穿出邱家窗户,划破夜空,惊得小区附近的居民楼纷纷打开窗户,无数的长脖子举起大小不一、或男或女的脑袋,纷纷朝邱家这边探望。

图书在版编目（CIP）数据

寻找叶丽雅/杨晓升著.—厦门：鹭江出版社，2018.9
ISBN 978-7-5459-1494-8

Ⅰ．①寻… Ⅱ．①杨… Ⅲ．①中篇小说—小说集—中国—当代②短篇小说—小说集—中国—当代
Ⅳ．①I247.7

中国版本图书馆CIP数据核字（2018）第104434号

XUNZHAO YELIYA

寻找叶丽雅

杨晓升　著

出版发行	鹭江出版社		
地　　址	厦门市湖明路22号	邮政编码：	361004
印　　刷	三河市兴博印务有限公司		
地　　址	河北省廊坊市三河市杨庄镇大窝头村西	邮政编码：	065200
开　　本	840mm×1092mm　1/32		
插　　页	1		
印　　张	11		
字　　数	194千字		
版　　次	2018年9月第1版　2018年9月第1次印刷		
书　　号	ISBN 978-7-5459-1494-8		
定　　价	49.80元		

如发现印装质量问题，请寄承印厂调换。